門邊文學

三邊文學之二

徐訏文集

散文卷

導言　徬徨覺醒：徐訏的文學道路

陳智德

「個人的苦悶不安，徬徨無依之感，正如在大海狂濤中的小舟。」[1]

——徐訏〈新個性主義文藝與大眾文藝〉

在二十世紀四、五十年代之交，度過戰亂，再處身國共內戰意識形態對立夾縫之間的作家，應自覺到一個時代的轉折在等候著，尤其在當時主流的左翼文壇以外，被視為「自由主義作家」或「小資產階級作家」的一群，包括沈從文、蕭乾、梁實秋、張愛玲、徐訏等等，一整代人在政治旋渦以至個人處境的去與留之間徘徊，最終作出各種自願或不由自主的抉擇。

1 徐訏〈新個性主義文藝與大眾文藝〉，收錄於《現代中國文學過眼錄》，台北：時報文化，一九九一。

一

一九四六年八月，徐訏結束接近兩年間《掃蕩報》駐美特派員的工作，從美國返回中國，直至一九五〇年中離開上海奔赴香港，在這接近四年的歲月中，他雖然沒有寫出像《鬼戀》和《風蕭蕭》這樣轟動一時的作品，卻是他整理和再版個人著作的豐收期，他首先把《風蕭蕭》交給由劉以鬯及其兄長新近創辦起來的懷正文化社出版，據劉以鬯回憶，該書出版後，「相當暢銷，不足一年，（從一九四六年十月一日到一九四七年九月一日），印了三版」[2]，其後再由懷正文化社或夜窗書屋初版或再版了《阿剌伯海的女神》（一九四六年初版）、《烟圈》（一九四六年初版）、《蛇衣集》（一九四八年初版）、《幻覺》（一九四八年初版）、《四十詩綜》（一九四八年初版）、《兄弟》（一九四七年再版）、《母親的肖像》（一九四七年再版）、《生與死》（一九四七年再版）、《春韮集》（一九四七年再版）、《一家》（一九四七年再版）、《海外的鱗爪》（一九四七年再版）、《舊神》（一九四七年再版）、《成人的童話》（一九四七年再版）、《西流集》（一九四七年再版）、潮來的時候（一九四八年再版）、《黃浦江頭的夜月》（一九四八年再版）、《吉布賽的誘惑》（一九四九再版）、《婚事》（一九四九年再版）[3]，粗略統計從一九四六年至一九四九年這三年間，徐訏在上海出版和再版的著作達三十多種，成果

2 劉以鬯〈憶徐訏〉，收錄於《徐訏紀念文集》，香港：香港浸會學院中國語文學會，一九八一。

3 以上各書之初版及再版年份資料是據賈植芳、俞元桂主編《中國現代文學總書目》、北京圖書館編《民國時期總書目，一九一一－一九四九》。

可算豐盛。

《風蕭蕭》早於一九四三年在重慶《掃蕩報》連載時已深受讀者歡迎，一九四六年首次結集成單行本出版，沈寂的回憶提及當時讀者對這書的期待：「這部長篇在內地早已是暢銷一時的名著，可是淪陷區的讀者還是難得一見，也是早已企盼的文學作品」[4]，當劉以鬯及其兄長創辦懷正文化社，就以《風蕭蕭》為首部出版物，十分重視這書，該社創辦時發給同業的信上，即頗為詳細地介紹《風蕭蕭》，作為重點出版物。徐訏有一段時期寄住在懷正文化社的宿舍，與社內職員及其他作家過從甚密，直至一九四八年間，國共內戰愈轉劇烈，幣值急跌，金融陷於崩潰，不單懷正文化社結束業務，其他出版社也無法生存，徐訏這階段整理和再版個人著作的工作，無法避免遭遇現實上的挫折。

然而更內在的打擊是一九四八至四九年間，主流左翼文論對被視為「自由主義作家」或「小資產階級作家」的批判，一九四八年三月，郭沫若在香港出版的《大眾文藝叢刊》第一輯發表〈斥反動文藝〉，把他心目中的「反動作家」分為「紅黃藍白黑」五種逐一批判，點名批評了沈從文、蕭乾和朱光潛。該刊同期另有邵荃麟〈對於當前文藝運動的意見——檢討‧批判‧和今後的方向〉一文重申對知識份子更嚴厲的要求，包括「思想改造」。雖然徐訏不像沈從文般受到即時的打擊，但也逐漸意識到主流文壇已難以容納他，如沈寂所言：「自後，上海一些左傾的報紙開始對他批評。他無動於衷，直至解放，輿論對他公開指責。稱《風蕭蕭》歌頌特務。他也不辯論，知道自己不可能再在上海逗留，上海也不會再允許他曾從事一輩子的寫作，就捨別妻女，

[4] 沈寂〈百年人生風雨路——記徐訏〉，收錄於《徐訏先生誕辰100週年紀念文選》，上海：上海社會科學院出版社，二〇〇八。

離開上海到香港。」[5] 一九四九年五月二十七日，解放軍攻克上海，中共成立新的上海市人民政府，徐訏仍留在上海，差不多一年後，終於不得不結束這階段的工作，在不自願的情況下離開，從此一去不返。

二

一九五〇年的五、六月間，徐訏離開上海來到香港。由於內地政局的變化，其時香港聚集了大批從內地到港的作家，他們最初都以香港為暫居地，但隨著兩岸局勢進一步變化，他們大部份最終定居香港。另一方面，美蘇兩大陣營冷戰局勢下的意識形態對壘，造就五十年代香港文化刊物興盛的局面，內地作家亦得以繼續在香港發表作品。徐訏的寫作以小說和新詩為主，來港後亦寫作了大量雜文和文藝評論，五十年代中期，他以「東方既白」為筆名，在香港《祖國月刊》及台灣《自由中國》等雜誌發表〈從毛澤東的沁園春說起〉、〈新個性主義文藝與大眾文藝〉、〈在陰黯矛盾中演變的大陸文藝〉等評論文章，部份收錄於《在文藝思想與文化政策中》、《回到個人主義與自由主義》及《現代中國文學過眼錄》等書中。

徐訏在這系列文章中，回顧也提出左翼文論的不足，特別對左翼文論的「黨性」提出質疑，也不同意左翼文論要求知識份子作思想改造。這系列文章在某程度上，可說回應了一九四八、四九年間中國大陸左翼文論的泛政治化觀點，更重要的，是徐訏在多篇文章中，以自由主義文藝的

5 沈寂〈百年人生風雨路——記徐訏〉，收錄於《徐訏先生誕辰100週年紀念文選》，上海：上海社會科學院出版社，二〇〇八。

觀念為基礎，提出「新個性主義文藝」作為他所期許的文學理念，他說：「新個性主義文藝必須在文藝絕對自由中提倡，要作家看重自己的工作，對自己的人格尊嚴有覺醒而不願為任何力量做奴隸的意識中生長。」[6]徐訏文藝生命的本質是小說家、詩人，理論鋪陳本不是他強項，然而經歷時代的洗禮，他也竭力整理各種思想，最終仍見頗為完整而具體地，提出獨立的文學理念，尤其把這系列文章放諸冷戰時期左右翼意識形態對立、作家的獨立尊嚴飽受侵蝕的時代，更見徐訏提出的「新個性主義文藝」所倡導的獨立、自主和覺醒的可貴，以及其得來不易。

《現代中國文學過眼錄》一書除了選錄五十年代中期發表的文藝評論，包括《在文藝思想與文化政策中》和《回到個人主義與自由主義》二書中的文章，也收錄一輯相信是他七十年代寫成的回顧五四運動以來新文學發展的文章，集中在思想方面提出討論，題為「現代中國文學的課題」，多篇文章的論述重心，正如王宏志所論，是「否定政治對文學的干預」[7]，而當中表面上是「非政治」的文學史論述，「實質上具備了非常重大的政治意義：它們否定了大陸的文學史論述」[8]，徐訏所針對的是五十年代至文革期間中國大陸所出版的文學史當中的泛政治論述，動輒以「反動」、「唯心」、「毒草」、「逆流」等字眼來形容不符合政治要求的作家；所以王宏志最後提出《現代中國文學過眼錄》一書的「非政治論述」，實際上「包括了多麼強烈的政治含義」。這政治含義，其實也就是徐訏對時代主潮的回應，以「新個性主義文藝」所倡導的獨立、

6 徐訏〈新個性主義文藝與大眾文藝〉，收錄於《現代中國文學過眼錄》，台北：時報文化，一九九一。
7 王宏志〈心造的幻影——談徐訏的《現代中國文學的課題》〉，收錄於《歷史的偶然：從香港看中國現代文學史》，香港：牛津大學出版社，一九九七。
8 同前註。

自主和覺醒，抗衡時代主潮對作家的矮化和宰制。

《現代中國文學過眼錄》一書顯出徐訏獨立的知識份子品格，然而正由於徐訏對政治和文藝的清醒，使他不願附和於任何潮流和風尚，難免於孤寂苦悶，亦使我們從另一角度了解徐訏文學作品中常常流露的落寞之情，並不僅是一種文人性質的愁思，而更由於他的清醒和拒絕附和。一九五七年，徐訏在香港《祖國月刊》發表〈自由主義與文藝的自由〉一文，除了文藝評論上的觀點，文中亦表達了一點個人感受：「個人的苦悶不安，徬徨無依之感，正如在大海狂濤中的小舟。」[9]放諸五十年代的文化環境而觀，這不單是一種「個人的苦悶」，更是五十年代一輩南來香港者的集體處境，一種時代的苦悶。

三

徐訏到香港後繼續創作，從五十至七十年代末，他在香港的《星島日報》、《星島週報》、《祖國月刊》、《今日世界》、《文藝新潮》、《熱風》、《筆端》、《七藝》、《新生晚報》、《明報月刊》等刊物發表大量作品，包括新詩、小說、散文隨筆和評論，並先後結集為單行本，著者如《江湖行》、《盲戀》、《時與光》、《悲慘的世紀》等。香港時期的徐訏也有多部小說改編為電影，包括《風蕭蕭》（屠光啟導演、編劇，香港：邵氏公司，一九五四）、《傳統》（唐煌導演、徐訏編劇，香港：亞洲影業有限公司，一九五五）、《痴心井》（唐煌導演、

[9] 徐訏〈自由主義與文藝的自由〉，收錄於《個人的覺醒與民主自由》，台北：傳記文學出版社，一九七九。

王植波編劇，香港：邵氏公司，一九五五）、《鬼戀》（屠光啟導演、編劇，香港：麗都影片公司，一九五六）、《盲戀》（易文導演、徐訏編劇，香港：新華影業公司，一九五六）、《後門》（李翰祥導演、王月汀編劇，香港：邵氏公司，一九六〇）、《江湖行》（張曾澤導演、倪匡編劇，香港：邵氏公司，一九七三）、《人約黃昏》（改編自《鬼戀》，陳逸飛導演、王仲儒編劇，香港：思遠影業公司，一九九六）等。

徐訏早期作品富浪漫傳奇色彩，善於刻劃人物心理，如〈鬼戀〉、〈吉布賽的誘惑〉、〈精神病患者的悲歌〉等，五十年代以後的香港時期作品，部份延續上海時期風格，如《江湖行》、《後門》、《盲戀》，貫徹他早年的風格，另一部份作品則表達歷經離散的南來者的鄉愁和文化差異，如小說《過客》、詩集《時間的去處》和《原野的呼聲》等。

從徐訏香港時期的作品不難讀出，徐訏的苦悶除了性格上的孤高，更在於內地文化特質的堅守，拒絕被「香港化」。在《鳥語》、《過客》和《癡心井》等小說的南來者角色眼中，香港不單是一塊異質的土地，也是一片理想的墓場、一切失意的觸媒。一九五〇年的《鳥語》以「失語」道出一個流落香港的上海文化人的「雙重失落」，而在《癡心井》的終末則提出香港作為上海的重像，形似卻已毫無意義。徐訏拒絕被「香港化」的心志更具體見於一九五八年的《過客》，自我關閉的王逸心以選擇性的「失語」保存他的上海性，一種不見容於當世的孤高，既使他與現實格格不入，卻是他保存自我不失的唯一途徑。[10]

徐訏寫於一九五三年的〈原野的理想〉一詩，寫青年時代對理想的追尋，以及五十年代從上

10 參陳智德《解體我城：香港文學1950-2005》，香港：花千樹出版有限公司，二〇〇九。

海「流落」到香港後的理想幻滅之感：

多年來我各處漂泊，
唯願把血汗化為愛情，
遍灑在貧瘠的大地，
孕育出燦爛的生命。

但如今我流落在污穢的鬧市，
陽光裡飛揚著灰塵，
垃圾混合著純潔的泥土，
花不再鮮豔，草不再青。

海水裡漂浮著死屍，
山谷中蕩漾著酒肉的臭腥，
潺潺的溪流都是怨艾，
多少的鳥語也不帶歡欣。

茶座上是庸俗的笑語，

市上傳聞著漲落的黃金，
戲院裡都是低級的影片，
街頭擁擠著廉價的愛情。

此地已無原野的理想，
醉城裡我為何獨醒，
三更後萬家的燈火已滅，
何人在留意月兒的光明。

「原野的理想」代表過去在內地的文化價值，在作者如今流落的「污穢的鬧市」中完全落空，面對的不單是現實上的困局，更是觀念上的困局。這首詩不單純是一種個人抒情，更哀悼一代人的理想失落，筆調沉重。〈原野的理想〉一詩寫於一九五三年，其時徐訏從上海到香港三年，由於上海和香港的文化差距，使他無法適應，但正如同時代大量從內地到香港的人一樣，他從暫居而最終定居香港，終生未再踏足家鄉。

四

司馬長風在《中國新文學史》中指徐訏的詩「與新月派極為接近」，並以此而得到司馬長風的正面評價，[11]徐訏早年的詩歌，包括結集為《四十詩綜》的五部詩集，形式大多是四句一節，隔句押韻，一九五八年出版的《時間的去處》，收錄他移居香港後的詩作，形式上變化不大，仍然大多是四句一節，隔句押韻，大概延續新月派的格律化形式，使徐訏能與消逝的歲月多一分聯繫，該形式與他所懷念的故鄉，同樣作為記憶的一部份，而不忍割捨。

在形式以外，《時間的去處》更可觀的，是詩集中〈原野的理想〉、〈記憶裡的過去〉、〈時間的去處〉等詩流露對香港的厭倦、對理想的幻滅、對時局的憤怒，很能代表五十年代一輩南來者的心境，當中的關鍵在於徐訏寫出時空錯置的矛盾。對現實疏離，形同放棄，皆因被投放於錯誤的時空，卻造就出《時間的去處》這樣近乎形而上地談論著厭倦和幻滅的詩集。

六七十年代以後，徐訏的詩歌形式部份仍舊，卻有更多轉用自由詩的形式，不再四句一節，隔句押韻，這是否表示他從懷鄉的情結走出？相比他早年作品，徐訏六七十年代以後的詩作更精細地表現哲思，如《原野的理想》中的〈久坐〉、〈等待〉和〈觀望中的迷失〉、〈變幻中的蛻變〉等詩，嘗試思考超越的課題，亦由此引向詩歌本身所造就的超越。另一種哲思，則思考社會和時局的幻變，《原野的理想》中的〈小島〉、〈擁擠著的群像〉以及一九七九年以「任子楚」

[11] 司馬長風《中國新文學史（下卷）》，香港：昭明出版社，一九七八。

為筆名發表的〈無題的問句〉，時而抽離、時而質問，以至向自我的內在挖掘，尋求回應外在世界的方向，尋求時代的真象，因清醒而絕望，卻不放棄掙扎，最終引向的也是詩歌本身所造就的超越。

最後，我想再次引用徐訏在《現代中國文學過眼錄》中的一段：「新個性主義文藝必須在文藝絕對自由中提倡，要作家看重自己的工作，對自己的人格尊嚴有覺醒而不願為任何力量做奴隸的意識中生長。」[12]時代的轉折教徐訏身不由己地流離，歷經苦思、掙扎和持續的創作，最終以倡導獨立自主和覺醒的呼聲，回應也抗衡時代主潮對作家的矮化和宰制，可說從時代的轉折中尋回自主的位置，其所達致的超越，與〈變幻中的蛻變〉、〈小島〉、〈無題的問句〉等詩歌的高度同等。

＊陳智德：筆名陳滅，一九六九年香港出生，台灣東海大學中文系畢業，香港嶺南大學哲學碩士及博士，現任香港教育學院文學及文化學系助理教授，著有《解體我城：香港文學1950-2005》、《地文誌——追憶香港地方與文學》、《抗世詩話》以及詩集《市場，去死吧》、《低保真》等。

[12] 徐訏〈新個性主義文藝與大眾文藝〉，收錄於《現代中國文學過眼錄》，台北：時報文化，一九九一。

目次

《三邊文學》序

這本集子是雜湊的集子，無以為名，名之曰「三邊文學」，因為集分三編，每編一名，第一編曰「場邊文學」，第二編曰「門邊文學」，第三編曰「街邊文學」。

一

自從科舉廢止以來，已經有半世紀以上的時間，可是科舉頭腦似乎始終留在我們「文學家」的靈魂裡。科舉時代，大家寫八股文，寫好八股文，中了進士、狀元去做官，這在想做官的人原未可厚非，但他往往以為天下文章已盡於八股文，場闈以外的文章，認為都是引車賣漿之流的俚語俗言，不值一顧。

現在許多大學裡或研究院裡一些學生，也就除不了這套頭巾。他以為天下文章，不在大學英文系中文系中，也一定在美國大學的寫作專修班裡，覺得自己生來就有一身絕技，才能進門入堂，留學上國。忽聽校外也有文學，不免大為驚異，初則抓手挖耳，再則將信將疑，最後則叱之為偏門左道，魔經邪說。從此天下太平，文學定於一尊。

這二者都認為文學為高高在上之物。錦繡文才，豈能流落平常人家。字字璣珠，必賴帝皇或上國品題。他們因此要把文學說成高超神祕，好像文學是不染一點泥土氣息，或煙火姻緣的東西。

這種意識形態，前者可說是遺老，後者則是遺少。以前帝皇考選才子，欽定狀元、探花。現在老闆選認才幹，專送留美進修。形式不一，性質相同。被選者揚揚得意，原是人之常情，但以為主子選「才」，其「才」乃唯「我」所有，此「才」必是與生俱來，與世無涉。這就有點可笑了。

因為，事實上，文學起源於民間，生根於生活。文學家創作的泉源是生活，一個作家有生活才能寫作，死了就不能寫作。這是說，生活原是人的心智的來源，沒有生活就沒心智，正如沒有營養，就沒有生命。可是遺老遺少們不承認這一點，他們認為「文學」才能是天生的，與生活無涉，如說依賴生活，顯然是寫實主義的舊調。

可是我竟認為「寫實」、「象徵」、「表現」、「印象」……不過是表現的方法與方向的名詞，這與文學的源泉是生活是毫無關係的。

近幾十年來，藝術上文藝上流派很多，如意象派、達達主義、惡魔派、未來派、現代派，在小說上有意識流，有反小說的小說，在戲劇上有荒謬劇，有迷幻藥文學藝術……趨勢所及，似乎都是遠離生活的姿態，可是按之實際，正是反映真實人生的另一面。從忠於自己觀察力的繪畫，走到忠於畫幅的繪畫，從忠於客觀世界的小說，到忠於內心流動變幻的小說，從邏輯的推理的世界，到紛亂無意義的現實，都是隨著時代的發展以及科學注釋的變易的自然趨勢。這些文藝上的表現只是多方面的不同角度不同層次的現實的表現，這也正是人間的，而不是非人間的。最想逃避現實的思想與情感，正是對現實最有反應的思想與情感。

我是一個凡人，所說明的是凡人的意見。文藝上千紅萬紫的花果，正是人間的千變萬化的人與人生，其創作動機與意義，都是根植於生活的泥土之中，藝術之可貴，就在它出於淤泥而不污。藝術家是人，是必須呼吸空氣，吃糧食，穿衣服，追求異性的人。他一定是他的父母所生，有一個隨時病倒隨時死去的肉體，而他是在人類生活中生長的人，所以他的作品永遠逃不出他的生活。

但這些話竟是場闈文學家所不願聽也不願接受的，因為它揭穿了他們的「狀元」、「探花」的紙面具。他們只有把文學說成神祕高貴，高不可攀，才顯得自己的異乎常人。現在聽到文學是與人間的生活在一起，並不是雲端的亭台樓閣，這自然是有損於他們的尊嚴與面子，自不免詫異慌張痛恨起來。這沒有別的，這只是因為欽定的「高超」、「華貴」與自認神祕的都被拆穿，仙骨照成骷髏，廟堂變成了市廛，拍胸捻鬚的天才，還原成母親或母牛的奶汁，而奶汁不過是「性生活」的現實。

本來場外的人很多，有的遠在階下，以為場闈之中都是英豪，高調必有根據，文藝豈敢亂碰。而我偏在場邊，看清楚闈中慌張恚恨面紅耳赤的嘴臉，不免寫了些閑文雜學，因此名之為《場邊文學》。

二

世上好像有不少「文學入門」的書，我年輕時因為要入文學之門，也讀了不少，但似乎越讀越在門外。多年以後，才恍然大悟，原來根本上天下並無「文學之門」。「門」是有的，但不是文學之門，而是文字之門，是技術之門。

這不但是文學。一切藝術都是如此，老師能教的是技術與形式，是表現的方法。藝術則是從感受而來，感受是從生活而來，我們要表達感受，就要通過媒介——文字、聲音、顏色、線條與通過我們的技術——寫實，象徵，暗示，解剖……

這些工具，這些技術，都有門可入。而藝術則是無門之門，是四通八達的原野，是到處是路的海洋，只要有誠意有勇氣有愛好有興趣，它怎麼摸也就摸進去了。

但是我看到成撮的人搭起牌樓，高掛文學藝術招牌。為首者，頭戴博士帽子，腰纏文學字典，打鑼敲鼓高呼：「欲進文學之門，『沿此路過』。」

於是我又看到一群年輕人在那些門口排隊：他們想進文學之門。

「你有讀過《文學入門》麼？」

「讀過。」

「是不是讀我所編的？」

「不是吧。」

「那麼買一本去讀去，十二元八角，學生八折優待。」

於是我看見果然有人「入門」了。

兩年後，有不少書出來。

有名的兩本，一本是：《莎士比亞悲劇中所借用的中文、意文、法文、丹麥文、荷蘭文的研究》，另一本是：《紅樓夢裡林黛玉的眼淚的分量與曹雪芹的文學天才》。這兩書的作者馬上成「文學家」，分任中西文學協會正副會長。

這也就是所謂「門內文學」。

而我偏在門邊，也竟有在門外的人以為我從門內出來。他們要同我談談文學，我說：

「我能談的恐怕只是門邊文學。」

「門邊是不是旁門左道的意思？」

「也許是的。因為我看不見文學的『正』門『右』道。」

「那麼你就談談門邊文學吧。」

因此，我的第二編，稱之為《門邊文學》。

三

魯迅曾經說他的雜感文集是深夜街頭擺著的小攤，所有的無非是幾個小釘，幾塊瓦礫。但他希望並相信有些人會從中尋出合於他用的東西。我這裡收集的文章，自稱為《街邊文學》，自有仿效先賢之嫌疑。實則我的街邊文學的意思並不是如此。

我想文學中最高貴的當然是廟堂文學。第一等的廟堂文學是嵌在廟堂的高牆厚壁上的石碑文學，有的是對於先聖先賢的讚美，有的是先帝先皇的傳略、先烈先傑的紀載，有的對於列祖列宗的表揚。第二等廟堂文學是壽屏壽幛掛在中堂上供人欣賞的，或者是碑文墓銘，雖是石刻在山野之間，但拓本則傳流於名人之手。

低於廟堂文學的是客廳文學，那如有錢人周遊世界以後，回來寫了卅四國遊記，裡面有各地風光的紀錄，各地實業的考察，還有許多照相圖片，包括他在好萊塢與艷星一同照的，在英國皇宮前與御林軍在一起照的，在希臘與前甘尼地夫人握手的，……精印精裝，出版後放在客廳裡，任人翻閱，以收美譽。

客廳文學以外，則是課堂文學。內容雖常東抄西襲，外表則是富麗堂皇，名人題簽，同事寫序，上獻已故祖宗，下傳入門弟子，或標大學講義，或標博士論文。印刷費來自基金會津貼，派作課本，買主年年難卻。

課堂文學以次，則是沙龍文學，「沙龍」雖似「客廳」，但新舊大小有別。沙龍中往還都是文學家、詩人，電影導演、明星，以及大家閨秀、小家碧玉……大家都會點洋文，嘰嘰一室，喳喳有聲。這裡的文學則印成書本，或刊在文學刊物上，一本出來，互相饋贈，你說我是Henry James第二，我說你是T. S. Elliot再世。咖啡一杯，香煙一支，天才橫溢，笑容滿面。

沙龍文學之外，則是書店文學，這些作者，無黨無派，自寫自印，求知己的顧客，尋讀者於陌生。

最低等則街邊文學，那是文章刊在報屁股上，報紙冷落地躺在街邊的攤上。有人買了一張報紙，在等情人的路角，翻了一翻，既不覺痛，也不覺癢；有人看看新聞，讀讀「馬經」，視「大作」於無睹，覺「廢話」之多餘。還有人專讀武打與愛情小說，覺得雜感短文，不外是破銅爛鐵，決不會是高爐煉鋼之結晶或女媧補天的餘滴。而我竟也身躋街頭，耳染目濡，有時不免東寫西寫，現在集在一起，故名之曰《街邊文學》。

《黃幻吾先生畫集》序

東壁雨雪霏霏，
西壁新月如眉，
南懸蒼鷹奔天，
北掛鸜鵒午睡。

多少虎吼猿啼，
還有杜鵑鳴淚，
動人的還有游魚無情，
把池中的荷葉弄碎。

遠處白浪滔天，
天外孤舟未回，
何怪路邊難婦，
痴望夕陽光輝。

願借畫人顏色，
洗去我面頰憔悴，
讓我靈魂躲在你畫中，
冒充「李白夜醉」。

這首詩是當時看了幻吾兄第一次在上海大新公司樓上回來寫的，現在讀起來一方面覺得有隔世之感，一方面又覺得他的畫幅就在我目前的周圍。

幻吾兄與我相識，是從他到上海寫信給我開始。那時他行裝初卸，同他的美麗的夫人，活潑的公子住在汶林路一間小樓上，我住在貝當路高恩路角，彼此相距數百步，過從甚密。以後他的夫人與公子回安南，他一個人靜居作畫，一揮十餘幅。筆到處呼風喚雨，招虎揮鶴；我非常羨慕妒嫉。對於繪畫，我全本外行而偏又萬分喜愛，看他在小樓中，忽而奔走於崇嶺峻山，忽而飄蕩於海闊天空，忽而與鸚鵡對語，忽而偕白鴿飛翔，覺得他的生活遠比我要自由豐富了。

藝術有賴於想像是一致的，但因為媒介工具的不同，表現技術的異趨，不同的藝術就有不同的領域。間或有從他種藝術攝取一點方法作為另一藝術的方法，如詩中的畫意與畫中的詩意，其在欣賞者所獲的還是完全不同的印象。所以這一個距離是自然而無法消滅的。即使同在繪畫中，西洋畫與國畫，也因其媒介工具之不同與表現技術之異趨而各有所歸。幻吾初從師習西洋畫，人們後忽覺其內心欲表達者，不若賴中國畫傳導為佳。這原因我後來發現，還是他對於中國文學有甚深之修養所致。而這種藝術的傳統則常貫通的。可是初期西洋畫的訓練，對於他並不是沒有益處，在技術上他的確擴充了國畫所不常到的一些領域。

他在國外曾經讀過一些我的創作，回國後更讀了我所有大小的作品，因此我們的了解日深，但是我送他的不過是一些出版了的書，而他則送我美麗的畫幅。有一次我說我送他的書而我自己還保存著，藝術的作品如果等於自己的子女，那麼我送他的不過是兒子的照相，兒子還在我的家裡；而他送我的則是兒子本人，他也許永遠就見不到了。我說這話當時雖只是開玩笑，但似乎也說出繪畫的作品與文藝的作品在作者關係上的不同。

後來他要出畫集，約我寫一篇序，這是我力不逮、心想做而不敢做的事，很想多有點了解再動筆。但接著我每天在準備內行，所以心緒非常不寧，什麼文章都沒有寫，他所要的序因此更耽誤下來。可是他在每天碰到時候就催我，而我偏是倉倉促促地離開上海了。

大概正是我動身離滬的前一個星期，我從外面回家，忽然接到幻吾一張字條，說他聽到今天日本人要檢查貝當路一帶消息，叫我趕快把一些書籍雜誌檢點燒去。我當時覺得滿房間的書刊，實在無法理起，只有書店送我的一部抗戰小叢書，大概有三十本，是放在一起的，我就把它毀了，其餘的我只好不動。這是我離滬前最後與幻吾的交往。後來我知道有人在找我要我去組織什麼，我兩天之內就棄家離滬，連派一個人走幾百步路去通知幻吾的時間都沒有。

我觀幻吾的畫，最充分的自然還是在他展覽會上。我所獲的印象，是他題材的廣泛。他有氣魄，力量，操縱龐大的畫幅有浩瀚之勢，勾劃纖小的畫面則有輕鬆的詩意，他寫意如行雲流水，工筆如鑲金嵌玉。在作品中，以我主觀所及，他繪花卉羽毛，真是無一不精；至若飛舞的落葉，奔馳的流水，澎湃激撞之海浪，變幻莫測的雲層，閃電疾風迅雷飛瀑等之題材，他更有獨到的手法，自成一家的技術，傳達他超越的感應。說他對於動的感應特別敏銳，則他對於平靜的山野，寂寞的鄉村都有美麗的表現；唯對於猿猴虎豹以及其他的獸類，就不免失之於死板，沒有它們天性中活躍的韻律。在人物中，幻吾善於寫意而不精於寫實。寫實的功夫原是中國畫家不著重的地方，但寫實的功夫有益於寫意與韻律，這是不可以否認的。在人體上能夠精確地表現肌肉骨骼，於衣著的韻律極有幫助。中國畫到現在還是多數畫古裝人物，原因還在古裝的衣裝博大，其韻律線條，可以從畫帖上觀摩學習，現代裝要表露人體的曲線，未獲得其人體韻律，很難捉到其神韻。幻吾的現代裝人物，在中國畫家中也算是很有成績的，但仍不及他古裝人物之情趣與活躍。

我離上海凡四年，走了大半個地球回來，自己覺得像蒼蠅一樣毫無進步，繞一個圈子又回到原來的地方。可是發現我們的畫家，雖然搬了一個家——仍舊在小樓作畫，還是時而與鸚鵡對語，時而借白鴿飛翔。

他拿出兩冊畫集送我，仍叮嚀要我寫一個序，預備為總集之用。我答應下來，原想借此可以看看他別後幾年來的作品，但是他只是指給我一疊一疊放在樓板上的空間，樓小畫多，無法搬動取觀。

現在寫序，引起我印象的，還是我腦中浮起的琳琅滿目第一次大新公司樓上的展覽會。我檢出那首三十一年三月二十九日的詩，就似乎又到了畫家的世界——飛瀑，鸚鵡，杜鵑，靜靜的夜月，奔騰的海濤……而忽然想到：這首本想第二天就給幻吾看的詩，而一隔竟是數年！

「我老了許多了！」我說。

「沒有，沒有，而且氣色很好。」

「四年前我在觀你展覽會後我寫的一首詩，原想拿來討你一幅畫的。」

「四年前你所答應寫的序還沒有交卷呢。」

「我就寫。」我說：「但是那畫呢？」

「什麼畫？」

「李白夜醉。」

「賣掉了！」

……

現在借寫序機會，我正式在這裡求保存這張畫的人把它讓我。我記得那是掛在展覽會場出口處左首的。畫幅很小，定價不高。如果有人願以幻吾這個兒子的真身，換我現有全部兒子的照相，我是非常願意的。

《之子于歸》後記

我雖有輕度的近視，但除了看戲以及特別要看清一點什麼以外，我總懶於戴眼鏡。平常我總自認視力不行，可是在戴上眼鏡的時候，我覺得我與常人無異。可是那天我在戲院裡竟不認識蘇鳳，他坐在我前面，不算太遠，而我又戴著眼鏡。

對於這樣簡單的故事，也可以有兩種解釋：一種是我的近視的程度加深了，一種是蘇鳳的樣子變了。許多大問題的爭執與吵鬧，有時候也只是發源於這樣簡單的分歧。要是這次沒有認出蘇鳳而各自於散戲時回家，那麼說起來就是沒有碰見。事實的碰見，在沒有第三人證明之下，是無從知道的，也無從證明。但當時我幸虧認出他的太太，我想像坐在蘇鳳太太旁邊的總是蘇鳳。為證明是否蘇鳳，我站起招手，果然他太太也向我招手，我看見她告訴了蘇鳳，於是蘇鳳也向我招手。他的手我也認不出，只認識他手的動作。

在閉幕的時候，蘇鳳夫婦出來同我招呼。

「原來是你瘦了。」

「他這些日子瘦得厲害呀。」蘇鳳夫人溫柔而憐惜地說。

「我趕完了那一個劇本。」

「趕完了？」前些日子他告訴我在寫劇本，而現在趕完了。

於是他告訴我有人要排演，我就邀他交我編入《作風小叢書》裡面。幾天以後，他把稿子交我。這就是這本《之子于歸》。

作者是一個優秀的記者，是中國新聞紙上的一個知名的columnist，他從不以藝術家自居。他好幾次對我說起，他寫過的東西從來不保存，從來未結集。他自己覺得他在四十歲以後，也許可以寫出點比較像樣的東西。這態度，我想唯有真正尊敬藝術，刻苦地在藝術領域中工作的人，才能夠欣賞了解。

但是作者並不是輕視工作的人。他的工作，總是他的汗，他的血，他的體重所換來的。對於半月一月未晤的朋友，如果他較以前胖了，我會很淡漠；但如果他較以前瘦了，我就會感到一種說不出可親近可愛的感覺。

那麼我應該期望在十年以後一個戲院裡，我帶著更深度的眼鏡，同一個溫柔的太太招呼，再向她旁邊我認不出的丈夫招呼。我說：

「原來是你瘦了。」

「他這些日子瘦得厲害呀。」這聲音一定是更溫柔而動人。

「我趕完了那一個劇本。」

「趕完了？」那時我心裡會回想到這《之子于歸》，而計算著到那時他已經寫到第X十一個嚴肅的劇本時，我想不出我是用什麼樣的聲音了。

那時候我假如還有光榮在蘇鳳的劇本出版時寫幾句後記的話，我會這樣寫：

「離作者第一個劇本《之子于歸》，現在已經十年了！十年前的藝術界，朋友間捧場喝采之中，我總是嚴肅地把漂亮的、光榮的冠冕期許許多作者的將來。當時被捧場喝采的作品，現在很多已無人提起，而我的期望雖有許多落空，但也有許多沒有落空，這就是一本。」

一九四三，五，十九。

《一朵小白花》序

日子過得真快，轉眼一算，我認識華苓已經有十年了。我第一次見到華苓是在一九五三年我第二次到台灣時。那時她很害羞，像是剛從大學出來的年輕小姐。當時我們沒有談什麼話，後來我又在一個宴席上碰見她同她的先生，才知道原來她已結婚多年，也已經有了孩子了。以後我回到香港，因為華苓是一個刊物的編輯，我又在寫稿，所以常有信札往還。我一生可說以投稿為生，認識的編輯不算少，但是好編輯則不多，華苓則是我認識的少數的最好編輯之一。要做一個刊物的好編輯，條件很多，但第一流編輯，一定會做到使作者與讀者把這個刊物當作自己的刊物。商業上有句最好的標語，就是：「你覺得我們不好的地方請告訴我們，你覺得我們好的地方請告訴別人。」好的編輯往往就使作者與讀者同他打成一片，不但願意貢獻意見，而且聽到外面的評語就來告訴作者。

華苓就是這樣使我做了她的忠實的作者與讀者。我們通信也更密切，我們在信中有時候也談到一些自己的生活與認識的朋友。我馬上發現我們有不少共同相識的朋友。我的友好如已故的孫晉三教授與已奉神職的徐誠斌神父都是她的老師。這樣一算，我也就顯得老了。但因此，也使我們信中有更自由與更廣泛的話可談，我在讀到她的作品後，也往往就直率地說說我的意見。在作家圈子裡，朋友間可以隨意坦白地說說對方作品的好壞實在不多。我常覺得一個真正藝術家應該有他的自信同時又有他信。自信就是自己寫作時候不是隨便寫的，有一種原則性的信仰，所以能接受別人合於自己原則性的批評。他信則是對不合於自己原則性的批評都能尊敬。尊敬雖不是接受，但須了解批評者的立場、角度，以及他所寫的原則性的東西。

我對華苓作品的意見，我知道不一定都是她所能接受的，但是她喜歡聽我的意見，這點使我對她起很大的敬意。朋友往往因說真話而更接近，也因為更接近而更說真話，等到對對方的作品都可以隨便發表意見，我們就是無話不談了。

她的作品，我讀過的有中篇《失去的金鈴子》與短篇小說集《翡翠貓》。我讀了這兩本書後，自信我在哪裡讀到華苓的作品，即使她不署名，都會認得出是她寫的，因為她的作品都是很有個性的作品。好處是她自己的，缺點也是她自己的。

不知什麼時候開始，我們談到我要為她新書寫一篇序，目的是紀念我們的友情。去年我到台灣，她給我看她編好的短篇集。我看了覺得編得太亂，收集的文章太雜，裡面有許多小品的文章也放在一起，我勸她重新編一下，或者分為上下兩部，或者索性分為兩書出版。她很接受我的意見。當時因為那些從報紙剪下來的零零碎碎不整齊的小塊，實在不容易讀，我說，索性等清樣出來時再寄我，我也可以為你校對一次。

現在，她果然把清樣寄來了。我打開一看，真是像一包珠寶一樣，篇篇玲瓏晶瑩，熠熠發光。妻先搶了去讀，愛不釋手。她連連稱讚作者的表現能力，說裡面輕淡有力的暗示，簡潔靈活的描寫都表示作者技巧的圓熟。這評語自然很對。但我說，仔細看起來，這些珠寶裡面也許多是有斑汙與裂痕的。妻說，這也許只是我的偏見。

偏見，我是承認的。對華苓，我就愛說我的偏見。

記得我讀《失去的金鈴子》時，我曾對華苓說過，我讀來有一種太擠的感覺。這就是說她在一定的間架裡裝了太多的東西。雖是美好的散文，但不是小說所必要的。放在裡面就使我覺得太擠。現在讀她這裡的短篇小說，有些地方也有這樣的感覺。如〈寂寞〉裡，對於袁老先生坐在竹凳上以後的描寫。又如〈珊珊，你在哪兒？〉裡寫齊志飛不買車票以及以後談寫小說什麼的穿插，覺得不但對主題無助，而且還破壞了全文的氣氛。

本集的短篇小說十篇，其中我最喜歡的是〈珊珊，你在哪兒？〉

〈月光、枯井、三腳貓〉，在技巧最完美，手法也新鮮，只是我不喜歡這樣的題目。

〈一朵小白花〉是一篇很完整的作品，兩個人物的個性也寫得很成功。

〈君子好逑〉也是佳作，寫孫婉清頗生色，但寫董天恩則較遜，特別是那一段寫他追求伍小曼的「幽默」的誇張，放在這裡不調和。

〈李環的皮包〉也寫得很細膩，暗示對比的手法用得都見效果。

〈蜜月〉是一篇很有意味的小說，寫兩個人在結合中感到說不出的一種陌生，或者說是除了「進房間」以外無事可做的空虛；但是作者在表現上似欠成功，運用了旁邊幾對人的對白稍嫌散亂，沒有創造出可以使讀者浸潤到作者所要給的氣氛。

這以外的幾篇就比較遜色，但也都是新鮮可讀之作。

〈繡花拖鞋〉與〈橋〉是全書中最弱的兩篇。前者所寫的男女情欲很浮俗，對離婚夫婦的心理刻畫也浮淺。後者我看不出其中人物有什麼個性，女人與男人似乎是誰都一樣。男人也沒有用洋人的必要，裡面並沒有民族心理或習慣傳統的衝突。

讀了這十篇不同主題的作品，我發覺作者似乎有一個共同的傾向，那就是篇篇都籠罩一種淡淡的朦朧的哀愁。除了〈爺爺的寶貝〉以外，幾乎每篇都是在寫人與人之無法真正調和的一個充滿哀怨的孤獨。〈月光、枯井、三腳貓〉中是靈肉的分裂，枯井永遠沒有真正滿足的孤獨。〈繡花拖鞋〉的女主角是一個無法占有丈夫永久愛情而要保住「離婚」的妻子。〈珊珊〉是時間改變了可接近的情人。〈一朵小白花〉也是時間的間隔分隔了以前的朋友。〈君子好逑〉是無法挽回已失的情人。〈李環的皮包〉也是寫無可依求的哀怨。甚至〈蜜月〉，在「蜜月」中，男女之間也正是有無法融合的落寞。這樣一看，我就不得不說作者在題材方面不夠廣闊了。

在這包熠熠發光的珠寶中，粒粒都是琢磨得非常精致的纖小的珠寶，但缺少較重較大的鑽石。我想這是華苓年紀輕，人生的閱歷不夠，以及生活太平易的原因。放在作家前面的有一個壓得透不過氣來的時代，放在中國作家面前的更有無數值得我們思索的問題。我希望華苓會慢慢地去接近它、體驗它，而去寫它。

人說芭蕾舞是宮廷的莊嚴與馬戲班的技藝的融合的藝術；我說小說是書齋的雅靜與馬路的繁鬧融合的藝術。——或者說是象牙之塔的高貴細緻，則只能成為文人的沙龍小說。偉大的小說家一定能在兩者中出入自由並能把兩者熔為一爐的。

我還常覺得開個人畫展或書法展是不容易的事情，因為一個人的作品往往太相同，放在一起，幾十幅幾百幅的字畫，常會給人像是一幅字畫的印象。以前邵洵美先生把他的詩作選了二十五首出了一個集子，叫做詩二十五首，他送我一本，問我的意見。我說詩是頂好的詩，細緻美麗，但是我回味起來，二十五首像是只有一首的印象，似乎作者只是用一種表現方法表現一種內容。他聽了我的話，認為很有道理，後來我細想一下，覺得這也正是最偉大作家都不容易完全避免的事實。一個作家一方面應該有統一的風格，另一方面則需要繁眾的趣味。小說家所寫的生活面越廣，人物層越厚，他的色澤與趣味也就豐富了，放在一起，就不會像壓化在一起的奶油蛋糕一般，只有一種味道了。這也是我敢以自勉並勉華苓的地方。

寫在《中國藝術歌曲之夜》的前面

香港音樂界定於九月在大會堂舉行《中國藝術歌曲之夜》，這是一件值得慶幸之事。

人類之有歌唱，原是在有語言以前，小孩子咿啞學語時已經有歌唱的韻律；它所代表的正是生命的節奏。言語的發達與歌唱結合，才使歌唱的意義擴大與深入，它開始抒發了人類複雜的情感。諸凡人對於時代、生命、社會的感慨讚嘆與希望，常常都成了歌唱的題材。

由於歌唱的發達，才產生了詩，原來與歌唱相結合的舞蹈也另有發展，都成了獨立的藝術。一方面，音樂也因樂器的發達，脫離了語言文字，而成為獨立純粹的樂曲，而原來與歌舞相結合的戲劇，也發展為獨立的話劇。

不過這些分野，只是由於人類文化的繁盛而蓬勃，另一方面歌劇，舞劇，還是有不斷的發展，而音樂與詩詞的因緣也從來沒有斷過。中國有許多詩人也願意根據音樂上的曲調來填詞寫曲，而元朝散曲的作者，幾乎多數是精通音律，他們一面寫詞一面譜曲，成為一種非常豐富的形式。西洋則有許多作曲家，或於對某種詩作的共鳴，而把它譜成歌曲。這是使文字上的詩在音樂中做新的表現的一種努力。中國也開始有許多作曲家做這方面嘗試，這幾十年來，是有它一定的收穫。

自然，這種要重新表現詩人所表現的感受，是一件很轉折的事，所以有時候可能很成功，有時候則很失敗。這一方面是作曲者對於詩作感應的問題，另一方面則是表現手法的問題。

以我個人所聽到的來說，多數把唐詩或宋詞寫成新歌的都覺得非常浮淺，而幾乎都只用速度的滯重來表示古意。我還發覺有許多有象徵意味的詩，用普通浪漫的抒泄的表現往往會流於庸俗，許多作曲者似乎都只是要弄音樂上的技巧，並沒有想表現原詩的意境與趣味；有的也可以說對於詩的意境沒有深切的體會，所以表現的往往是一點浮面的曲調上起伏，有的幾乎只是一個好聽的melody，好像把內容換成任何的詞文，都沒有什麼分別。

近年來，因為電影的發達，附於電影的歌曲，成為通俗的流行歌曲。一般見於歌壇、歌場而風靡於廣大聽眾的，往往是簡單的節奏，抒寫千篇一律的愛情與性所形成的歡欣或悲哀。但因為其易於為人接受，所以只要有歌唱者成功的表達，就可以博得觀眾的愛好。這些歌曲並不能有長存價值，所以風行一時後也就過去。不過其所以為人欣賞的歌唱者，因其與所表現的情感上的附合與恰當，所以其成功仍有值得我們注意的要素。

二次大戰後，法國有一個夜總會的歌手，叫格列歌（Juliette Greco）的紅極一時。存在主義文豪沙特（J. P. Sartre）稱讚她，認為從她歌喉中唱出來的都是詩。這就是一個歌唱者的聲音可以創造歌曲的例子。

這一方面說明有好的歌還要有好的歌喉來表現，另一方面也可以說好的歌手可以使普通的歌曲成為有生命的藝術。我們進一步還可以說，一個好的歌曲，也往往可以創造歌唱家，正如好的劇作可以創造演員一樣。這在西洋與中國都有例子，如John Barrymore因演《Hamlet》而成為名演員，如《洛神》成為梅蘭芳專用的出色的劇本。

當作曲家將所喜愛的詩詞來譜歌之時，這詩詞一方面雖可以輔助歌曲之有較深較細膩的成就，可是另一方面也正是可使作曲家暴露了淺顯或庸俗。

本來音樂的節奏，並不需要文詞，普通用哼哼之聲也就可以表達。用了一定詩文就變成了應有一定的表現，也就是說應有一定的內容。寫得不好的歌，往往哼哼也已足，詞文反而使它顯得不知所云，所以像這樣的歌，不但與詩意無從聯繫，也可以使歌唱者無從表現，這就反不如淺易一點的流行歌曲較有生命了。

這一次香港音樂界演唱藝術歌曲，是選六十年來中國寫歌曲者較為成功之作，而歌唱者又都是名聞遐邇的聲樂家。聽說台灣於去年也曾有同樣的嘗試，博得社會一般的讚美，香港的演出自然也會收同樣的效果。

由於這次表現，我想作曲者對於文詞的感應應該可有一個很好的比較；而歌唱者對於歌曲的感應，也正是一個很好的示範。這對於年輕一代的音樂愛好者，我想會有很大的啟發的。

論個人與社會——介紹張佛泉著：《自由與人權》

新近讀書不少，但求可敬可愛之作，千不得一。原因還在自己讀書為解悶，處此環境，既無心研究什麼，也無錢可搜求什麼書籍。所讀之書，不是在朋友桌上看到借來，就是由什麼出版社惠贈的。

我所謂可敬可愛，可敬指有些作家的工力與才氣而言，可愛則指許多思想意見與我所想者不謀而合。許多可敬的作品不見得可愛，當然也有可愛之作不見得可敬；所以真正可敬可愛之書，實在不多。

近讀張佛泉先生所著的《自由與人權》，則是所謂千不得一的一種著作。他在序言中說：「……避居來臺，侘傺幽憂，不能自懌，乃下帷讀書，專心於英美人權學說及民主制度之探究。……」這使我對自己感到說不出的慚愧。因為我自己讀書只為消愁，而張先生的讀書，則能專心有所探究，終於，「既自信對英美人權學說略得其綱領，爰於去年四月開始屬稿，閱十四月，將本書完成。」這已經令我敬佩無已，而其所謂「本書」，所論種種，大都是我平常片斷所想而未能成體系者，或我自己頗以為有些系統而在他的論證中見到自己的殘缺者，或是仔細想過而未敢貿然自信的問題，在他的驗證中使我自信心油然而生者。

這本書，除了是本好書以外，還正是我們當今文化界期待的一本著作，其重要性不是幾句話所能介紹的。

到香港後，與無數愛好民主的人士接觸；幾年來，我漸漸發現口中民主的人，心中並不民主；我還發現許多談民主提倡民主的人並不了解自由與人權，也即對民主的本質毫無了解；我還發現有些搞政治講民主的人，目的只是反對別人的極權，一旦有權，也不會民主；我還發現，有些民主人士，專論政治，其生活行為完全與所謂近代民主社會的道德無法調和；我還發現有些民主論者不了解個人主義，或反對個人主義；贊成個人主義者又把它當作自私與自大的護身符……。諸如此類，使我實在感到非常失望。

張佛泉先生的《自由與人權》，可以說是徹底地闡明了民主的意義。他把自由分為二種指稱，清楚地給予分別，又肯定地將人權清單放在憲法之前。這不但是學理上奠定民主政治的基礎，在建國上也的確尋出了一條康莊的大道。

近年來對於民主政治的理論的討論很多，或追溯儒教，或窮源西哲，所見不一，而爭論又涉意氣。張著所見，則對此種意見，覺得不關重要，開門見山，從人權清單入手。我覺得這才是人人的意見。因人權是人人的事，說人權來自孔孟的遺教抑自西哲的淵源，則是少數學者之事，大可不提。這是一個了不得的見解。

我常以為如果要談到民主，就必須提倡個人主義，許多人以為個人主義就是自私自大，或以為是小資產的意識形態——只求個人爬上去，不謀階級鬥爭。有人還以為個人主義是與社會矛盾的。這不是無知，就是極權主義者的故意侮蔑。個人主義正是個體單位主義，由彼此承認個人的單位，才有融洽的社會；由彼此了解個體的單位，才可以有不是「眾暴寡，強凌弱」的社會。張著第五章「權力之源與權利主體」，對於個人的單位論有明確的主張。

作者很清楚地引用各種的說法劃分了極權主義與自由主義的不同。但我覺得太學院氣了一些。比方說他引用意大利柔寇的話：

「……自由主義以『社會』係為了個人，法西斯主義以社會為目的，以個人為工具……。」認為最好的鑑別法。

我則覺得這說法是很含糊的。我以為作者從人權清單說起奠定了一個邦國，這個社會為保證與保衛人權清單而存在，個人為爭取入權，所以也要維護自己所屬的社會。反之，極權主義則是奴役了整個的社會在為一個獨裁者的工具。從這個角度來看，自由主義的個人才是為社會，而極權主義的社會，可說完全是為個人。只要不說邦國是有機體，人為社會正是為人權，這是沒有說不通的地方。從著者的整個體系來看，我覺得其結論應當是自由主義的個人為自己的人權，所以也一定是為社會，而這社會是人的社會，人組成的社會。極權主義的社會是沒有的，他所謂社會只是人群或者說是奴隸，而這個所謂社會實際上為幾個人的工具而已。

我覺得為說明民主與極權的區別，用社會為個人與個人為社會的說法，是一種有人相信社會主義的糖衣。因為事實上個人在民主社會裡的努力，也可以說是都是為社會。問題就在這社會是屬於個人，也就是個人所屬的。極權論所說個人為社會，其「個人」與「社會」的概念實在與我們所說的「個人」與「社會」完全是同名異義的。

假如說人生是一個舞台，民主的社會正是大家在演一齣大家所心愛的劇本。每一個人是一個演員，每個人都是在發揮自己天才表演自己愛演的角色。極權的社會則是在演傀儡戲，台上的角色都是木製的。所有木人的對白與動作都由一個人或幾個人在幕後牽線代言。其中木人與木人間毫無表達傳達的關係。而每個木人的四肢都有線操縱在拉人的手裡。

這才是極權與民主根本的不同，所以極權主義所謂「入」與「社會」這兩個概念，其意義與民主的所謂「人」與「社會」完全是不同的。民主社會的個人才說得到是為社會，極權社會裡的個人就無所謂為社會的。

因為作者在這點上用了「人為社會」，「社會為人」這種區別，所以以後論到個人與個人間的傳達與同意，因為要強調「個人」的孤立，所以有許多論述，就不夠圓熟了。

作者說到個人與個人間之不可穿越時，有以下的話：

「人與人之間天然的分離，更使人主體性成為不可穿越。人之主體感覺與意識是各自關閉。彼此之苦樂，無法直接傳達，而唯有持推測或意會始能略知一二。人之苦悶在此，人之至樂在此。」

但雖是各自關閉，人與人是需要彼此傳達的，這傳達雖不能徹底或完全，但因文化之進步，其傳達也隨之進步。這個作者是承認的。他說：

「理智比起主感之傳達則頗不同。人與人之間知識傳達，仗有言語文字及其他符號當工具，此種傳達可準確至某種程度，使彼此之討論得以進行無阻，特別如自然科學的發展，使我們相信人與人對理性知識的傳達，可到一極精密的程度。……」

作者在這裡似乎忽略了所謂「主感」之傳達，所謂彼此苦樂的傳達。他引用了莊子與惠子濠上觀魚所引起的魚樂與否的辯論，作推測意會的例證是不夠的。事實上，這類主感的傳達正是藝術與文學的淵源，基於繪畫詩歌音樂的演進，人與人間都可以賴此傳達內心的苦樂。

我在這裡並不是說由於這些傳達的可能而推論到人與人之間可「同證為一」。我只是說作者的體系似乎無需要把人與人的距離說得這樣不自然。作者的目的要說明「人與人不可能化為一體」，我覺得上生物學上的證據已經足夠了。

人與人之可以傳達與傳達之可能性愈深廣，正是社會的可能與進步，人之需要傳達也是社會起源的一個因素。但是這社會是人的社會。是人人可以求傳達的社會。

這點非常重要。自由主義的社會是人人可以求傳達情意，彼此可以儘量表達與聽取別人的表達的社會，是「以諸個人為始，以諸個人為終」的社會。是一個一個人的社會。這個社會不是有機體，可是由有機體的人組合而成。極權主義並沒有社會，他所謂「社會」同他所說的「人民」、「階級」一些名詞一樣完全是一個幽靈，所以人與人間無傳達之存在，既無表達的自由也無聽取別人表達的自由。因此他指所說「個人為社會」，倒是社會在為獨裁者的個人。

作者對於人權中之言論出版自由看得很重，他引哈克英的話說：「言論及出版自由乃是接近所有自由之中心意義的。在人們不能傳達他們的思想給他人的地方，其他的諸自由都是不安全的。……」

這句話當然是再對沒有。可是仔細分析起來，也還有未盡之意。我想加一句：「在人們不能傳達他們的感情（喜怒哀樂……）給他人的地方，其他的諸自由一定已經完全失去了。」所以藝術與文學的自由為一切自由的風標。我覺得人與人之往還與接近都是從苦樂的彼此傳達而來，我們辦公辦事的接洽都是屬於「組織」的（必須的），而友誼的往還則是「組合」的（用張著的組織與組合的意義），前者屬於法制，後者屬於自然。

我以為自由社會與極權社會的分別，就是在表達的自由。蟻螻不會表達，無所表達，所以牠們的社會與人的社會不同。極權主義沒有表達，不許表達，所以他沒有人的社會。

表達的自由當然是包括傳達的自由，也即是言論出版的自由。我們由此談到多數的問題，我覺得也較為輕易。我倒不是說民主政治要以機械的「多數」為基礎。而是說在民主社會中我們可以看到多數，而在獨裁社會沒有重視多數的問題的。

這因為人的社會有一個個活生生的人，有一個一個在表達、能表達、會表達的人，自然有多數與少數的存在。在不是人的社會中，裡面沒有一個個在表達、能表達、會表達的人，當然無所謂多數與少數。

作者談到民主的會議時，引用了發來特（Mary P. Follet）《創造的經驗（Creative Experience）》之說，作以下的敘述：

會議乃是「團體的討論」。團體的討論是以一問題為中心，各獻所見，有正有駁，有予有取，彼此啟沃，互相開迪，正所謂「論難往來，務期至當，『至當』既得，人人頓覺昇入一更高境界，豁然開朗，聞見一新，無不意滿心喜。眾人更同覺融洽協一，如失間隔，時至為創造的經驗。」

我覺得這種說法，只是一種理想。這種理想，如要實現，則這個會議必須是單純的個人參加才對。如有所代表，或有團體之屬，很難有這種境界。鑒於英美法議會的開會，就可以知道，事實上都是兩個或多個團體的爭執，並不是一個「團體的討論」。

作者似乎為反對先天共同意志之傳統主權論與「集中」主義者之論證，特別強調「創造的經驗」之說。可是一方面作者覺得需要一個「共同意志」，或「求共同意志」。不過說，「卻無有待於民主程序之創造或演化。」因此，作者不得不說：

民主政府之工作，非在登記『同意』，乃在保證一種環境，使人民得以創造並在創造「和一」。「和一」當然是最高的理想，可是事實上是沒有的。

因此我以為：

民主政府之工作，正是登記各種「異意」，乃在保證一環境，使人民得以在各種「異意」中求一個「至當」。這樣的說法比較自然。

作者在否認共同意志，說：「民主顯非有一已在的共同意志支配一切，有如傳統的主權論者所言。」

我則覺得邦國主權意志說固然不能成立，但如說民主國人民有一個共同意志，與邦國意志論是不會相混淆的。作者既然有人權清單在構成法的前面，則成立邦國前就需要一個共同意志。所以與其說民主國沒有共同意志，毋如說民主國的人民只有一個共同意志，這個共同意志正是「已有的」，這即是保證並保衛這個「人權清單」的共同意志。也因為要求保證保衛這個「人權清單」——也即憑這個共同意志——所以才有了邦國。邦國靠人民這個共同意志而成立，所以也只有依靠這個共同意志才可以存在，而邦國才可以為人民所依歸。

以上所言，不敢說到對這本具有十分工力之作批評，因我個人敬愛之心，覺得這是「反共抗俄」最有力之理論，故敢以個人所見所想的求正於作者及民主的學者與戰士。

其次，我覺得我與作者對極權主義有同樣的厭憎，但作者因為反極權主義之故，在書中許多地方極力避免用極權主義者所用的名詞，甚至句語。近些時來，我也發現許多作者也都有意在作此種避免，我覺得這是不必。倒是許多名詞的意義，我們要同他們弄到清楚才對。避免用共產黨的名詞，我以為在心理戰上是一種退卻。為讀者著想，我以為我們尤須爭取這些名詞。因為有曾經讀過共產主義理論的人，或以後會讀到共產主義理論的人，看到不同的名詞，往往以為所指非一，很容易使人糊塗。作者對於許多名詞的翻譯，有特別的見地，我們當然看得出作者用心所在，但我覺得也有過分的地方。譬如「假設」，作者改為「基設」，我以為是不必的。原因是這一類字實在沿用太久，不但已成了習慣，而且中學以上的學生也知道合於英文何字。如今突然一改，如不註英文，很難使人了解作者以為「假」字不好。實則中國文字，常兩個字用在一起，立刻就成立了一個新的意義，無須再拆開來一一計較。這也只是我個人的一些私見。

近來大家漸漸知道，反極權的路徑是只有民主自由的一條路了。可是我見到許多提倡民主自由的人，多不知民主自由的真諦，我想這本書正是愛民主的人所該細讀的。我還碰見到許多歐洲的朋友，他們有一種成見，說：「你們東方從來沒有民主這個東西，為什麼你們一定要主張民主呢？」這本書也正可以給他們一個答覆。我還從報上看到，所謂自由中國的台灣，有許多官吏，甚至立法委員的言論，似乎都不了解「自由」「民主」的意義，那麼這本書倒是他們必須細讀，否則在海外碰到英美人士問起來，實在遮不了醜。如果中國真正想成為一個民主國家，我們必須對於下一代的人要培養成為健全的公民，那麼，這本書正可以做學生的補充讀物。為適應中小學的程度當然要另編教材。我記得以前五色旗時代，中小學有修身，後來有公民一科，使兒童有一些道德的公民的教養，北伐以後改為黨義。現在為建立民主主義的中國著想，似乎又重新徹底將

「人權」「自由」等的真諦傳與兒童才對。這本書正是編這項教科書最好的參考材料。聽說現在許多高級中級的官吏都到革命實踐研究院去進修了，他們所研究的都是立身建國的問題，那麼，我想這本張佛泉的《自由與人權》也正是他們最值得研究的一本書。

為這些理由，敢以至誠推薦這本好書。

一九五五，十一，二十八，香港。

談小說的一些偏見——於梨華《夢回青河》序

我第一次讀到於梨華的作品是在《自由中國》半月刊上，我當時就被她耀目的才華所吸引，雖然我覺得這些作品都不夠成熟。我讀年輕朋友的文章常常看出人家欠成熟的地方，這事實上也許正是一種偏見。經過了幾十年寫作的摸索與體驗，慢慢地就形成了自己獨特的偏好。雖然這些偏好也有原則上信念的根據，但並不是許多人可同意的。所以我的意見只能同幾個朋友交換談談，並不敢以自己的偏好來批評別人的作品。許多大家說得很熱鬧的小說，我看了以後，覺得平凡而且庸俗的有之；許多大家不注意的作品，我偶然讀到，發現作者心血功力特到之處，頗感欽佩的有之。總之，這是一種偏見。但有一點則是真的，我說的都是自己老老實實的所感所想，絕不會人云亦云的。最近於梨華寫了一部《夢回青河》的長篇小說，要我為她寫一篇序，給她一點意見。寫序文本來不一定要說什麼意見，四平八穩冠冕堂皇的話說幾句，也就可算一篇序，但規定要寫點意見，這就有點為難，特別是作者是一個年輕漂亮的女作家。

中國自新文學運動以來，女作家都比較容易得別人稱讚，如以前的文學研究會之對於冰心，《現代評論》與《晨報副刊》之對於凌叔華，三十年左派之對於丁玲，以及《文學雜誌》上的一些自認的批評家之對於張愛玲，大都是言過其實，幾近肉麻。這使以後批評女作家的作品就很為難，如果我老老實實說七十分好，別人以為也是言過其實的慣例，打了一個折扣來聽，這就把稱讚變成了貶抑；如果加五十分變成一百二十分好，已備別人還價來聽，則對於老實的讀者又變成一種違背良心的侮辱。因此，在這篇小序裡，我要特別申明的是第一我說的是老實話，相信我的話的人不需要打折扣來聽的；第二我說的是我自己的偏見，並不一定是公正的批評。

自從《紅樓夢》被認為文學上的傑作以後，五四以來，中國出現了一種大家庭小說，都是以大家庭為背景寫裡面人物的錯綜與蛻變的。其內容與主題往往稍有不同，有的寫大家庭的黑幕與悲劇，有的寫新舊兩代的衝突，有的寫社會的變化大家庭的沒落，諸如此類，雖具有新的時代意義，但實際上也沒有脫離《紅樓夢》所暗示與光照的範圍。中國的大家庭傳統，第一次動搖於辛亥革命，第二次動搖於五四運動，第三次動搖於北伐，第四次動搖於抗戰。小說家戲劇家，據自己的生活經驗寫大家庭在這些時代變亂中的沒落與蛻變，正是反映各地農業社會家庭的實際情況，所以很能得一般讀者的歡迎。以後有許多作家寫一個鄉村或一個學校或別的社會圈子的人事糾葛及蛻變，也用這種寫大家庭變化的手法，有的也都獲得相當的成功。《夢回青河》是寫大家庭的綜錯而以敵偽統治的時地為背景的小說，可以說是我所見到的最晚的一部家庭小說，而我想這也許是大家庭小說的殿軍，以後一定不會還有人有這類大家庭生活的經驗了。

我於抗戰勝利後回到上海時，很想看看敵偽時期占領區的文藝。文藝的表現不外是生活的生命的，或是社會的時代的，無論是歌頌，詛咒或諷刺，總是最可以反映這一個時間裡的生命的活動與社會的活動。在長長抗戰的歷史中，我們的後方出現了不少的小說、戲劇、散文與詩歌，雖然不敢說有多少偉大的收穫，但至少可以看出偉大的抗戰時期人民生活悲喜的面貌，社會行進中動蕩的情形。但是可憐得很，整個的廣大淪陷區竟沒有一本可代表那一個社會的小說，沒有一本能表現那個時代的戲劇，也沒有動人心弦的詩歌。我只看到一些散文，而也只是些零星的微弱的作品，既不是代表獨特的生命的產物，也不能代表反映特殊社會的作品。有人介紹我兩個在當時見紅的女作家的作品，一個是張愛玲，一個是蘇青。張愛玲有一本短篇小說集，一本散文集，小說所表現的人物範圍極小，取材又限於狹窄的視野，主題又是大同小異，筆觸上信口堆砌，拉雜拉扯處有時偶見才華，但低級幼稚耍文筆處太多；散文集比小說稍完整，但也只是文字上一點俏皮，並無一個作家應該有且必有的深沉的亡國之深痛與迴盪內心的苦悶之表露，也無散文家所必須的縝密的思考與哲理的修養。蘇青所寫的則也只限於一點散文，以俏皮活潑的筆調寫人間浮淺的表象，其成就自然更差。能夠讓我們有點時代反省與可以讓我們見到那個社會的知識階級的感受的，遠不如周作人的幾篇散文。可惜周作人也只有幾篇散文。如果當時有一個小說家在淪陷區寫一部可稍稍籠括那一個時代社會的小說，如果當時有一個詩人在淪陷區反覆迴盪地寫他個人的深淺曲直的觀察感受，這該是多麼可喜呢？可是竟沒有！現在我們要談到中國現代文學史的「敵偽時期淪陷區的文學」，則幾乎是要交白卷的可憐。我所以想到這些，是因為於梨華的《夢回青河》是以敵偽時代地區為背景的，而這竟是我這個孤陋寡聞的人讀到的第一部以敵偽時代地區為背景的長篇小說。但是，如果我想以這部小說來補充那一段時地所缺少的反映，這當然並不夠滿足我們的欲望。因為於梨華那時候還是一個小學生，她的所憶所感自然是不廣不深的。但在勝利以後十幾年的時期中，長住在敵偽地區的作家們都沒有寫出什麼，這本小說也就值得我們珍視了。

這本小說的時地雖是在敵偽時代的浙東，但是故事所表現的則與時地沒有什麼關係，放在別的背景前也還是可以成立的，這也就是少了時代與社會意義的原因。故事以一個姑表兄妹的三角戀愛的悲劇為經，以複雜大家庭幾個無法分離，又不能和洽相處的家庭中，前輩幾對夫婦為緯。

作者在故事組織上非常縝密，發展也極為自然，讀來有一氣呵成之勢。中國這一類大家庭的關係很普通；作者寫得非常真實，而且很成功。細究其成功的原因，故事緊湊還在其次，主要的是作者在人物的創造與心理的刻畫上非常生動，場合氣氛的控制又非常得力。在創造人物中，顯示出作者特殊的才力，無論寫大姨、阿姆、外婆都有很細膩的筆觸，而且隨時能運用人物心理去駕馭場合，控制場合氣氛去刻畫人物的心理，但可惜有時缺乏統一。在某一場合上人物呈現極其生動，在另一場合上，性格的反映則往往有疏忽之處。如像外婆這樣一個控制外公、小舅的女人，在以後許多變故場合上，就缺少獨特的表現。唯一自始至終貫徹得一筆不懈的，則是「定玉」的創造；作者筆觸所及不但是聲聲如聞其聲，幾乎是息息如見其人。作者寫美雲也不可謂不成功，淡淡的幾筆都見有力，因稍顯不夠統一，所以不如定玉。大致說來作者寫男性，則似稍遜，但總仍能在一定場合中，用不多的筆墨寫出其恰好的性格與其心理的發展，來控制故事的進行。而且作者的筆觸始終是像有帶電磁的力量，吸引讀者進入她所創造的氣氛之中。其運用對白，簡潔有力，不拖脫，不浪費，這當然也是人物與氣氛成功的原因。

我所最不喜歡的則是美雲的遇害兩個場合。我們且不說這兩個場合的布置不合情理，即是必須的話，這樣寫來也變成了兩幕鬧劇，有點近乎黑幕小說的布局。以作者的才力與想像，實在可以避免這種趣味的。美雲的遇害是全書的高潮，全書在作者筆下，行雲流水，曲折回瀾，處處都見格調，但用這兩個場合來推入高潮，悲劇的趣味就一落千丈。這實在是非常可惜之事，為這點惋惜。我曾在讀完《夢回青河》之後，為作者設想，如何把這個故事改動一下，可以避免這些欠缺。我現在把想到的幾種寫在這裡，作為作者的一個參考，也聊充我與作者在小說寫作上的一種探討，也許這不會使作者厭棄的吧？

一、使大姨與祖善以及定玉布置一個場合，利用茵如或其他的人物疑心馬浪蕩與美雲的有染，使整個大家庭有一種謠言，造成了一種人言可畏的氣氛，促成國一猜疑，美雲想辯白都沒有機會，最後以至於自殺。也可以布置國一於棄絕美雲後，同定玉接近，可能於他們商議結合或同去自由區時，被美雲聽到因絕望而自殺。也可以於美雲自殺後，國一發現美雲的冤枉而再棄絕定玉。其中連帶著要寫到國一的父親因為要美雲的嫁妝與國一的衝突。牽動全書上面暗示的地方可能不少，這當然連帶著要改動的。但主要的自然在寫作上比較費力，在氣氛的發展與心理轉變的控制上尤需功力。但是我相信作者如果集中心力，用一天寫五百字的速度來寫，一定可以勝任的。

二、把美雲嫁給一個遠地的富有的漢奸地主做妾；不妨讓馬浪蕩做跑腿，使他為利而去拍該地主的馬屁，可以由大姨與美雲的一個姐姐溝通；美雲的姐姐為可吞美雲的存款，接受其利用，先將美雲搬到姐姐家，從其姐姐家把她嫁出去，或騙她是嫁給國一。這個布局比第一個設想容易寫，也可多有點「故事」。

三、即使要使馬浪蕩強姦美雲，大可以用把美雲灌醉，甚至用蒙迷藥的方法，在王新塘隨便找一間小屋——柴間或佣人房——都可以完成，而且比較輕易而合乎情理。這個布局自然更容易寫。美雲也可於強姦後，自殺了之。

我個人覺得這個設想，都比作者所用的高潮要好。而我則特別喜歡用第一個。我想在小說寫作上，對於這種地方的選擇，顯然是與每個作者的年齡修養氣質都有關係。

《夢回青河》的作者筆力矯健，文氣濃郁如烈酒，所以故事也要受著強烈的顏色。這與我現在的趣味太不相同，因此幾乎許多地方——如夏成德在女生宿舍裡公開探手到女生被窩裡，以及到校園裡宣淫等等——我都覺得很刺目。這是太現實的題材，而寫法又偏不合現實的事理與心理。所以這像是畫幅上過分渲染的大團顏色，覺得很不乾淨。

此外我想到的是作者在文字方言的運用，因為我也是浙東人，所以作者所摻雜的方言，有時覺得很有趣味，但對於不懂這些方言的人，我想可能會是一種隔膜。如「光火」，如「吃生活」，如「把我吃癟」，如「斯文」，如「打起來到結棍」等，都不一定是能懂的。但也有些方言上的成語，作者寫成合理的文字，運用得很成功，如「亮晶晶，黑幽幽，」如「見眼變色」，如「眼睛生在額角上」，如「做起弟弟的規矩來」，如「水米不沾」等，我覺得都使文字添加了一點色澤。我覺得中國語言，因為文法簡約，所以成語特別多。各地方言的各種成語，往往是無法翻譯成別一種方言的。為使我們寫作的語滙擴充，色彩豐富，縱的方面我們要在古文學，文言文吸引有力的表現，橫的方面就是要從方言中，以及從外來語中去吸引那些多采多姿的成語。如果作家自然而自由地隨其方言的趣味各自採用，則我想不好的，經過一二個人，一二次用後也就淘汰；好的大家沿用著，慢慢就會成為極普通的詞彙的。這是自從五四以來，新文學的語文就是這樣演進的，但是許多人似乎不承認這些事實，想提倡純粹的北京話，這實在是很幼稚的想法。抗戰時，我們在四川，作品中摻染了四川成語，有的如「傷腦筋」之類，早已為我們普遍接受。現在在香港，許多作品中，見到廣東成語，如「生猛」，「撈家」之類，我覺得也很可採用。北京話裡面如「壓根兒」，「串門兒」我也喜歡，但我很不喜歡有幾個朋友愛用的「棒」，「帥」這兩個字。這些當然只是個人的感覺，並不是想強人相同。語言文字是有生命的，它的生長是極其自然的，越讓其自由發展越會顯得多姿多彩的。因為我也是浙東人，見到《夢回青河》的作者運用方言的成語，能涉詞見趣，因此更覺得親切可愛的。

上面這些意見，都是個人的私見，也就是一個讀者讀後的感想。寫出來成為《夢回青河》的序，其用意或者還是在拋磚引玉，希望每個讀者都說出他們讀後的意見。

中國自有新文藝運動以來，有人說最有收穫的是散文，最無成績的是戲劇。我常不以為然，我以為最無成績實在是文藝批評。中國在幾十年中好好壞壞也出了些小說家、詩人、散文家及戲劇家等，獨獨沒有一個文藝批評家。其原因很多，這裡無法詳論。但一個偉大的文藝批評家需要有淵博的美學和文學的修養，博覽古今中外的名著，而又能了解其時代的意義；此外還應有公正的態度，犀利的眼光，浩瀚的氣魄，而這當然是不容易產生的。一個小說家失敗了，還是小說家，最多說他是次等的；文藝批評家一失敗，則往往什麼都不是了。中國近幾十年來，在文壇上擺出文藝批評家的姿態來呼嘯幾聲的，十九都淪為打手與捧角家。倒是把文藝批評的知識作為古文學的欣賞與西洋文學的介紹者，對於文藝教育上頗有幫助，但這則只是課室裡，書房裡的研究，不是文壇上或社會上的文藝批評的使命了。在這樣沒有文藝批評家的時代與社會中，我們能多有些老老實實的讀者，說話「實實惠惠」的私見，也許對於文藝氣氛可以有點幫助吧。這也就是我敢為《夢回青河》寫一篇充滿偏見的序文的原因。

《菜園裡的心痕》序

孫觀漢先生是一個有成就的科學家。關於他的種種，本書內有朱文長、文知平諸先生的介紹《菜園懷台雜思》的文章，已經介紹得很詳細了；我所想說與能說的，恐怕無法比他們多。因此我這裡只好說點題外的話。近些年來，我也到過好幾次台灣，常常碰見許多美國華人，這些美國華人，在他們的言論與行動上，總使我想到我童年時在鄉下所見到從上海回家鄉的一些上海人。這些上海人大概可以歸納為下面幾類：

一、**少奶奶型**——她大概是三十歲左右，打扮非常時髦。她的父母是鄉間的小地主，她回來當然是省親。父母在她回來前，早已經向左鄰右戚宣揚。回來的那天，大家都在盼待，終於她從一頂轎子裡出來了，許多鄉下人為她搬大小的行李。她帶了許多衣料、用具、食物給她的父母，新奇的玩具給她的弟妹，也帶了大小的禮物送親疏鄰舍，於是親疏的鄰舍請她吃飯。她講的總是一片上海經。上海的樓高，馬路寬；上海的人聰明，上海的魚從各地飛機運來，上海的雞是外國的雞種，上海的月亮特別圓。有人說，蔬菜終是我們鄉下新鮮吧？她說上海的蔬菜比鄉下乾淨，因為人家早已不用天然的肥料。她唸完了上海經，又對她的父母唸丈夫經。丈夫怎麼怎麼忙，打牌越打越大，應酬越來越多，生意越做越大。唸完了丈夫經，已是三四天以後了。她開始怪母親太不衛生，嫌父親隨地吐痰，說妹妹舉止不夠大派，又罵弟弟指甲不剪，頭髮不洗。一星期後，她說她真是住不慣鄉下，沒有抽水馬桶，沒有電燈，沒有冰箱，沒有自來水……還有，她沒有說，那是沒有丈夫。可是她母親可知道這一點，「你還是早一點回去吧，他一個人在上海……」於是，沒有幾天，她要回去了，鄰居送她雞，她收了；送她蛋，她收了；送她瓜，她收了……

二、**風塵型**——她大概有四十歲了，胖胖的，白白的，嘴裡含著象牙的煙嘴，說一口蘇州腔的上海話，手指上是鑽戒，手臂上是金釧。她父母早死，寡嫂守著幾畝田，十幾歲時候，有人帶她到上海，十年前曾經回來一趟，這一次又是十年不回來了。這次回來是為哥哥造墳，鄉下人都誇讚她真是一位好妹妹。她不說鄉下髒，也不說上海好；但她說鄉下苦，上海舒服；上海早上不必起床，下午就有牌打，晚上總是看戲跳舞；上海賺錢容易，只要有點小聰明，隨隨便便就可發小財。她為哥哥造了墳，入了穴，請大家吃飯。她沒有大包小包禮物送人，但她出手豪爽，對幫過忙的人都送現金。事情辦完後，大家也都熟了，她開始出來交際。地主家有不少閒人，自然很容易湊上打牌，牌桌上她總是唸她的上海經。於是鄉下人都相信她在上海路熟人熟，生意熟，希望她可以提拔提拔他們的子女弟妹。她滿口答應說，沒有問題，沒有問題。但是，她接下去說，男孩子不免要慢一點，如果女孩子的話，包你兩三年以後可以同她一樣，要什麼就有什麼了……

三、**老太爺型**——老太爺大概六十開外了，家裡有一百多畝地，太太多年前死了，留給他一個兒子。他先是賣了些田，讓兒子在上海做生意。他自己續了弦，一直住在鄉下。可是十年前，第二任太太又過世了。那時兒子在上海生意很發達，所以就對老太爺說：「爸爸，你一個人，還是住到上海來吧。」於是這位老太爺就搬到上海去住。老太爺住上海，太寂寞，起初時相信「同善社」，打坐拜佛祖；社友聚會，打打小牌，吃一餐。後來人認識多了，牌越打越多，佛祖越拜越少。於是碰見壞人，進了騙局，負了一筆債，最後他兒子替他還清，可是兒媳婦再也看不起他。後來，不知怎麼，大概因為太寂寞了，他對家裡的女佣人起了念頭，女佣人告訴他兒媳婦，他就再也住不下去。好在鄉下還有些地，一點租屋，他就搬回鄉下來住。他說：「上海！上海現在越來越洋派，我真看不慣，男不像男，女不像女，海灘上一對一對的都不穿衣裳。對父母再不知道什麼是孝，對長輩再也不知道有敬。文化沒落，道德淪亡。他們只知道科學、物質，再也沒有精神生活。所以我喜歡鄉下，鄉下我們至少有我們的祠堂，祖祖宗宗都列在那面。上海，再下去就完了，什麼都相信洋人。學堂裡讀的是洋書，四書五經都看不見了。所以上海灘上，天天有搶有偷，女人也不要臉，到處都有拉客的野雞。我們如果再不提倡孔子孟子的道理，我看再過幾年，中國就沒有了。我真後悔，聽那畜生話，搬到上海去；空氣又壞，吃的東西都是冰箱裡的冷藏貨，我差不多三天兩頭鬧肚子；晚上又吵，不是對面打牌，就是隔壁開著收音機，這麼些年都沒有睡好過。……你說科學害人不害人？其實，我們中國什麼沒有？他們說民主，孔夫子孟夫子不是早講過民為貴的道理？他們所說的科學，我們中國早就有過，只是他們不知道罷了。相對論，我們中國的對聯，多好。天對地，花對草，明月對清風，不就是相對論嗎？聽說有一位叫做孫觀漢博士，說發現了月亮上有光，你說笑話不笑話，月亮上有光，要他發現？我們的嫦娥在上面住了幾千年，她難道天天晚上不點燈嗎？……」

許多我在台灣所見到的美國華人，似乎也都不出這三個類型。但是孫觀漢先生雖自稱是出嫁了的女兒，但竟無法歸納在上述的類型裡。他愛國家，愛每一個朋友，愛每一個青年。他愛勞動，愛守信，他追求善，他追求美，追求真。但就在他的追求之中，他開始自慚，開始自責，開始有許多問題，他無法解答，他彷徨，甚至不安。他陷於不安，也許是在痛苦的矛盾中。他一面可憐台灣的落後，一面又一定要解釋光明就在前面；一方面覺得中國有希望的青年應該到西方

（特別是美國）去進修，一方面又覺得他們應該留在中國「貢獻」些什麼；一方面他相信西方的科學與民主，一方面又怕失去中國傳統的寶貴東西；一方面他覺得所謂現代精神是西方的，一方面又覺得「古已有之」的說法或許也有道理；一方面慶幸自己受最進步的現代科學教育，一方面又怕自己失去中國的傳統；一方面他想參加討論甚至解決中國的許多問題，一方面他自慚自己「已經是出嫁了的」女兒。

這是一種可憐的心理，是無法解脫的一種困惑。這種困惑，在我記憶之中，則有一種老太太型，幾或近之。老太太是一個寡婦，她相信佛，長年茹素，但並沒有削髮為尼。她有點錢，買了一個庵堂，讓兩個尼姑主持，自己享享清福。她自以為看破紅塵，與世無爭了。但她忘不了她的兒子，兒子早已成家，有了孫子孫女。老太太一年免不了到兒子家裡住一二個月，自然她早已愛上了孫子與孫女。但是她看不慣世事雜物，也看不慣兒媳婦懶惰，看不慣家裡雜亂與骯髒，她也看不慣兒子工作太忙，應酬太多，晚上回得太晚。她覺得兒子的家裡許多事情的安排，與每個人的習慣都要改革；兒媳婦不該那麼晚起身，孫子孫女冷熱不夠當心，晚上不該聽他們晚睡；孩子的衣服東放西放，要什麼找不到什麼……她什麼都想出主意，什麼都有意見，尤其孫子孫女的生活。她越管越多，越說越繁，最後終於與兒媳婦有點不愉快了。於是她恍然大悟，自己是遁入空門的人，何必管下一代的閒事。第二天她就結了包袱，回到庵堂，覺得一身清淨。庵裡的尼姑們問到她兒子，她不免發點牢騷，說兒媳婦又懶又髒，兒子也怕老婆，孫子孫女沒有人管，不過她是已經遁入空門的人，也不想多管，「眼不見為淨」，不看見也少煩惱。這樣，隔了三四個月，於是兒子帶了孫子孫女來看她，送她一些素糕素餅；她把素糕素餅請同庵的尼姑吃，一面就驕傲地說兒子多麼孝順，孫子孫女多麼可愛；又隔了三四個月，兒媳婦來看她了，說為她打了一件毛線衣，特地為她送來，並且請她年底去過年。兒媳婦走後，她把毛衣給庵中的尼姑看，大家誇讚她兒媳婦孝順，毛線又打得好。這樣過了兩個月，離年底還很遠，她就回到兒子家裡去過年了……。大家都羨慕這老太太好福氣，但是老太太竟有一種無法解脫的困惑。我想，孫先生的困惑自然要比這位老太太複雜，但是類型是一樣的。孫先生已經有菜園在美國，太太孩子都是完全美國人，正如老太太庵裡的尼姑一樣，他們聽聽孫先生對兒子家的熱望或偏愛，也只像庵裡的尼姑的唯唯諾諾而已。

中國初期留學生，都是政府派出去的。被派的人，因為要遠涉重洋，人生地疏，雖是免費亦有點怕離井背鄉，受人折磨。後來因為留學生回來，不但沒有被洋人氣死，而且馬上位居要津，於是年輕人爭著都想出國。有錢的不必說，沒有錢的爭考官費，但學成回國，必為國家所用。不過究竟這些留學生「用國家」還是「為國家所用」，還很值得研究。有的起初也許想做點事，後來學會做官，比土官還要厲害；學會貪汙，也比土官還凶；因為土官貪汙，還在國內置產，洋學生做官則刮錢後外匯美流。現在這些都已過去，好好壞壞，無法計算。再下一代的留學生開始知道學為「己」用，美國究竟容易出賣一技之能。中國已無自由賣藝之機會，自然以不回來為上策。站在個人立場，這些原本無可厚非，但是站在國家立場，則殊覺造就這些人才，都是民脂民膏的浪費了。

前些天讀到一篇關於菲律賓醫科學生的文章。文章說到菲律賓的醫科大學，設備都是最現代的，學生程度也同美國醫學院一樣。但是醫學院畢業出來的學生，到美國留學後，就不想回菲律賓。如果不出國，也只能在馬尼拉一類的大都市行醫。他們不肯到小市鎮或鄉村去。而且沒有現代化的儀器與設備，他們就不會診斷。因此廣大的地區都沒有醫生。文章的結論是說一個國家造就人才，必須根據國家的需要與條件來策劃才行。作者認為現在中國大陸的赤腳醫生的提倡，才是真正配合廣大的鄉村需要的辦法。而一方面中國進步的醫院並不是沒有在研究與行醫的專家。這些話，似乎也正可以給許多落後國家的留學政策的決定者一種參考。

孫先生所處的時代，是一個動盪變化的過渡時代。許許多多的機會與際遇造成他流落異地，歸化美國。「出嫁」也好，「出家」也好，總之，他回國也只是暫時的事情了。他的滿心的感慨與滿懷的對中國期望，我知道是引不起什麼波浪的。這方面講，他的困惑是他個人的悲劇；另一方面講，國家造成了孫先生，以及其他類於孫先生的人才，而不能使他們在中國有什麼發揮（雖然他一度擔任過原子研究所所長），則總是中國的悲劇。

序皇甫光《無聲的鋼琴》

香港在我是一個陌生的城市，初來香港，什麼都不懂，自然對於香港的文壇也是毫無所知。我雖也一直靠寫作度日，這次到香港，我是想立志改行的，可是認識的人都喜歡同我談寫作，同我談這裡的作品與作家。其中常聽見的就是皇甫光同他的小品，說許多人好像每天非讀他的小品不可。有時候我也想找來看看，但因為已經立志改行，決定不讀報屁股與雜誌，免得自己為貪稿費而變節。

但是我的改行是失敗的。我去找朋友找事，陌生一點總是說：

「啊，客氣客氣，你是名作家，還找什麼事，寫寫文章就會比我們好。」

但有一個比較熟稔一點的朋友，他倒很熱心討論到我的前途，他先說：

「你會會計嗎？你會速寫打字嗎？你做過經理嗎？」

「沒有，都沒有，但是我會學，你可以訓練我。」我說。

「訓練你？現成的人才多的是，誰要訓練一個外行的人，再說你又不是女人。」他說：「我很奇怪你為什麼不寫文章，你有那方面的才能，偏不願發揮，而要改行。」

「寫文章，又是寫文章，二十年來我都在寫文章，寫得背屈髮白，還是吃不飽，所以我現在立志改行了。」

「我們是好朋友，」他說：「說實話，香港找事情不容易，許多做過十幾年經理的人都找不到事，何況是你。不過如果市面好起來，也許可以幫你忙，找個合適你的事情，我相信你的英文不壞，可以做做英文祕書之類，你說好不？」

「好呀！」

「但是目前沒有辦法，為生活，你何妨先寫寫文章，暫時的。當然，等機會，等機會……」

「可是，香港的情形我不熟，應當寫哪一類的東西才合市場的胃口呢？」

「小品，報紙上用的小品，像皇甫光所寫一樣的小品，他的小品人人愛讀，我們生意人也愛看，我的太太愛看，我的孩子也愛看。香港人都忙，沒有工夫讀冗長的東西，他們愛看小品。」他說：「我記得你以前也寫過這些，在《論語》上是不？就是那類東西。」

「但是那怎麼能維持生活。」

「維持生活？哈哈！」他說：「你不知皇甫光，他到香港時也是一個窮光蛋，兩三年中頂了房子，娶了太太，還有了一輛汽車，天天在茶樓喝茶，滿比我們舒服。」

「真的有這回事？」我驚異地問。

「自然，皇甫光這個人聰明，他在小品裡會替自己做廣告。」

「做廣告？什麼廣告？」

「那麼怎麼樣呢？」

「你沒有讀過嗎？他說他是留美的汽車駕駛專家。」

「有一個有錢的小姐就請他去教駕車。」他說：「沒有三個月，小姐就變成了他的太太，汽車就是太太的嫁妝。」

「有這等事？但是這是奇遇。我當然不能去如法炮製的。」我說。

「我並不是說要你去如法炮製，我不過說你不要看不起小品文章。」他說：「我勸你還是向這方面努力，你如果仍舊沒有辦法，再來找我，我們再想辦法。」

以後我真的聽我朋友的話，向各處投稿，但是我投稿竟也沒有皇甫光的「投稿祕訣」，十篇之中，六篇被退了回來，三篇就此遺失，只有一篇被登出來的，而且那一篇總是因為我上面附註著「不計稿酬」的一篇。這樣當然無法為生，不得已，我又去找我的那位朋友，我的朋友想了許久，他說：

「找事情，實在沒有辦法。不過，我以為你何妨辦一個刊物。」

「辦刊物？」我說：「辦刊物，我有什麼不知道，但是辦刊物是要本錢的。」

「本錢不難，」他笑著說：「我可以投資，只要這刊物可以賺錢。」

「但是賺錢可沒有把握，我……」

「只要你拉得到皇甫光的稿子，我就投資。」

「真的？」

「閒話一句。」

這樣，我就托了一個朋友拉了皇甫光的一篇〈房東與我的太太〉，我們就出版了《幽默半月刊》，第一期銷了一萬一千三百本，這當然是皇甫光文章的號召力。

第一期出版後，皇甫光忽然寫一封信給我，信裡說：

徐先生：

多年不見，你一定年輕不少。想十來年前我們在一起的時候，真不知道這些日子是怎麼過的。地球似乎很小，我們又在香港碰到了，本星期日晚上你來我家吃便飯好不好？我們可以暢談別來各人情況，我的太太尤其想見見你。我住在九龍城福佬村道××號×樓。

弟皇甫光

再啟者：《幽默》第一期稿費請你順便帶帶給我。

這可使我吃驚了，我把我一生碰見過的人一個一個想到，想來想去沒有一個人是叫皇甫光的。我想他一定是弄錯了人，我為要拉他的稿子，也就將錯就錯，寫了一封信給他，信雖措辭糊塗，但也十分圓滑。我說：

皇甫先生：

真是多年不見了。當年我的豪情逸興，都已沒有。聽說你很順利，真該慶幸。星期日當準時拜訪，但千萬為我準備好《幽默》第二期的稿子，免得再用郵寄。嫂夫人雖未見過，但已久仰，請代致意。此頌

文安

弟徐頓

星期日，我當然打扮得整整齊齊去赴約。但是找到皇甫光的家，按了電鈴，應門的女佣人同

我搞了半天，她偏說沒有皇甫光這個人，她們那裡也不姓皇甫。

「那麼你們姓什麼呢？」

「姓黃。」

「但是他給我的信上寫的地址是這裡。」我說。於是我拿出信交給她，請她拿給主人去看看。

隔了一會，果然一個男人來應門了。他說：

「我真糊塗，給你的信上竟寫了我的筆名皇甫光。」

我想他當然是皇甫光了。我說：

「但是我知道，我想……」我實在想不出他的真姓名到底叫什麼，也想不出什麼時候什麼地方看見過他，雖然看來有點面熟。

「啊，你一定不認識我了。我是黃得明。」

「啊，黃得明，黃得明司機！」

一點不錯，我們是熟稔的。那是在抗戰時候，我在中茶公司做科長，他是司機。當時名義上我雖是他的上司，但是地位上他可遠比我優越。在收入上講，他是煤油大王而我是垃圾夫。每次當他出差回來，把用剩的不要的東西給我一點，我就高興得了不得了。當時我又說：

「啊，怪不得你還可以教人駕車。」

「但是娶了太太，我不教了。她叫我專心寫文章。」

「怎嗎？」

「因為，你知道女人，女人都愛吃醋，不放心……」

就在這時候，我看到一個美麗的胖胖的有福相的女人，皇甫光就轉了話鋒，替我介紹說：

「這是我的太太。」

……

這樣我算是真認識了皇甫光。

《幽默》半月刊出版後，外間對《幽默》批評很好。有人對我說，「皇甫光在別處寫的文章有時還好有時很拆爛汙，給你們《幽默》寫的每一篇都好。這是怎麼回事？」

「自然，」我說：「我們是老朋友了，他自然要把他得意的稿子給我的。」這話雖是有點自誇，但我心裡的確想皇甫光這個人夠朋友，沒有把壞的稿子來敷衍我。

但是，現在我可不相信他是這樣一個夠朋友的人了。因為他最近拿了一本《無聲的鋼琴》要我作序，裡面收集了各處發表的小品。我心裡馬上想到這些小品一定都不如給我《幽默》發表的幾篇。但是讀了以後，竟發覺它們篇篇都比他寄《幽默》發表的好。我當時一氣，就把他仔細地貼好、校好的一本文稿撕了，我說：

「這家伙，把好的小品給別人，把壞的給我，還說是我朋友！」

自然撕了以後，我就後悔起來。世上哪有把別人請你寫序的文稿撕了的？這將怎麼交代！想了一夜，第二天我決定偷偷地去拜訪他的太太，想求她幫忙想個辦法。雖然我知道他太太一時也會生氣；但女人，尤其是胖女人，心腸一定很軟，賠個不是一定就會原諒我而替我設法補救的，我想。

但是，出我意外，他太太不但不見怪，竟非常誠懇地勸我不要著慌，她忽然從她閨房裡拿出一本非常講究的簿子出來，她說：

「這是我替他貼的一本。你知道他的文章篇篇都有他人一樣的可愛，所以我非常珍貴地收貼著，他出門的時候，我一個人讀讀，也覺得同他在一起一樣。」

「你的話一點不錯，文章的風格往往是代表人的。」我說。

「徐先生，那麼你覺得他文章的風格怎樣？」她問。

「他的筆墨非常清麗，文字簡潔，不說廢話，這當然是他的優點，但是他最成功的地方還不在此。」

「是什麼？」

「我覺得香港寫這類小品的有兩種，一種是傳奇小品，這是靠『巧合』與『奇遇』來引人入勝的，可說是浪漫派；一種是幽默諷刺小品，這是靠人情世故，行為心理的揣摩來使人讀來有親切之感的，可說是寫實派。他的小品則似乎常常會融匯了這兩種特點，所以就又能引人入勝，又使人覺得有親切之感了。」

是為序。

序《人類的呼聲》

一

這是一本經過曲折的路線從中共治下的中國帶出來的著作。這本著作的作者是陸印陶（日譯本誤作陸卯陶），同他合作還有三個不署名的人士。陸印陶是一個學音樂的知識分子，曾在音樂院擔任教職。後來他放棄了教書，想做點自己想做的事，他就開始同幾個朋友寫出這麼一本書。自然，寫這本書的動機是遠在多年以前，自從一九四九年中共統制中國以後，他與朋友們耳聞目睹中共之所言所行，常常討論到哲理的與政治上的問題，這本書正是這幾個有勇氣思索的知識分子的學習反省摸索討論的結晶，而陸印陶則是一個實際執筆的人。

在這個時期，陸印陶有一個外國朋友，他是在一個商行裡任職的，後來那個商行被迫結束，那個朋友離開了中國，可是到一九六一年，他又回到中國，並且看到了陸印陶，陸印陶就託他設法把這本原稿帶到海外。自然，那位朋友自己是無法攜帶這樣一本稿子離境的，他就拜托他們駐中國的外交界朋友幫忙帶出來。那位朋友，後來到了東京。日本經濟往來社社長下村亮一先生就是在東京獲得這本稿子，他請了藏居良造先生譯成日文，於今年十月十日就出了日文版。

下村亮一先生於接到這部稿子後，就輾轉的託人同我聯絡，希望我可以看看這部稿子，為他整理一下。真不巧，那時候，我正到紐約出席筆會，我當時寫信給下村亮一先生，告訴他我打算在回程中經過日本，我會在那面待幾個星期，因此我們就約定在日本見面；可是我在美國一待是兩個月，於八月二日才到東京。

下村亮一先生把陸印陶的稿子給我看，我初步發覺的是作者的文字顯然不很通順顯豁，後來又看出作者的理論前後重複的地方太多。可是細讀一下，又覺得作者顯然是在很不安的情緒，或者甚至可說並不十分正常的心理之下寫成的。要整理這樣一本著作，免不下要重寫一過，可是重寫以後，作者在作品中所透露的這種不安的情緒，矛盾的激動，鬥爭的氣氛，以及甚至不十分正常的心理狀態，也就無法保住了。因此我提議要出版還是索興保住原作的原狀，但是，如果要問我可以為這本稿子作點什麼，我說，我倒是很高興為它寫一篇序。

這樣答應下來以後，我腦子裡始終有了這一個負担；離開日本後，我又到台灣待了一個月，雖是忙於另外的雜務，但時常想到為這部《人類的呼聲》寫序的事情。我自然也注意到書店裡以及圖書館裡有關於陸印陶所論及的問題這一些書籍。我是必須回到香港後才能安心地動筆，而我是答應於十一月底交卷的。

十月初我回到香港，正是下村亮一先生把陸印陶的原稿複印本託人帶到了香港的日子，我才細細的重新地把它讀了兩遍，而我也接到了藏居良造、山田友一、本鄉賀一三位先生譯的日譯本，接著我又聽到台灣徵信新聞已經請人從日譯本轉譯成中文而發表，香港的香港時報也轉載了一部分。我也聽到有幾個朋友同我談起，大家似乎都以為原作是英文寫的。

而我的序文還未脫稿。

這種曲折的經過，倒有點像傳奇性的故事，我寫在這裡，也可說是序文的序言了。

二

陸印陶的書名為《人類的呼聲——人類和平革命運動宣言》，從這個書名看，已經可以知道這不是一本學術的著作，而是一種政治的呼籲。但是它也和共產黨宣言一樣，裡面包括很多思想性的問題。而且，所謂宣言，正是行動的先聲；作者的目的是要掀起一個和平革命運動。但是和平與革命又是一個矛盾的概念。發表一個宣言，掀起一個運動，目的既是革命，怎麼還能談到和平呢？

作者的用意，在讀了他的書以後，是不難明白的。他的革命的對象是共產黨，或者說是共產主義。他的主張是和平的，至於革命的手段或方法是不是和平，作者則沒有提出具體的主張。但他認為不用流血革命，這個共產主義的「集體」奴役制也是會倒的。

作者雖是想在哲學思想上及政治思想上否定共產主義，但是作這整個的思路與思想的典型，並沒有離開共產主義的一套。他在辯證法唯物論以外，並沒有接觸到其他的思想，他的所謂「社會倫理政治學」，只是用道德指導政治的空想，沒有建立成一個學理上的體系，他也談到民主與自由，而他對於民主自由的概念可謂一無所知；關於他的空想的幸福社會，實際早已存在於進步的民主國家中，他也一無所知。我在這裡並不是在怪作者的無知，而只是同情作者的處境。作者是有懷疑的勇氣與求真理的熱誠的，作者是渴望世界的和平並想對和平運動有一種貢獻的人，但是他聽不到任何其他的思想，讀不到其他的書，他只能在與幾個同水平同環境的人，討論到他所見所聞中存疑的東西，他開始自己作一個解答，他構成了一個模糊的世界觀人生觀與歷史觀。

在作者冗長的論述中，作者是思路很紊亂，但歸納他的所想所信的，實際上是可以用很簡單的語言來表示的。

作者相信物質是客觀必然性的存在，物質中一切的現象是與物本質相反相成，互相適應的統一體，人腦是物質，是存在，先有這存在，而後有意識，有了意識，才有實踐。

作者認為適應性是物質的積極本原，是因其適應一切自然，積極維護普遍共生的必然性而發展自身。而他與人腦之質，是與物質世界的真性相符合，人腦的高級運動形式，所謂認識真理、樹立理念、指導實踐都是符合於適應原則的，這個與適應性相符合的概念就是「博愛」。

作者提出適應性這個概念以後，發覺一切互相對待的概念，如「有與無」、「多與少」、「大與小」、「長與短」、「高與低」、「輕與重」、「厚與薄」、「前與後」、「左與右」、「上與下」、「快與慢」、「新與舊」、「出與入」、「加與減」、「分解與化合」、「陰性與陽性」、「生產與消費」、「吃與排泄」、「興奮與抑制」——都是相反相成的一種互相適應的存在。而人類之創造歷史，社會之生產現象，也就是在社會現象與自然現象的統一性的基礎上，相互適應的質的基礎上，積極地主動的負起世界歷史使命維護共生，推動了自然與社會共同發展。

作者認為人類社會，是人類與自然及人與人的關係的「人倫」的總和，它基本上有相適應的一種必然的聯繫。

世界是一個統一的物質世界，它的現象與本質，也是必然的聯繫。人腦是高度發展的物質的一種，所以他有高度的適應能力。

作者以「適應」為物者的基本性質，認為歷史的發展是人類高度自覺的理性活動，這理性活動即是必然的「適應」。而歷史的發展，是通過「社會生產活動」與「社會革命運動」而實現的。社會生產運動則是喜劇，是人類社會與自然不可分割的聯繫。而社會革命運動則是一個悲劇，是人類內部矛盾尖銳化的表現。但是作者認為社會革命運動有兩種，一種是盲目自發的革命運動，一種則是自覺的，必要的，愉快的，和平革命運動。

作者在敘述歷史的發展中，首先認為人類總是在互相適應基礎上推動了自然，與社會的共同發展，而這「相互適應」是必然的。至於盲目自發的力量是偶然的，即是引起了相互排斥矛盾鬥爭的力量，它是阻擾歷史前進的。在原始社會中，雖然常有這種盲目自發的力量，但終於敵不過互相適應自覺的力量，在生產活動中互相適應的在推動歷史前進。但到了國家形成的時候，作者認為這是歷史的一個大轉捩點，在某些地區上出現了「政治集權」與「經濟集權」合一的奴役制政體。但作者以為這是偶然姿態出現的東西。因為這並不是每一個國家都經歷過的，而「封建制」則是必然發展階段，因為這是每個國家都經歷過。這裡作者認為這奴役政體制是盲目自發力量的產物。但是這奴役制終於消亡，這消亡並沒有經過流血革命（即所謂發自「盲目的自發力量」）。奴役制的消亡是由於手工業商業的發展，人們就因這種物質生活條件變化而擴大分工，於是被束縛於農業生產中的奴隸群都逃亡而逐漸轉化到手工業與商業上去。第二，因為人類是理性的動物，產生了認識真理，樹立理想，指導實踐的理性活動，而人類的盲目是偶然的，自覺則是必然的。由於必然的自覺產生了宗教的呼聲與理性的哲學。由奴役制的消亡就有正常的封建社會。在那個時期，人類不斷的依賴理性的指揮，從盲目的自覺，到最高的自覺方向發展，那種自覺互相適應的力量，在中國就形成了「夫婦有別」、「父子有親」、「兄弟有序」、「朋友有信」、「君臣（民）有義」的理念。雖然也不斷的有盲目的自發的力量，如單方要求「臣忠」、「子孝」，都是違反了道德指揮自身適應自然義務的理念，所以是盲目的自發的力量，但仍是敵不過人類高度自覺的理性活動，它引導了人類向正常的互相適應的關係發展。作者認為到了資本主義社會，又是一次人類社會前進運動中的第二次偉大轉折點。資本主義是工業發展後的一個時代。在這個時代中，正如原始社會過渡到進步的封建社會時代出了一個「轉折點」，被偶然的盲目的力量沖激而產生了「古代奴役制」一樣，出現了另一個「轉折點」，這又出現了「集體奴役制」，這就是共產主義的集體奴役制，作者認為這是歷史的倒退，不是歷史的前進。但是它一定擋不了歷史巨輪的前進。於是作者自認為自己的《人類的呼聲》是一種高度自覺和平革命運動，他預見國家的消亡與世界的和平，他認為他的呼聲是代表科學代表真理，一種客觀的必然性。而在物質世界起決定作用的不是偶然性，而是客觀的必然性。他認為人類是在必然的領域中運動，有共同的天性，不自覺或自覺的，總是追隨著真理跑。於是作者認為歷史正是向著國家消亡，人類一家的走，而要在大公無私的立場上樹立道德的民主政體。因此作者認為只有在「互相適應」中，才能實現他的這種理想，全人類才能獲得真正的解放。

三

上面簡括地敘述了作者思想的骨幹。我們馬上可以看出，作者的所劃分的兩種力量——人類高度自覺的力量與盲目的自發力量，並沒有什麼學理上的根據。他的唯物的宇宙觀也並沒有作哲學上深入的探討。他很原始的認為物質世界是一個統一的物質世界。他認為社會現象是精神現象，而社會運動是精神運動。他說：「社會精神運動也是物質世界發展到高級階段的高級運動形式，同時它與低級的機械運動，物理運動，化學運動總是聯結為一體的」。因此他認為社會現象與自然現象也是統一的。在物質世界人類的自覺的關係上，作者用如下冗長的句子來表示他的意思：「從物質世界千變萬化的現象中揭露推動和決定自然與社會共同發展主流方向和性質的規定性，即確認物質的積極本原，從而達到人類天性高度自覺存在，同時，也正是認識必然性區別偶然性，揭露與總結歷史以來兩種不同觀點與立場底二條不同指導思想道路底鬥爭，來清醒我們全人類底頭腦，積極地喚起全人類自覺地『否定』一切非理性的盲目自發力量，在相互啟發中，積極地呼籲人人自覺地把握住理念指導行動，自覺地從人類族類自身的這種盲目性的自相矛盾的相互約制力量中獲得真正的解放——這一條為全人類所共同從認識到實踐的『最高自覺和平革命運動來完成的』。」在這冗長的句子中，作者實際上要說的是：

在學術上：是真與偽的鬥爭。在行動上：是善與惡的鬥爭。

在政治制度上：是仁與暴鬥爭。

也就是「和平的正義力量」與「盲目的非正義力量」的鬥爭。

是「理性的」與「非理性的」鬥爭。

在基本也就是「人類天性自覺的理性」與「盲目自發的力量」的鬥爭。

因此，作者採取了孟子的性善說，以說明人類自覺的理性一定是善的。又確認這善的正義力量正是與物質的積極本原相符的是一種「適應」，是必然的。而矛盾、戰爭、衝突、流血，都來自盲目的自發力量，是偶然的，偶然的必會消失，歷史將在「適應」的原則下統一地發展下去。

這些說法，在整個思路上看，我們馬上可以發現作者始終沒有能夠從所謂馬列主義的思想體系跳出來。

他的唯物的世界觀，認為世界是物質的，是在物質中統一起來，世界除了物質以外，沒有別的，而人的大腦也正是一塊物質，所產生的意識思維，正是物質的產物，是物質存在的一個特殊形式。這完全和「正統」的共產主義說法沒有兩樣。他的社會發展觀，單純的用生產方式與生產關係來解釋社會的進步，也是「正統」共產主義的說法，而他也是把社會的發展看作必然的，就是他認為有盲目偶然自發的力量，來破壞這正常的發展，使社會退步。這也並沒有與「正統」的共產主義的對於「反動」勢力的說法有什麼兩樣。

他的與所謂「正統」的共產主義的思想之基本上不同的地方，就是他以為「物質的積極本原」是適應，「正統」的共產主義者則以為「物質的積極本原」是矛盾。

這適應說，其實也不是作者自己的，是考次基 Karl Kautsky（一八五四－一九三八）早就說過的東西。考次基從生物認識了機體適應環境，他在他的名著《唯物史觀》卷二中說：「……共同的法則就是社會和一切物種的每一個改變，都可以歸於周圍環境底改變。在一個固定不變的環境中，各種有機體和組織也都不變化的。有機體和社會組織的各種新形式，因此都可歸結於適應於已變的新環境的結果。」

考次基的學說，是被列寧及其所謂「正統」的共產主義者認為是「拋棄了關於內部矛盾的問題」，因為由於這個適應說，接著就可邏輯地推論到，人應該而且會適應環境，對於社會發展道路上的障碍，不必採取革命的手段去改變，人不需要向束縛他的環境反抗鬥爭，只要好好改變它自身的屬性，甚至器官或特性就夠了。

考次基並不是不承認矛盾，他認為矛盾是適應的前奏。他說：「發生在植物界的有機體和環境的相互關係，也可能是以對立物鬥爭的姿態出現，但所謂鬥爭也僅是為認識這個對立物而謀克服這個矛盾而言。」所謂克服矛盾，在他以為互相適應是主要的一種事實。他對於辯證法的矛盾的統一與否定的否定有這樣的說法：「一切適應過程之出發點，乃是『自我』這個有機體，這就是肯定是『正』，自我的周圍環境，有『非我』有機體的否定，是『反』，是與『自我』對立而存在。對立的克服，否定的否定，是經過適應而產生更新的有機體的肯定——綜合也是完成，綜合也就是回到它的出發點，即肯定自己的個體。」考次基這種思想，也正是本書作者思想的來源，雖然作者把「適應」更擴大而加深的應用，看作一切「物」的終極的積極本原。

在共產主義思想的發展過程中，意見上像這樣的分歧是常有的。原因是他們所重視的辯證法有三條基本的法則：第一是對立物的統一法則，第二是量變質與質變量法則，第三是否定的否定法則。在這三個法則中，「統一」是正常的，還是「對立」是正常的？在發展的「正－反－合」公式中，到底要求其「合」，還是求其「反」？有許多人就以為在歷史的發展中，人類努力的就是要在矛盾中求統一，「正」、「反」中求「綜合」。譬如波林就說過：「康德把正題和反題對立起來，借此證明正題排斥反題，因而兩者不能調和，不能解決。可是積極辯證法則看到正與反的對立，不是互相排斥而是互相調和的。」

前幾年（一九六四年）中共黨校副校長楊獻珍的被清算，就因為他主張了「二而一」的問題。他說：「對立的統一規律就是『合二為一』」又說：「我們學習辯證法就是要學會把對立著的兩個思想聯繫起來。」他在高級黨校理論班講哲學引言時又說：「對立面統一的思想，中國古代就有『合有無謂之元』，『合二而一』。宋《藍田縣志》稱：呂大臨《老子聃》注中說合有無謂之元，也就是說合有無是對立的統一。」他又說過「對立而統一就是不可分性」及「對立面統一是不可分離的聯繫著的。」的話，又說「『合有無謂之元』，『合二為一』是中國古代對於對立物統一的光輝思想。」

楊獻珍這種「二而一」的思想，也就是在辯證法中著重在「統一」與「合」上面，可是中共的正統教條上，則以為這是抹殺革命的資產階級的世界觀。在中共正統教條上，認為應以「分一為二」才是基本的無產階級的世界觀。辯證法的理論雖是以矛盾為出發點，但究竟應在統一中尋矛盾，還是在矛盾中求統一，可以說並沒有什麼一定的規律。但是共產主義既是以辯證法來指導行動，它就可以隨實際上應用來解釋的，也可以說這正是策略的應用。

譬如說，在一九三六年的時候，共產黨為推行「抗日民族統一戰線」的政策，在文藝方面，由周揚叫出「國防文學」的口號。這「抗日民族統一戰線」是共產黨與國民黨的合二為一。國防文學就是共產黨的文藝與別人的文藝化異為同。當時魯迅提出「民族革命戰爭的大眾文學」，則正是分一為二，他的意思，就是不願與左聯以外的「文學」去「合」。他在「病中答訪者問」（由O.V.筆錄）文中說：

> 左翼作家聯盟五六年來領導和戰鬥過來的，是無產階級革命文學運動，這文學和運動一直發展著；到現在更具體地，更實際鬥爭底地發展到民族革命戰爭的大眾文學，是無產階級革命的一發展，是無產革命文學在現在時候的真實的更廣大的內容。這種文學現在已經存在著，並且即將在這基礎之上，再受著實際戰鬥生活的培養，開出爛漫的花來罷。

但是當時共產黨連「紅軍」的番號都取消而與國民黨的軍隊「統一」了，文藝上這種「分一為二」的口號就變成錯誤了。

（現在因為周揚被清算，這個「國防文學」與「民族革命戰爭的大眾文學」之爭的案子又重新翻案。但為什麼要隔三十年才來翻案？是不是又正是因為配合黨的現階段的「分一為二」的政策呢？）

在「國防文學」與「民族革命戰爭」的口號的對立矛盾中，當時也正是有「二合一」的要求，所以陳伯達來作一個「調和」說：「國防——這是聯合戰線的口號。『民族革命戰爭的大眾文學』——這是應該屬於國防文學的左翼，是國防文學一種，一個部分，同時也是國防文學的主力。」

可是魯迅並不甘心，他說：

「……但是民族革命戰爭的大眾文學正如無產階級革命文學一樣，大概是總口號吧。在總口號之下，再提些隨時應變的具體的口號例如『國防文學』、『救亡文學』、『抗日文學』等等，我以為是無礙的。」

因此這個「二合一」的合，沒有成功，左聯因此就解散了。以後魯迅一派與「正統」派的人始終是「一分二」的存在著。一直到魯迅死後，於一九三八年三月在漢口成立了「中華全國文藝界抗敵協會」時，才「統一」起來。

就是黨為了自己的利益與要求，有時候是在努力於「二合一」的，雖然在新的「統一」中，黨要求大家保住對「一分二」的認識。所以在國共的抗日的統一戰線中，毛澤東說：

「……這是和任何革命的三民主義者不相同的。現在的努力是朝著將來的大目標的，失掉這個大目標，就不是共產黨員了。然而放鬆今日的努力，也就不是共產黨員。」

這可見所謂「二合一」與「一分二」只是「策略」的問題，並不是有絕對的「是非」。否則，楊獻珍以一個黨校校長，據說從一九六一年起就講到「矛盾的統一的意思，就是說：兩個對立面不可分離聯繫著」的話，何以到一九六四年才被提出來清算呢？

《人類的呼聲》作者，他的適應說，本質同「二合一」是同一路的思想，也就是在共黨主義的思想群中，常有的一種調和的看法。

四

要了解現代共產主義，我們最大的錯誤，是把它當作學術思想來研究。倘若我們當它是「策略」與「戰略」來看，一切問題也就迎刃而解了。

揚獻珍「合二而一」的理論，在清算時被認為是「矛盾融合論」，「階級調和論」，以為正是代表蘇聯的修正主義思想，與代表帝國主義的美國要「合二為一」——即所謂和平共存的反動意見。這可說是獨裁國家的思想控制最可怕的現象。

作為一個學者，他也相信「辯證法」，也相信矛盾統一律，只因為他略略偏重於「統一」，就變成了「反動」，那麼如果這個學者不相信辯證法而相信數理邏輯，這罪名又將是怎麼樣呢？

譬如說「唯物論」吧。這是接在辨證法一起，而成馬克斯的哲學，也成為共產主義的哲學基礎的。如果一個學者要相信「辯證法唯物論」以外的任何哲學，無論「唯用論」、「新實在論」、「存在主義」……在共產主義看來都是屬於「唯心論」的，是代表資產階級反動的哲學，因為是反動，所以就有清算入勞動集中營的可能。

馬克斯的學說，是以社會學經濟學為中心的，他在《政治經濟學批判》序言裡說：「社會底物質生產力，在它發展底某一階段上，跟現存的生產關係發生了矛盾，或者，用法律的口語來說，跟財產關係發生了矛盾。在這時以前，它們一向是在這些關係以內活動的，而生產關係因生產力發展的形式變成了它們的枷鎖。到了那時，社會革命底時代就到來了。」這就是馬克斯的社會發展的鬥爭論的論點。加上他在經濟學上認定資本家剝削勞動階級，而勞動階級將變成赤貧因起而革命的論據，而製成了他的一個思想體系。這個思想體系所謂唯物歷史觀，實在是經濟史觀，本書作者認為馬克斯的唯物論是「物質財富」，就是指這個而言的。

馬克斯哲學體系中，與宇宙論上世界觀上的唯物論，實在是沒有必然的聯繫的。

以前有過許多學者說過同樣的話。如弗立德立黑愛得勒（Fridrich Adler），是曾任第二國際祕書長的一位奧大利的社會黨員，他就說過馬克斯主義只是論社會生活的學說，而認為這一種社會學說是無需乎任何的哲學，而且不可能跟任何一種哲學體系發生有機的聯繫的。考次基在他的唯物史觀裡也說過：「唯物史觀跟使用辯證法唯物論底方法的一切世界觀都相和諧，或至少跟它們沒有不可調和的矛盾。」又說：「是否為唯物史觀而鬥爭而稱為唯物論者，抑或寧願取實在論者或一元論者底名稱，或取實證論、感覺論、經驗論或經驗批判論者底名稱——這是一點都沒有區別的。」

這就是說，馬克斯主義的社會學經濟學的學說與他的唯物論哲學基礎是並無必然的有機的聯繫的。但是恩格斯配合著把唯物論銜接在馬克斯主義上，成為一個神聖不可侵犯的東西。以後一說到唯心論或經驗論就成為反革命者，這個遺毒實在太可怕了。

《人類的呼聲》作者，死抱著唯物論不放，自認為是真正的唯物論，我也覺得與他的適應說以及道德政治思想並沒有必然的聯繫。

唯物論或者實用論、新實在論、經驗論——這種哲學上的分歧，是認識論的問題。在哲學上的某種信仰，與政治上的態度可以說不一定要有什麼聯繫的。這就是說在哲學上相信唯用論的人，可以相信資本主義，也可以相信社會主義；相信新實在論的人，也可以支持保守黨，也可以支持勞工黨——這正如相信佛教的人可能愛聽浪漫派的音樂，也可能愛聽印象派的音樂，相信天主教的人也同樣可能愛聽浪漫派的音樂，或愛聽印象派的音樂的。

共產主義的可怕與可笑之處，就是把這些哲學上的愛好，藝術上的趣味，以及生活上的一切都要以政治的效用來衡量。而所謂政治的效用，是沒有獲得政權前的「革命」與獲得政權後的「保衛政權」。

從共產主義的發展上看，在馬克斯恩格斯時代，雖然他們已以此作為革命行動的指南，但終還有一點學術研究討論的意味，到了列寧，一切理論都純粹的化為武器。變成武器以後，就只有「我」與「敵」的分別，這就是同我者是「我」，不同我就是「敵」了。這就是劃分「敵」、「我」之謂。

馬克斯的理論最先破產的是兩點：第一點是他的革命論，說革命必在資本主義發展到最高階段，工人階級淪為真正無產者的社會裡才爆發的。第二是資本主義社會越發達，工人越被剝削，慢慢地就淪為一個階級——一個是「只有當他們能找到工作時才能生存，但他們又只有當他們的勞動還能增殖資本時才能找到工作。這些不能不把自己零星出賣的工人，也如其他一切貨物一樣是一種商品，所以他們也是不免要受到競爭現象與市場漲落底影響。」（《共產黨宣言》）的階級。這已經是許多批評馬克斯主義的人都早已說過了。但是第一點，革命之所以發生在落後的國家，如中國已經宣稱是毛澤東是活用了馬克斯主義，適合特殊的中國的情況，產生了這一步的毛澤東思想而成功的。第二點，則是在鐵幕裡，誰也無法知道資本主義國家中真正的工人階級的生活情況，他們——如在什麼樣的社會政策勞動保險，退休金，以及工會的組織與乎疾病衰老子女教育等的種種保險下生活著。《人類的呼聲》作者在「總結歷史以來二種不同觀點與政治立場的二種不同制度思想體系的鬥爭」一章裡所談到的「什麼叫平等與民主」，他的對於平等的理想，其實大部分早已在民主的社會裡實現了，而作者竟是一無所知，這也可以見在鐵幕中空氣的悶窒了。

共產主義在落後地區之所以立足與成功，自然不能說完全是武力的成功，馬克斯主義道一套理論之被落後國家知識階級與年輕人接受，是不可否認的事實。除了原來政府之無能與腐敗，知識分子與年輕人急望改革以外，對馬克斯理論有兩種心理上的反應：

第一，是共產主義所掛的簡單的唯物論。在落後的國家中，因為物質的落後，拿來自慰的往往是所謂「精神文明」。知識階級與年輕人都看穿這種精神文明的說法，覺得要求進步必須求物質文明。物質文明與唯物論原是兩件事，可是在一般知識階級層與年輕人。以為物質文明正是由於科學發達而來，科學發達則是唯物論哲學的關係。這個誤會細究起來非常可笑，可是多數的知識階層，除了對於哲學有點修養的以外，幾乎都有這個誤會。他們厭棄精神文明之說脫，厭棄玄學，因此就要求物質文明，要求科學。而認為唯心論就是玄學，唯物論才是科學。

第二，是資本主義社會革命的預言。這因為落後國家受了帝國主義的欺凌，這些帝國主義社會的崩潰，對他們有一種幸災樂禍的安慰。其次是他們樂於聽到那些資本國家工人的貧苦，認為這些貧苦的大家正是自己的階級兄弟。

中國知識階層也正是在這兩種心理反應基礎上，接受了馬克斯的理論。《人類的呼聲》的作者，說共產黨把「意識」與「物質」當作兩種不同東西看待，又當它們是同一東西的兩種不同形式，成為唯物世界觀的矛盾的哲學最高基本原則，說它們本質上就是一個十足的「精神創造世界論」與「純粹經驗主義」者，我覺得非常不能自圓其說。作者的目的或正是想爭取唯物論的寶座，也正是以為「唯物論」一定是進步的東西，這實在是沒有脫離共產主義魔障的意識形態，也正是尚未超出誤認唯物論與「科學」、「真理」不能分割的一種迷信的階段。

馬克斯的所謂辯證法唯物論，原是硬接銜在社會觀、經濟觀上的一個哲學基礎。這個辯證法唯物論，在馬克斯主義的學者看來，是黑格爾的唯心論辯證法與費爾巴哈的唯物論「否定的否定」的發展而來，也就是正——反——合的發展。可是「物」在認識論上的意義與究竟，馬克斯主義者對這問題並沒有興趣。

可是這些問題，如「物」究竟是什麼？我們怎麼能知道有「物」的存在？我們憑什麼去認識物？我們的認識能力又是什麼？這些問題正是認識論上的問題，是現代哲學研究的中心問題。所謂物的本質是什麼，可是我們又怎麼知道這些「物」呢？還是要「我」去認識他。我是什麼呢？

我是一個主觀的存在。我憑什麼去認識這些物，最明顯的自然是感覺。眼看是視覺，耳聽是聽覺，皮觸是觸覺。

但是我們所感覺到的並不是物的原形，譬如我們所看到的紅色、藍色，在物理學上不過是光波的曲折，我們所聽到的聲響，不過是空氣的振動。而物所表現的聲、色、形狀，也只是物的現象，物的本質是什麼，我們始終不知道。自然有人以為這是物理學的任務。

物理學現在是一個非常進步的科學，它開始告訴我們的物的終極是原子。原子由一些電子圍繞著原子核在旋轉的東西。原子核又是什麼呢？是帶有電荷的質子與沒有電荷的中子所構成。質子與中子統稱為核或核子。一個原子的質量幾乎就是核的質量攢，圍繞核的電子的質量幾乎是微得無需計較了。如果電子的質量為一，那麼一個質子的質量就等於一千八百三十六，而一個中子的質量是一千八百三十八，這可見電子質量之微小了。物理學還找出結合核子的是核子力，核子力是什麼性質，物理學家現在還沒有發現。當原子發生了光的放射與吸收，圍繞原子粒的旋轉的電子，就起了化學變化。但是原子在它的核子的放射與吸收的過程中，這原子就起了更大變化。所謂放射性的原子，是它的核子經常在放射過程的，它可能放射核子流，可能放射電子流，可能放射能量很大的電磁輻射。這種放射性的原子，在自然界宇宙線裡存在著，現在物理學家也能用人工製造幾個。物理學家又在這些放射過程中發現了介子，中微子，正子和光子等等。其中介子是在中子質子互相變化中担任重要的工作。它和超子有帶正電荷的，也有帶負電荷的，也有中性的。正子是在宇宙線中發現的，帶有正電荷，其質量等於電子。正子和電子成對可變成光子，光子也會轉變為一對正子和電子。質子中子會互變，也會變成介子，介子又會變成電子，但是這些質量都不同。最奇怪的是光子，它沒有固定的質量，它永遠在高速度中運動。

物理學家雖是告訴我們這許多關於物的知識，但並未解決我們的問題，因為物理學家也是人，他們的知識也來自他們的觀察、實驗與推理。

如果物理學家因為多次的觀察與實驗都是相同的，就以為「物」是如此的，那麼休謨（Hume）以後許多哲學都說過，所謂物的存在，也正是官感經驗的累積，密耳（J. S. Mill）甚至以為「物」只是感覺重複的可能而已。譬如我們在昨天看到這個藍色的花瓶，今天又看到這個藍色的花瓶，再相信明天又會看到這藍色的花瓶，就認為外界有獨立的同一花瓶存在。所以這個花瓶的存在只是感覺的重複。但是重複的感覺之問的如果沒有關聯，昨天所見的藍色花瓶是昨天的感覺，今天所見的是今天的感覺，那麼所謂存在也同幻覺一樣了。我們常常眼睛一花看錯東西，如再認時與初認無法聯繫，那麼幻覺也就無法被認是幻覺。因此這關聯是什麼呢？可以說是記憶。我們在再認時記憶初認時的印象，於是乃知道這是再認。這樣說來，如果沒有記憶，感覺也就不能獨自成立了。再如藍色的花瓶，初認是以為是塑膠做的，用手撫摸了一下，始知是瓷的。這兩個感覺——藍色感與硬度感能聯在一起，其中的關鍵當然不是感覺，但是是否是感覺的屬性，或者是我們內心另有一種機能，或者是竟是屬於「外物」的？又譬如我們看一盆菊花，這菊花初開時是白色，開大了變成黃色，我們在牠們變化之中仍知道而且相信它是同一盆菊花。這裡就有兩層關係，一是「黃不是白」，二是今天的「黃花」就是昨天的「白花。」這裡「黃」與「白」是關聯的對象，二者中有一個關係；黃花與白花又是一組關聯的對象，二者中又是一個關聯。

於是有人就說，感覺實在並不重要，重要的是關聯。邦因克雷（H. Poincare）在他《科學的價值》書中，就說明了這個道理。他認為科學的客觀值，實在是在「公認」的上面。一個人說藍是主觀，如果許多人都承認是藍，才有客觀價值，但是感覺是主觀的。天下沒有完全相同的感覺，我所看到的藍色絕不是他所看到的藍色，但用「藍」字來表示，只是所用的符號相同罷了。所以他認為感覺是不可靠的，可靠的只是關係。而科學就必須研究這關係以及關係的方式，因為唯此才是有客觀的價值。

這只是粗淺的提出認識論的「被知」與「認知」的一些問題。這裡從「感覺」方面研究發展的有經驗主義的學說，從「關係」方面發展的有「新實在論」、「批判的實在論」的學說，我在這裡並不想介紹認識論上的學說，所以不一一敘述。

提出這個問題的原因是在辯證法唯物論的學說中，並沒有對這些問題有一個解答，或有一個主張，而籠統地稱這些為主觀唯心論、客觀唯心論，所謂經驗論、實在論也都是唯心論，而唯心論也就是代表資產階級的哲學思想。

在馬克斯恩格斯的唯物論中，他們只是籠統的肯定「物質」，肯定世上除了物質以外，什麼都沒有了。肯定物質是永久的，無始無終的，所謂人類思想與意識，只是反映外物，是一具具有思維機能的物質，是物質存在的一種特殊形式。一切思想意識只是反映外界「物質」，人腦是反映外界物質的一種物質，也即是世界的五花八門，通過了人腦就成為思想與意識。物質存在的一般形式是運動，人腦這個物質的運動是物質運動的特殊形態，是使自己身外的物質過程和對象反映到身內的頭腦特殊能力。離開物質而獨立的意識是不存在的，因此意識只是在實踐地活動著感覺著思維著的人類才產生，而且一定是在具體的歷史的社會諸條件之下的人類才具有。米定（Mark B.Mitin）所謂「唯物辯證法把對於意識的存在關係問題的這種一般的解決，推及到社會意識和社會存在的關係上去。意識不是決定社會的存在，反而是人類社會存在；人類生活上──物質上的經濟狀態和階級社會中的人類的階級狀態，決定了人類的社會以至階級的意識。」這裡所謂物質，在馬克斯哲學中：很快的就滑到生產的活動與生產手段上去了。這也就是本書作者所指出的馬克斯的唯物論的「物」是指生產力與生產手段的原因。

這裡對於頭腦這塊物質的反映物質世界──自然的與社會的物質世界──的過程是一點也沒有提及；究竟人腦與外物經過怎麼樣的交接與往還，人腦才反映了外物？在這一點上，如果我們配之已經驗論的認識論，或者新實在論認識論，則竟是都可以接銜在一起，而不會自相矛盾的。

可是馬克斯主義者並不想解決這個問題，他們對此沒有興趣。

馬克斯主義者只是簡單的承認反映論，即是頭腦反映外界，像照像一般的反映。但又說這反映是唯物辨證法的反映。根據列寧的話：「認識就是人底反映自然，然而這不是簡單的，不是直接的，不是整體的反映，而是許多抽象思考概念法則等的形成過程。」但是列寧與其他馬克斯主義學者都沒有敘述這個複雜的「形成過程」的步驟與實況，所謂「到底是怎麼樣形成許多抽象思考概念法則的」？他們無法回答，他們不是說，這是辯證法的進展，或者說「認識過程和認識由感覺到思想，是一種運動，是突躍式地在進行的。」

五

上面談到「正統」馬克斯主義者對於認識論問題，根本沒有接觸到，或者說他們對此並沒有什麼興趣。《人類的呼聲》的作者，對這個問題也沒有碰到，他也是很原始的接受了「反映說」。

《人類的呼聲》的作者雖多次批評「正統」馬克斯主義者一隻手抓物質，一隻手抓意識。但他在存在與意識間，也並沒有什麼新鮮的見地，他幾次三番的說：「存在在先，意識在後，意識在先，實踐在後。這一永恆不變的反映自然規律。」作者認為物質是真正的唯一的存在：其存在的積極根原是「適應性」。但是作者又加了一個非常抽象的概念：「博愛」。博愛是人類理性的最高原則，正是與物質積極根原「適應性」相應的。作者說他的思想由兩部分組織而成，一是「科學的唯物世界觀」，二是「社會倫理政治學」，前者的基本原則是「適應性」，後者的最高原則是「博愛」，這也就成了作者二元的先天的假定了。

上面曾經說到「適應說」是「二合一」的一種思想，這是正對以矛盾為物質終極的，所謂「一分二」的思想。而博愛，對所謂「階級愛」而言，也正是「二合一」的思想。

這種「二合一」的思想，在中國大陸現在似乎很普遍。其實也不需要通過不同的哲學體系，呈現在馬列主義學說中與其實踐中，也正有「二合一」的表現。這就是他們所說在矛盾解決時有統一，在階級消滅時有博愛。

中國經過這許多年的動亂，都是在「一分二」中鬥爭。接受共產黨思想的人，都認為革命鬥爭流血是必然的，但等革命成功了，共產黨統一了中國以後，慢慢的就應消滅了矛盾，成為一個和平的安居樂業的統一的國家，這也正是共產黨的諾言。

但是共產黨說，我們先要鬥爭地主，地主是剝削階級，當然要與他劃分「敵」、「我」——一分為二——與其鬥爭。地主鬥盡殺絕以後，中共要農民與富農分敵我——又是一分二，與其鬥爭；富農鬥盡殺絕，農村再無剝削階級，大家分到了地，例應平安無事，但共產黨要組集體農場，農民都應加入集體農場，不願加入的人是落後分子，反動分子，又是彼此劃分敵我，一分為二，繼續鬥爭；接著是人民公社，等人民公社已經普遍實行了，農村裡應當完全「統一」了，這時候，文藝界就有人說，現在我們國內的階級已經消滅，我們應該寫些「人性」吧，我們應該寫些「中間人物」吧。人性是階級性的統一。在延安的時候，有人說要寫「人性」，毛澤東說，在階級的社會裡，只有階級的人性，沒有「統一」的人性；現在，在所謂革命成功已經十幾年後，階級已早消滅，自然已有「統一」的人性了，但是提倡的人遭了清算。「中間人物」是普通的老百姓，是反動的落後的「地主」與進步的、積極的「貧農」之外的多數人。因為地主既然消滅，貧農也已不「貧」，芸芸眾生，都是「中間人物」。這也就是矛盾消滅後的「統一」人物，可是提倡的人也遭到了清算。

共產黨為什麼這樣喜歡「一分為二」呢？為什麼要把完整的「統一」、「一分為二」呢？

當胡風集團已經被清算以後，毛澤東就說，矛盾有敵我的矛盾與人民內部的矛盾。說現在敵我的矛盾已經消除，剩下的只有人民內部的矛盾。對於敵我的矛盾要狂風暴雨，對人民內部的矛盾要「和風細雨」，所謂「和風細雨」，那是善意批評彼此商量，即使不是「二合一」的統一，也總是有「調和」的意圖。反映在文藝上的應該正是「中間人物」、「出頭」的日子了。但是沒有人再敢談到「人性」與「中間人物」。於是毛澤東掀起「大鳴大放」，要求「百花齊放」、「百家爭鳴」。這要求是「二合一」的要求。是大家在一起，各家開各人的花唱各人的歌的意思。開始時，誰也不敢自動開花，後來經不起共產黨的威脅利誘，大家鳴放起來。起初是「和風細雨」，後來風漸大雨漸緊，變成了「狂風暴雨」。這時候大家才發現「人民內部真的沒有什麼矛盾」存在了，存在的是「敵我的矛盾」。可是這「敵」人是誰呢？是「大地主」嗎？是的！是「資本家」嗎？是的！是「軍閥」嗎？是的！是封建的暴君嗎？是的！一句話，這一切的「敵人」，現在都鎔鑄在一個對象上面，那就是共產黨，是綜合一切歷史以來剝削人民、奴役人民的敵人的特徵的大敵！

黑格爾與馬克斯的學說也許沒有錯，所謂對立物的統一，新的矛盾也就內部發展開來。從一個對立到另一個對立的推移，從一個質到另一個質的轉化，這就是否定的否定，正——反——合的發展。在中共統治中國十幾年後，在所謂「統一」之中成長了的矛盾不是別的，是統治階級與被統治階級。

中國共產黨取得了政權以後，也許消除了大小無數的「人民內部的矛盾」，如地主與農民，如資本家與工人，如店主與雇員，如知識階級與文盲，如勞心與勞力，但造成了一個矛盾，這就是統治階級與被統治階級的矛盾。這個統治階級是接受了被消滅打倒的「地主」、「資本家」、「店主」、「知識階級」、「勞心者」一切的特權者在剝削壓迫欺凌中國的人民。

毛澤東認為人民現在已無敵我的矛盾，只有人民內部的矛盾，這話沒有錯，但人民的敵人竟已是「人民」外部的一個統治階級——那個號稱為人民服務的共產黨。這是毛澤東所無法了解的。

六

在馬列主義的哲學，所謂唯物論的宇宙觀中，一再闡明世界上只有統一的物質，而物質的存在就是運動，沒有不運動的物質，也沒有無物質的運動，運動則來自物質內部矛盾。所以在辯證法中，矛盾為最基本的一個法則。它的發展就是否定的否定，是一個正——反——合的公式，而新的一定否定舊的。這種理論，在共產黨領導所謂被壓迫階層或者被統治階層，向壓迫階層或統治階級鬥爭時，也許很有效力。可是當所謂「革命」已經成功，自己爬上了統治階級的寶座時，這時候，除非歷史馬上停頓，否則自己勢必成為舊的，而被否定的時候也就到了。在共產主義學說中，自己也的確承認過無產階級專政過去後，就將是無階級，無共產黨的社會。但階級消除倒容易，共產黨還政於民可不易，那麼如果社會中人民的矛盾真的已經消除，這矛盾自然也就只剩了人民與共產黨的矛盾了。毛澤東在十幾天的鳴放中，已經測驗出整個社會中所謂對立物已經只是人民與共產黨了。這是多麼可怕的事實呢？於是只好把鳴放收起，發動所謂反右派運動。

反右派運動，也就是把人民「一分為二」，叫不曾鳴放的人鬥鳴放過的人。這也就是本書作者所說明利用矛盾、劃分矛盾與製造矛盾的把戲。這種把戲，說穿了其實也沒有什麼奧妙，普通社會上挑撥是非也就是製造矛盾。在人類玩弄動物如鬥雞、鬥蟋蟀、賽馬也就是劃分矛盾。我們在運動會上的競賽，共產黨在工廠裡分級競賽生產，叫小學生的比賽成績，都是劃分矛盾，利用矛盾。在歷史上，精明一點帝皇都會利用一點大臣的矛盾，而收統治之效；以及國際間合縱連橫也就是利用矛盾。這與懂不懂辯證法固然沒有關係，信不信唯物論也沒有關係。

但是要是我們哲學地來看這個問題，矛盾的成立，實是兩個「命題」的對立，用於任何一個事物上，那就是，是隨人任意細分的一個把戲。我們知道一對概念在一起，都可以有對立面。如陰陽、男女、大小、高下、左右、前後、來去、長幼、君臣、父子、母女、愛恨、美醜、貧富、高矮、胖瘦、資產階級與無產階級、都是對立面，在共產黨說起來都是矛盾。這些例子粗看起來好像是一樣的，但是仔細分析起來則並不同，如陰陽與男女是大自然很清楚規定好的。可是大小，高下，左右，前後，來去，長幼，只是概念上是對立的，在實際上應用時，就是隨人細分的東西。因為大與小可以有許多中間的「大」、「小」。譬如這裡有五百平方尺的鐵板，你可以劃分為三百平方尺以上為大，三百尺以下為小；你也可以劃分為一百尺以上為大，一百尺以下為小。如從三百平方尺劃分，二百平方尺就是小，如從一百尺劃分，二百尺就是大。至於君臣、父子、母女、雖是對立名稱，但也只是人在適用時放在一起的名字，因為如果我改為「君與民」、「父與母」、「子與孫」、「兒子與女兒」，所謂對立面完全就改變了。至於美醜、貧富、胖瘦、也只是概念上存在著的矛盾，到實際生活上，比大小高下左右前後還難，因為高下、左右、前後、還可以有一個標準，譬如在五百平方尺的鐵板中間，從三百平劃分，三百平方尺以上為大，三百平方尺以下為小。那麼誰來「一分二」的時候都會一樣。可是美醜、貧富、胖瘦就無法有標準。譬如有一百個女人在這裡，叫人把她們根據美醜的標準「一分為二」，我相信十個人會有十個分法。又譬如資產階級與無產階級，馬克斯所分的，同毛澤東所分的就很不同。如果沒有一個確實清楚的定義，今天與明天就可以有不同的分法。

矛盾既然是隨意可以由人劃分，那麼所謂矛盾的鬥爭就毫無科學的意義了。其次是劃分的人，他的觀點與立場可也決定了劃分的界限。

在馬克斯的學說中，矛盾的發展是很自然的事情，生產力與生產關係的發展，自然形成了資產階級與無產階級，這二者的鬥爭是必然的。那麼這矛盾的尖銳化是很自然的發展而來。現在來了「共產黨」，自稱為無產階級的政黨來領導無產階級，這就很難解釋「矛盾律」了。如果這「共產黨」是由「無產階級」組成的，我們還可以說這是一個「突變」，現在這些共產黨的領導人，又都是資產階級，小資產階級及知識階級，這就再也無法自圓其說了。

毛澤東說，一個小資產階級要能有無產階級的立場那是脫胎換骨的事，是必須「在火熱的鬥爭中有很久的鍛鍊」，否則就要在「勞動」中改造，這裡就發生了幾個問題。所謂火熱的鬥爭是什麼鬥爭，是不是參加共產黨就算鬥爭呢？還是放棄一切，做一個真正無產階級，完全同無產階級同一個命運，在無產階級鬥爭中一起鬥爭呢？如果是屬於前者，那只是上面所說的「劃分的人」，那自己劃分到「所喜歡的」或「所想利用」的陣營裡一種手法。如果是屬於後者，則馬克斯、恩格斯、列寧以及毛澤東、周恩來、朱德……等等幾乎都未投入無產階級的行列裡去過，而且也從來沒有經過勞動改造過。馬克斯的著作中，一再提到只有無產階級自己可打碎自己的桎梏，去謀階級的解放，現在共產黨搖身一變為無產階級，真正的無產階級因而反而淪為奴工了。

以共產黨為「無產階級」的話，在中國這樣沒有階級的國家，難怪它就變成正統的「專政」階級。農民翻一個身又正式成為「專政」的奴隸，這也變成很自然的事情了。

所謂「勞動改造」是根據「存在決定意識」而來。存在如果真的決定意識，馬克斯、恩格斯、列寧，怎麼會有無產階級的意識？這是上面已經談到過的。

現在如果說，要把馬克斯、恩格斯、列寧算作無產階級，那是因為他們思想同情無產階級。這話是不是說得過去呢？說得過去，但是這是「唯心論」的立場！

在劃分階級的時候，即所謂劃「一分二」之時，唯物論的共產黨，有時候就愛用唯心論的觀點的。

以「存在決定意識」的唯物觀點來劃分：有「地」的是地主，連生產工具都沒有的傭農是貧農，這是天經地義的。但如果以「唯心論」立場來分：一個地主階級的人，可能是馬克斯主義的信徒，他不收租，自己在研究馬列主義；一個貧農，可能仍是信「忠孝節義」一套封建思想，那麼「進步」與「落後」，「革命」與「反革命」，也就完全不同了。這就是說，人所劃分「一為二」的辦法，可以得完全相反的結果。

在實際情形之中，有許多事實，很可以作為例證的。譬如，一個在香港做工的工人，他辛苦地工作著，這當然是工人。但以後有了一點積蓄，把所有的積蓄都在廣東鄉下買田，那麼他一面是工人，一面是地主。如果他老了，不做工了，回到鄉下，靠收租為生，他就純粹是地主；現在共產黨來了，把他的田沒收了。他跑到香港，又做工人。這時他的階級成分應該怎麼劃分呢？照唯物論講，他先是工人，後是地主，但當土地被沒收以後，他又成為工人。這是很清楚的。但是共產黨並不如此劃分，土地沒收後的地主還是地主。

照「存在決定意識」的唯物觀點，地主的意識一定是有田可收租才存在，沒有田可收租時，他的意識自然就改變了。但是共產黨認為一個地主，甚至是家庭的背景是地主，他的意識在「存在」改變——如已到香港做工人——後還會是地主意識。這自然是唯心的觀點。可是如果讓他們送到工廠或農村勞動改造後，則仍會因這個「存在」而改變了意識，這又是唯物的觀點了。

道就是階級的劃分並不如「男」、「女」的劃分這樣有「科學」的「客觀」的標準。

七

在一九四二年，毛澤東發表了著名的〈在延安文藝座談會上的講話〉，他號召作家參加工農兵的生活去改造自己。這是根據「存在決定意識」，號召文藝家真正有工農兵服務的運動。當時在重慶的左翼作家們開過不少座談會討論這個問題。

到一九四五年，有一個叫舒蕪的作家，把這個問題重新提出來，寫了一篇〈論主觀〉的文章有四萬多字，發表在《希望月刊》上，編者胡風在按語上說「論主觀是再提出來的一個問題，一個使中華民族求新生的鬥爭受到影響的問題。」

這篇文章的論點：（一）所謂主觀，是一種物質的作用，而只是人類所具有的性質，是能動而非被動的，是變革而非保守的，是創造而非因循的，是役物而非役於物的，是為了同類的生存而非為了滅亡的，簡言之，即是一種能動的用變革創造的方式來利用萬物以達到保衛生存與發展生存之目的的作用，這就是我們對於「主觀」這一範疇的概括的說明。（二）人類的鬥爭歷史始終以發揚主觀作用為武器，並以實現主觀作用為目的，詳言之，人類並不是用自然生命力或社會勢力來鬥爭，而是用真正主觀作用來鬥爭，也並不是為了社會本身或自然生命而鬥爭，而是為了那比自然生命本質上更高並且中間就有機地統一了社會因素的主觀作用之真正充分實現而鬥爭的。（三）主觀作用是為要使人類從這種直接仰賴「自然」的狀態脫離出來，必須如此，才可脫離自然的束縛，反而不斷戰勝自然，以爭取無限的生存機會，真正實現了大宇宙的本性生生不已的「天心」，而當這生命力在全新基礎上被使用之時，亦即人類屹然出現於大宇宙之日，人類便是大宇宙進化的具現。

人類的進化既然靠主觀，因此在文藝上他認為「主觀精神」、「人格力量」與「戰鬥要求」是文藝上的根本問題，所謂主觀的精神力量包括「作家獻身的意志，仁愛的胸懷，對於現實人生的真知灼見，不存一絲一毫自欺欺人的虛偽」等等。因此，他們認為「一個作家就無須深入群眾的鬥爭生活中去，生活不復成為創作唯一泉源，有了「主觀力量」就夠了。

這個「主觀論」的理論，正是與「要求客觀改造」的理論相衝突，一時引起了很大的爭論。當時代表「正統」的意見的可以邵荃麟為代表，他說：

「作家的主觀，固然是個重要的問題，但卻不能從主觀觀念本身去解決，馬列主義者是思想與實踐的統一論者，因此作家的主觀問題必須在客觀社會實踐中才得到改造與提高」。而「小資產階級的作家要從他們自己階級走向另一個階級，這是脫胎換骨的事，決非單純憑藉其原來階級感性機能所能改變的……」

主觀論所代表的正是以「意識」為首的想法，他們主要是以魯迅代表，像他這樣小資產階級，從來未接觸工農兵，而能成為偉大的無產階級的作家，其理由也就是他有主觀的精神的力量，這自然也可以馬克斯恩格斯為例子，像他們這樣的階級成分而能獻身於無產階級的革命運動，這自然是「主觀」的力量了。

這正是唯物論所不能劃分的地方，要賴唯心論來劃分了。

舒蕪被認為胡風一黨，在胡風被清算的時候，舒蕪雖承認主觀論的錯誤，但是問題還沒有被解決，魯迅還是以「主觀力量」為中國偉大的無產階級作家，馬克斯、恩格斯也未曾復活而到中國工農兵中去生活。

這裡可舉出很多的事例，說明從「存在」可以把「一分二」，從意識也可把「一分二」，而所分的結果可完全不同。其實這樣對立面的劃分，原是一種不固定的把戲，這正如我們把一班小學生分為兩組，可以從性別來分，可以從成績好壞來分，可以從年齡來分，可以從高矮來分，分成兩組後，都可以說是對立面的。而且還有一種分法，是給他們戴兩種帽子，一種黑，一種白，就根據給他們戴的帽子來分，分開了自然也是對立面。

還有一層，我們從上面所說的可以看到，除了絕對無中間成分如「雌雄」，「男女」的對立面外，還有中間成分的對立面如黑白中間有很多灰色，如果沒有純白，淡灰也就看成了黑色的對立面，淡灰切去後，較深的灰色也就成了黑色的對立面。而這樣是永遠不會完的。這可以隨劃分的人「主觀」處理。這也就是共產黨所說的「二分一」的把戲。

共產黨在大鳴大放中，看到自然的對立物，在中國社會中現在只有「人民」與「中共」，只有被統治階級與統治階級。如果真是這樣發展下去，暴露出來，這個統治階級就要被否定了，所以必須用各種古怪欺詐的方法來劃「一分二」，他一面又說是以美帝為首的帝國主義意圖侵略我們，因此我們必須團結。這就是把自己與人民「合而為一」，這一個統一，好像對立面是在「統一」物的外面了。這也就是一致對外的辦法。他又說，資產階級地主階級雖已消滅，但現在有了修正主義，修正主義就是帝國主義的化身，就是資產階級思想的變形，我們必須與它劃分敵我，堅決與其鬥爭。這一個劃「一分二」，就是把上下對立而切成左右對立面了。

但是自然的矛盾雖然一時掩過去，或者說混淆過去，而人民眼睛究竟是雪亮的，他們發覺天天「一分二」只在是騙人的把戲，辯證法不是還有「統一」的一說嗎？這就是「二合一」的看法，而《人類的呼聲》作者之「適應說」，也正是「二合一」的一種。這一種看法，實在說，也正是與統治者中共劃分「敵」、「我」，另外一種的劃「一分二」而已。

八

本書作者是否曾經有一度是共產主義的信徒，我們不得而知，但是從來沒有接觸過自由民主的思想與學說，則是顯而易見的。從作者所揭發共產黨所謂「魔法」種種，可知作者深切了解共產黨對於人民的欺騙，並且痛恨他們這種「魔法」與其所由以產生的思想。

作者在思想上一定有過一段相當痛苦的掙扎的過程，但是作者因為所閱讀所見所聞的，似乎從來沒有超出共產黨傳統的一套理論，所以始終沒有基本的了解「民主」、「自由」、「人權」等一些概念。

克勞斯門（Richard Crossman）《破壞了的神（The God that Failed）》序上說：「真正從共產主義中退出來的人，他的人格是永遠再不會完整了。」這話自有它的至理，但這裡所說的是相信過共產主義而在黨的組織中生活過的人，其實像本書的作者，在被共產黨統治過十幾年，或者說在中共這樣的統治下長成的人，他的心靈永遠是畸型的。我在香港碰見不少從大陸出來的知識分子的青年人，除了少數真正受毒不深者外，多數是有奇怪的矛盾的性格；如他們知道「愛」的重要，但他們不會「愛」，只會「恨」；他們恨「共產黨」，但對於民主社會上所遇到不愜意的人，也是「恨」；他們喜愛組織，喜歡有領導人或者是需要領導；他們喜歡「利用矛盾」、「播弄是非」，他們不相信人，也無法被人相信；愛用「手段」，有時也不擇手段；喜愛談「理論」，但永遠不尊敬別人的「思想」。他們似乎永遠有一個「鬥爭」的姿態，很難與人和善地沒有目的的討論是非。自然，這樣的人，在別的「黨」、「團」中生活過的人群裡也是存在的，但沒有共產主義社會出來的人這樣普遍。

《人類的呼聲》的作者在鐵幕中生長。他無從了解什麼是「自由」，什麼是「人權」，但是他的內心知道天下的確有這樣的東西。他有反共的勇氣與要求，所以他寫了這樣一本著作，自信這是可以代替共產主義學說的呼聲，但實際上他的想法，正是一種鳥籠思想，也是與當代自由主義思潮相牴觸的東西。

當我聽到下村亮一先生告訴我，從大陸流出一本著作的時候，我總以為它是一本暴露大陸生活內幕的報導，或者是一本抒寫作者在大陸生活下實感的創作。等到我看到了《人類的呼聲》，我先是感到失望，再則感到詫異。我們同樣對於中共的政權不滿，可是我們的想法竟是這樣的不同。我同情也可憐作者，覺得他的勇敢的堅強的個性，是多麼需要真正的智慧的安藉。也想到像作者一樣的在痛苦悶窒的鐵幕中的知識分子，想對世界問題作解答的，不知道有多少，可是與我們世界中的思想潮流的距離是多麼遠。

一九六六，十一，二十一。

吉錚的《拾鄉》

在這個繁複的社會中，兩個人之相遇相識是一種奇怪的機緣。去年我偶然遊美，認識了范思綺，又認識了吉錚。那時吉錚剛剛與於梨華遊歐洲回來，同我談了許多歐洲的風光。後來我們一起吃飯，她又同我討論到她正在寫的一篇小說的題目。我因為沒有讀到她的小說，很難貢獻意見。去年年底在《皇冠》裡看到吉錚發表了《拾鄉》，我也忘記那就是她同我談到的那篇小說。偏偏那時候，我一直很忙，普通刊物到了，我總是翻一翻就擱起了，吉錚的小說，也沒有細讀。可是後來我碰見好幾個人都同我談到吉錚的《拾鄉》，並且問我知道不知道這位作者，我說我在美國時候碰見過，是一位很漂亮的太太。

後來吉錚寫信給我，要我為她的《拾鄉》寫一篇序。這當然是我高興做的事，我覺得即使光為紀念我在偶然中認識這位作家，也是值得我來寫篇文章的。

我於是費了三晚的工夫，讀了吉錚的《拾鄉》，一時倒是有許多話想說，但是我恐怕她的書快出版了，等我寫好，已經來不及付印，所以寫了一封信，問問平鑫濤先生，平先生來信限我十天之內交卷。那時候我大概忙於別的事，無法趕這個期限，所以我想還是吉錚下一本書再為她寫吧。這樣一隔是幾個月，吉錚去加拿大旅行，我想那本《拾鄉》總已經出版了，誰知昨天接到她從美國來信，說平鑫濤寫信給她，他還在等我的一篇序文。這一下，真使我非常惶惶不安起來，因為這本五個月前應該問世的書，竟為我的一篇序言耽擱下來，我不但對不起作者，也自然很對不起出版者。但我所不解的是平鑫濤先生為什麼沒有一封信給我？如果我早知他在等我的序文，我也早就趕給他了。

既然已經耽誤了這許多日子，我自然急於要趕寫這篇小序。但是想捉摸我讀後想說的話，則竟是一點影蹤都沒有了，幸虧還記得一點，那是因為也有好幾個其他讀者同我談起過的。似乎大家都說，吉錚那本小說上半部寫在美國的，很活潑聰明，人物心理刻畫也很細膩，一到下半部寫到台灣就顯得乾枯而浮淺。我當時雖有同感，但以為一個作者寫長篇小說，寫到後來匆促疏忽是常有的事，現在想起來，則覺得裡面似乎還有更值得我們重視的理由。

文學是反映人生，小說則似乎更直接反映現實的人生。離開了中國生活的作家，作品往往就缺乏一種根。年紀大的作家還有點回憶可寫，年紀輕的可回憶的只是一個短短的童年，寫了一兩篇也就寫完了。因此，有些人就寫些美國的中國城的社會，有的就寫些留學生的社會。這些小說，我們初看起來，也覺得有新鮮之感，可是多看幾篇，一方面就覺得千篇一律；另一方面則覺得所反映的始終是狹窄與空虛的生活，似乎已經離開了中國的根，而又接不上外國的社會。

這些年來，我讀了不少外國人寫中國的，與長住在異國的中國作家的作品，他們用流利的英文寫中國的故事，但內容往往是虛假的，而且有時候顯得非常幼稚可笑。如寫抗戰時期的中國情形，以及香港的社會，有的幾乎完全不是那麼回事。最奇怪的是寫「人物」，他們用許多聰明的方法把中國人寫成貧苦、瘦弱，拿著旱煙筒，不斷地咳嗽與隨地吐痰的形象，可是讀起來還是不像中國人；而住在大陸與現在在台灣的作家，哪怕是寫得多麼不成熟，他們筆下的中國人，儘管是穿著西裝，滿口洋文，在美援機構進進出出，讀起來總像是個中國人。細想這個問題，我覺得中國人與美國人的區別絕不光是外形的打扮，起居的貧富，或房子的布置，道具的使用，而還有一種對於生活的態度與對於環境的反應。在香港，我常常做洋人家庭的客人，他們房子的布置都愛用中國式的紅木家具，鑲嵌螺鈿的屏風等等，也愛掛幾幅中國畫，但一進去就感到是洋人的家庭。反之，在中國家庭中儘管都是西式的家具，洋派的裝飾，我們還是感到是中國的氣氛。這些地方，有時候真是無法解釋的。我設想如果把林黛玉的瀟湘館的布置改成西式的，把她的服裝也改成十八世紀的西裝，只要她一開口，譬如她有一次對寶玉說：「好沒意思的話！去不去，管我什麼事？又沒叫你替我解悶兒，——還許你從此不理我呢。」我們准會知道她是一個中國人。在賽珍珠寫的中國人的小說中，她用盡方法從服裝，環境，道具來刻畫一個中國人，但三言兩語以後，就看出這個中國人是洋人的化裝。洋人們似乎看不出這些小說裡的毛病，可是有幾個讀了幾年中國書的洋人，有幾次偶爾同我談到，竟也有同感。這可見有許多問題是只能憑感覺才能體會，解釋則是並不容易的。

吉錚的小說，不用說，也只是反映她的生活，她所熟識的是美國留學生的圈子。他們的奮鬥，他們的苦悶，他們的得與失，成與敗，以及他們戀愛結婚與養育孩子。對於這些洋化了的中國人，我們認得出是中國人。這因為她寫出了他們在美國社會中的情感或思想。可是她一寫到台灣，雖然這並不是她完全陌生的世界，竟已經無法寫出真正長住在台灣的中國人之情感與思想了（雖然這些中國人倒還不是像穿了中國衣服的洋人）。

作為一個作家，最需要的當然是想像，但想像並不是可以離開生活的東西。我們想像三頭六臂的神怪，這「頭」與「臂」都是經驗中的東西，我們想像「千手觀音」，這「手」正是我們經驗中的東西。一個偉大的作家，他比常人有豐富的想像。這也只是說，他可以從現實生活中想像到較遠較高的境界，而並不是他可以憑空去想像的。生活原是人人都有的東西，但有的人廣，有的人狹。一個作家雖不是說要寫一個醫生，就須去做醫生，要寫一個農夫，就須去做農夫，但如果根本不知道醫生是給病人治病的人，農夫是耕種的人，他怎麼樣能靠想像去創作呢？我們的生活是繁複綜錯的，這繁複綜錯的生活經驗就是人生。如果我們假定，有一種生活體念的人可以有十種的想像，則有十種生活體念的人就有百種的想像，這是可以想到的事實。

近些年來，我看到許多有才華的作家到了外國後就寫不出好的作品，覺得這些作家應該索性放棄寫中國題材而寫西洋的世界才行。如果總是要寫中國的題材，那麼大部分時間總還是要住在中國才對。

在蘇聯十月革命以後，流亡出來的作家們以後也都沒有什麼表現，雖然入了法國籍的蒲寧曾經獲得一屆諾貝爾獎金，但他的聲望是早就有的。而事實上，凡是稍有表現的作家，也只是「老」的一代，所謂有回憶的一代。以後除非完全同化在所居住國家裡成為另一國的作家外，幾乎沒有一個有什麼表現的。

中國作家，自然同流亡在海外的白俄不同，但跑到美國長住而不回來以後，其無法成為中國的作家是必然的。

這些話，離寫序是很遠了。因為我的感慨，並不是因吉錚的作品而起的。只是覺得她離國不久，寫台灣生活與人物已經如此不能發揮她的想像。這也可見一個作家的寫作與生活關係的密切了。

因此，我就想到像吉錚這樣對寫作有才華與有熱誠的作家，應該活在中國才對。否則呢，似乎要把目光與生活範圍擴大到美國社會裡去。現在好像還沒有一個作家用中國人的眼光去寫美國的社會，向這方面努力或者是一條有趣而廣闊的路。

這是吉錚的第一部小說。她在這本書以後，曾在純文學等刊物陸續寫了不少文章，我與她睽隔一年，她的收穫是這麼豐富，其努力實在是可敬可佩的。我沒有看她別的作品，也許她已經早就想到我想到的問題，在比較廣的世界上在探索題材了，那麼我的這篇小序算是一種半預言性的空話了。

蔡石門《十三城之旅》序詩

我曾在你繁星籠罩的園中，
聽你談廣泛的經歷，
人間的悲歡離合，
與滾滾世事的波瀾；
還有那高低英雄的起伏，
以及男女愛情的變幻。
但你平靜的音調似總在告我：
太陽下從未有什麼新事。

我還知道你在舞台銀幕上，
看盡了驚險與香艷的滄桑，
你認識多少肥瘦的明星，
半老風韻的徐娘，
與初露頭角的新人

以及前浪後浪裡紅黑的消長。
但在你清澈的智慧中，
都體會成殘酷的幽默與諷刺。

如今我又讀到你紀遊的新詩，
對各地的風光與景色發問，
我看你在十字街頭靜觀，
在象牙之塔前閒等，
是一個灼熱的靈魂，
披著無情的外衣，
細數古今東西的名城，
向人低訴你對燦爛世界的一種幽思。

十四世紀手奏大提琴的歌手，
在進香的路上唱美麗的故事，
為要向廣大的世界流浪，
向旅人捐募衣食與旅資。
如今你花錢在世上遊歷，
搜集你的感覺與遐思，

向人們歌唱你的想像，
畢竟無常的人間不過如此。

《中國大陸觀光漫感》序

一個人同一個人認識交往，有時也正是一個機緣。我認識鹿島先生是十幾年前他到香港來玩的時候。當時我們談到許多中國問題，他的對於中國豐富的常識與精闢的見解，很令我詫異。後來我知道他是一個中國通，在日治的上海曾主持《申報》的筆政。我想，要是那時候我在上海認識他，我一定不會同他有什麼友情的交往的。他回日本後，常同我有聯繫，還不時把他的著作寄給我，可惜我不懂日文，無法拜讀，僅留作紀念而已。

在日本輿論界一致頌揚中國共產黨的革命功績之時，鹿島先生始終保住他的獨立的見解。一九五六年，他去大陸觀光，我在他進出經過香港時都與他有接觸。在去大陸前，恰巧星加坡大學董事陳育崧先生剛剛旅行大陸回來，我就約他們在一起吃飯談談。在談話中，鹿島先生總是想知道所謂客觀的事實是否符合他的想法。以後他遊了大陸出來，他對我說，他心裡很高興，因為他所見到的事實證明他過去所了解的很對。當時日本的幾個重要報紙竟都在報導與事實不符的看法，而奇怪的是去過大陸與駐在香港的日本各報記者們的理解，反而與鹿島先生很接近；後來我才知道，他們的報導有時必須遷就報紙的要求，有時還被主編先生刪改，道可見日本讀者也並不能很方便的看到真實的報導的。

當紅衛兵大字報風行的時候，日本記者的報導，一時曾吸引世界新聞界的注意，但是有幾個美國學者到香港，我同他們談到日本對大陸的研究，他們都覺得日本人的看法都很幼稚，當然這是只根據幾本已譯成英文的作品來說的。對於這方面我實在知道得太少，但臆想中，譯成英文的可能也正是為中共辯護的著作吧。正如所謂文化大革命，明明是毛、劉爭權的把戲，日本許多報紙竟詮釋成毛氏肅清日趨腐敗與人民脫節的官僚層的一種革命運動，因此被美國人認為幼稚是理所當然的事。

一九六六年我去美國，經過日本，與一群對中國問題有深邃研究的青年見面，第一使我驚奇的是他們的流利而自然的中國話，以及他們對中國的某種基本的常識。這兩種正是許多美國學者們所缺少的。

研究中國大陸的中共問題，除上述兩種基本的修養外，還應知道的是對於所謂馬克思學說、唯物史觀與辯證法一類的常識。這也是從台灣的大學出來的學者與美國普通學者所缺少的基礎，因此往往被中共所玩弄的口語，如「二合一、一分二」一類的術語所迷惑。倒是歐洲的多數記者有這方面的常識。

另外，當然是對中國的歷史文化背景應有相當的認識。不過這方面牽涉太廣，往往是智者見智，仁者見仁的事。我覺得這正是可不必求強同的意見，不同的看法並列，正可以使我們有比較的了解。

鹿島先生所寫的大陸印象與感想，一部分是在日本雜誌發表過的，另一部分是為應我所編《筆端》半月刊而寫的。這不是對中共政治或經濟問題的學院式研究文章，而是一種舊地重遊的旅客，對於中國過去與現在的比較與感想。像這類文章正是最容易反映作者的感覺的敏銳，觀察的深微，也最可見到作者對於中國文化與民族的認識之深淺。

在《筆端》上讀過些鹿島先生發表過的文章的人，都驚奇於鹿島先生對中國歷史地理的熟悉，與其所注意到關於中國的廣泛的書籍。譬如辜鴻銘先生的書，就是現在許多西洋學者與中國年輕作者所不注意的。鹿島先生把辜氏看作也是一種要中國有獨立自主的愛國者，則是很有見地的想法。

他所見到的東方的專制與人民的奴隸根性與所謂「奴隸式的英雄主義」，也是很深刻而透徹的見解，雖然我個人並不與他完全同意。我覺得中國人如果有這種「奴隸性的英雄主義」，也是一部分人的心理，而且往往是熱衷於功利的人士。廣大的民間終有「帝力於我何有哉」的一種普遍態度。其次是瀰漫在民間的無為的老莊思想與出世的佛教思想，他們不願意過問實際政治，以前的統治者就利用他們不願過問而聽其自然生存，現在的統治者則連此都不放過了。我覺得在這方面，我與鹿島先生不同的意見，正是可以共存的東西。

但有些地方，如他以為「醫藥費、教育費、產婦保健和老年生活保險之類社會福利，似乎比日本進步。」則是絕對與事實不符的。以醫藥而論，中國大陸醫藥的缺乏，已是眾所週知的事實。尤其在農村，許多地方幾乎幾十里地內沒有一個真正合格的醫生。雖然政府極力鼓勵醫藥下鄉，以及有流動醫療隊的巡迴，甚至提倡草藥巫醫，要說可保障人民的健康的醫藥措施，那完全是不可能的。下面是廣州出版的「紅醫」第三期的材料：據廣州市第一醫院醫生梁尚農指出：「城市老爺衛生部把全國百分之六十的高級醫務人員集中在城市，為全國百分之十五的城市人口服務，而其中主要還是老爺（按：指中共特權階級分子）。全國病床三分之二集中城市，衛生經費百分之七十至八十用於城市。城市平均六七百人一個醫生，而農村（包括縣機構）一萬人才有一個醫生。」另一個醫生指出農村「連最普通的中西藥亦經常脫銷，多少貧下中農由小病拖成大病，由大病拖成危重。」在文化革命中，《人民日報》也公開承認：

中共衛生部二十年來，由於把經費、醫務人員、醫藥用於城市中共特權階級分子，以致農村長期「一無醫，二無藥」，疾病嚴重損害人民生命、健康。

至於教育費，大陸的基本教育，到底如何措施，如小學中學有些什麼課程，我們未知其詳。但傳聞所知，大概是識字與簡單的數學，以及「共產黨是人民的救星」一類的教條的內容。再要上進，那就要看你的階級成分與背景。所以這種教育，既不是為兒童的幸福，又不是順兒童的興趣，與所謂自由世界的教育很難並列比較。我想到這也正是許多美國的學院研究生所常犯的錯誤。像這樣的以自由世界制度下的，事物與概念，同中共制度下的事物比較，因其事物與概念所包含的內容完全不同，所以很容易下出不正確的論斷。

又譬如作者以為「中共政府是最有效能的專制政治，它的官僚是最清廉的官僚」，這在文化大革命中所揭發的事實中，可以證明完全是不確的論斷。那些被揭發的「當權派」的窮奢極侈的享受與浪費貪婪的生活，正是「供給制」下的任何「當權者」必然的結果。中國過去的帝皇是百姓供養的，要什麼就取什麼。他的貪汙根本是「天」賦的貪汙。民國以來，大一點的衙門，主管的人大多數都可以說是公私不分，所以家庭的用度，都是取之於衙門，連家用的牛奶費與手紙費都是衙門的庶務支付的，這種貪汙就成為「國」賦的貪汙。像中共這樣的政治，他們特權階層的生活可說是先天性的「黨」賦貪汙。唯一可稱讚的是他們的貪汙只是享受與浪費，沒有聚積成為資本或套匯流到國外。這裡可以看到，用自由世界薪給制的貪汙意義與來解說供給制度的貪汙是不夠的。

我的這種看法，不知鹿島先生可以同意否？

自從一九四九年中國大陸放下竹幕後，世界各國對中國問題開始注意，中國語言文字也成為各國許多學校熱門的科目，於是各國專家輩出，書刊也如雨後春筍，內容由中國現況伸展到中國的歷史、文化與文學。在這些琳琅滿目的書籍中，我們約略可以分作兩大類：

一是新聞記者們的報導與感想。

一是所謂漢學家的研究。

前者，因為美國人不易去大陸，所以以歐洲與亞洲，特別是日本的人為多。後者，因為美國對研究中國問題有特別鼓勵，所以也出現了較多的這方面的學者。

新聞記者的作品，有的只是走馬看花，接受官方的或別人的材料與解釋拼湊而成。有的則因為作者對馬克思的學說與共產主義的理論有認識，所以在目睹中國的實況以後，有所啟悟與了解；有許多也往往能用聰明的眼光分析人、觀察事，加以活潑的筆調，風趣的抒寫，頗能吸引人。

所謂漢學家的作品，大概都是引證詳博，材料豐富，但往往僅就狹窄的範圍而研究，與整個文化以及時代不發生什麼關係。所以如果研究歷史上的小題目，如中國清代的纏腳史之類還可以，如研究當代中共的問題，往往變成雞零狗碎，成為新的「餖飣」之學，好像很詳細，實則與歷史與現實不發生關係。如中共的婚姻法研究，用西方的法理觀念，分析中共的婚姻法律條例之類的論文，就是一個例子。

此外還有一種是成了美國人的中國學者的著作。這些著作，則是最畸型的著作。這些作者都是中國人，他們中文程度自比洋人為好，但是他們沒有看過什麼中國書。幼年時出來到台灣，也沒有機會再去中國大陸；中學畢業後，學的也往往是法律、地理或西洋文學之類。一到了美國，左一轉，右一轉，到大學去教中文與中國文學。於是不得不臨時「趕集」，東抄西襲，編成一書。雖是騙過洋人，有的還被稱為佳作，可是我們看來往往笑話百出。有的把第三流作家寫成所謂「天才」，有的把新舊詩作倒亂，有的把清末的書刊當作民國的，有的把歷史上同名姓的人前後混淆，諸如此類，非常奇怪。有一個朋友同我談起，他說中國也不乏內行人，為什麼這些洋文著作，則是如此低能？我一時實在答不出理由，後來仔細想想，覺得此事也不足為怪。其理由大概如下：

一、這些作者，有的是一直在美國，根本與中國脫了節。有的則是在台灣長大，對中國大陸傳統的歷史，地理以及風土人情都很隔膜。到了美國就所學用功，有的還做洗碗打雜，寫了一篇論文，成了博士。以後也再無機會讀中國書或去大陸看看。

二、這些學者，有的學西洋史，有的學羅馬法，有的則學西洋文學批評。可是美國大學往往不給他們教他們所長的東西，而只給他們教中文與中國文學的機會。因此臨渴掘井，隨時填充，還要裝出滿臉是精通中國文化的樣子。

三、美國出版界因為中國問題之風行，有的很想出點關於中國的書，以為到大學裡請那些教中國問題、中國文化或文學的人總沒有錯。於是就找到了這些外行學者，或編詩集，或纂文綜，或寫文學史。實際上都不是他們的本行。

四、這些學者，雖是外行，但生意到手，不願放棄，於是就手頭所有的材料拼湊引申，寫得頭頭是道，力求立論新鮮，英文流利，以博洋人的高興。出版以後，又拉人寫寫書評，騙人騙己，儼然自成為權威專家。傳到台灣、香港，既是歐美所「封」，總以為真有心得，無形中也以為是貨真價實了。

這種畸型的著作與畸型的作者，正如中國清末民初的少數留學回國的人，許多人以為他們一定搞通洋務，而事實上往往是牛頭不對馬嘴一樣。但這是過渡時期的一種現象，以後歐美自己的中文人才出來，這些人自然也就會被淘汰的。

關於中國大陸考察的遊記一類的書，這些年來，已經有了很大的進步。二三十年前，西洋記者到中國作兩星期走馬看花，又不懂中國言語，可以直接與中國百姓交談，回國後一寫就是三四百頁的書，現在已經少了。

但是像鹿島先生那樣，真正深入中國生活，了解中國歷史，地理背景，洞悉中國人的民族心理，習慣於中國風俗人情的外國作者，自屬鳳毛麟角。

鹿島先生所寫的關於中國問題的書很多，如：《中共治下所見之民眾生活》、《中國革命之百零八人》、《毛澤東之人間學》……等。現在這本書雖不是學院性的著作，但因為他有過長期的研究，所以他的感想，就不是浮面的感想，他的漫談也不是膚淺的漫談了。

一九六九，五，二十七，晨五時，香港。

《樂於藝》序

對於藝術，我是外行，但因為愛好，所以時有接觸，接觸多了，有時憑自己的愛好，茶餘酒後，不免發表點意見，這些意見，有時竟得行家們稱許，他們因此也以為我是在行的人，樂於與我為友，我也慢慢自以為頗有見地，有時甚至發表文章。這種年輕時代狂妄之舉，現在想起來都有點難為情。現在這類文章雖不敢再寫，但藝術界、繪畫界、音樂界的朋友則越來越多，有的甚至鼓勵我多寫批評的文章，做一個藝術的批評家。他們以為我是曾對於美學有興趣，下過一點工夫，所以對於藝術有點見解。殊不知我的藝術意見與修養，還是直接從藝術接觸來的，那就是多看與多聽。此外，也正是這些藝術界的朋友給我的薰陶。

我曾經反省自己，覺得自己如果說是和藝術界朋友有點緣分的話，這裡面有兩個因素，第一、是我愛好藝術，我對於藝術特別謙虛。第二、是我尊敬藝術工作，因為我了解藝術工作的甜酸苦辣。此外還有一個原因是：在我與藝術界朋友往還久了以後，我發覺大多數的藝術家都有一種自信，他們因此有派系的偏執，因而往往對別人的作品或表現有不客觀的批評。我既然是行外的人，所以能從根本上說幾句不屬於同行相輕的話。因此容易得到多方面的朋友的信任。

說到我的愛好藝術與尊敬藝術，則是成為我對於藝術經驗一種偏見，也可以說是寶貴的偏見。我所體驗到的是：藝術是一個最不勢利的東西，它像一個最高貴的情人，它不計較你有沒有學問，它也不計較你貧富貴賤。它要的是你愛它尊敬它崇拜它，只要你時時接近它，欣賞它，它就會接受你，給你愉快，給你陶醉，給你美妙的境界。

我從來不懂音樂，但因為我愛聽，常常聽，時時聽，音樂之門就為我打開。我不懂繪畫，但因為我愛好，常常看，時時看，繪畫的門也為我打開。這並不是說我已經懂了音樂或繪畫，而是說我從音樂與繪畫的世界中得到了享受。許多新派的藝術，或者說，許多外來的藝術初接觸時很陌生，多看看也就體會其中的趣味，慢慢地我也就能在裡面獲得了一種慰藉與愉悅。

藝術趣味上的培養，我覺得，除了與藝術直接交往接觸以外，其他都是枝節，其他都是「過程」或「手段」。一般人都把藝術趣味與藝術知識混淆。知道一幅畫的背景與畫家的身世是藝術知識，對於那幅畫的研究上自然有用，但在欣賞上講，這則是多餘的。

我對於藝術的體驗，使我對於藝術的高貴與清白有更深的信心。這在談論藝術大眾化問題上，我同一般朋友往往有不同的意見。因為我覺得藝術的本質就是大眾化的，藝術的本質是並不重視知識的。所以當好些有教養的大學教授們認為黃梅調一類小調是音樂的頂峰時，我覺得並不以為奇，因為他們始終沒有接觸過音樂，始終沒有走進音樂的宮殿。他們把音樂當玩物，音樂也視他們為俗物。

我說藝術的大眾化，是說藝術不考查任何人的身分、財富、教養與學識，誰都可以去接近它，誰越接近它誰就越獲得它。

當我已經是中學生的時候，同一個農民去看廟會裡的京戲，我發現他對於京戲的欣賞能力，遠在我之上。以後我知道只有多聽京戲，我才能提高我的能力，讀任何書籍對此都沒有幫助的。這對於任何藝術的欣賞都是一樣。

有人以為像文學這種藝術，總要有學問與知識基礎的人才能欣賞了。其實文學因為是通過「文字」來表現內容的藝術，所以我們要欣賞文學，必須克服「文字」。「文字」是一種知識，通過這個「知識」，才能接觸藝術，這是沒有錯。但了解了文字，往往也並不能欣賞「文學」。文學不是文盲所能欣賞的藝術，也正如繪畫不是瞎子，音樂不是聾子所能欣賞的藝術一樣。文字是傳達的媒介，這媒介是屬於知識的，但不是藝術本身，藝術本身是直接與心靈呼應的。因此，以藝術講，文學因為有文字的隔閡，就不能同音樂與繪畫比了。

文學是需要通過文字來欣賞的藝術，但了解了文字，並不是就是欣賞了藝術，多少人了解一首詩裡每個字的意義，但無法欣賞裡面藝術的境界，這正如有聽覺的人不一定能欣賞音樂，有視覺的人不一定能欣賞繪畫一樣。

上面這些話是說明我之愛好藝術與接近藝術，因而得享受藝術的體驗。

因為有這些體驗，我也因而有許多藝術界的朋友。我的一生，多在流浪中消磨，所以認識的朋友很多。有人說：「交政治上的朋友，可以共患難，不能共安樂；革命或打天下之時，彼此一條心，一旦成功，就必至互忌互鬥。交生意上朋友，可以共安樂，但不能共患難；大家合夥，發財了花天酒地，慷慨揮霍，彼此高興，等到失敗之時，互相抱怨，推三怪四，交惡打官司的都有。而交文人學者，則既不能共患難也不能共安樂，因為安樂成功之時，彼此相輕；失敗不得意之時，也還是互相妒忌傾軋。」這雖是句罵文人學士的話，但不能說沒有根據。所謂藝術家，當然是屬於這裡所說的文人學士一類之人。他們互相輕視，彼此不睦，派系門戶，各是其是的情形，古今中外都是；但另外一方面似也正有互相尊敬，各崇對方所長，互助互愛互相琢磨，終身可供患難共安樂的朋友。所以這句話，客觀一點說，則應當改作：「交文人學士朋友不是既不能共患難、也不能共安樂，就是又能共患難、又能共安樂。」

但是我愛交藝術界的朋友，則並不是這種共患難共安樂的設想，而是第一是藝術界的朋友，不恥於窮。儘管他現在很有錢，他不恥於談過去的貧苦，或者甚至故意要說自己過去貧窮的故事，表示有生活的經驗。有許多政客或商人，他們不但恥言過去的貧窮，連對於過去貧窮時的友人，或對於了解他過去身世的人假作不識；這在稍有藝術修養的人是絕不會有的。第二就是「樂於藝」。樂於藝，是藝術家最基本一種態度，就是他在自己的工作中有一種享受。一個藝術家雖然也要名要利，但在創作的一瞬間，則一定會陶醉在自己的「藝」中，而忘去了其他的一切。一個民間藝術工匠，雖然所從事的手藝是謀生，但在其工作中，能有一種自得其樂的境界則是別人所沒有的。像顏回那種一簞食，一瓢飲，而不改其樂，也正是樂於藝的精神。

要考驗一個人的藝術趣味與修養，我常覺得可以在這兩點上測驗。第一是他是否恥於與窮朋友為伍，第二就是他是否樂於藝。

我認識《樂於藝》一書的作者劉其偉先生是在果之家裡。那天他帶著畫具來繪畫，我也就成了他的模特兒之一。我記得他當時正在計畫一個人像畫展，後來這幅我的畫像大概也展出來了，展覽後他把這幅畫送給我，現在也就掛在我斗室的牆上。

以後好幾次到台灣，都同作者見面，作者並不嫌我的困頓，他也告我他在生活中的感受。我常覺得朋友見面，大家如果談得意的事情，往往談到後來越來越疏遠，甚至是彼此吹牛與賣弄；如果大家談失意的事情，則往往越談越接近，越談越可以說知心話。

作者雖是多才多藝，但我發覺他是一個寂寞孤獨的人，而且願意接受或享受孤獨的人。他愛好藝術，也愛好生活。除繪畫外，他翻譯，寫作。他愛旅行，愛陌生的世界，愛體會原始的粗獷與人間的落寞。我還發覺作者是一個羞澀於交際，笨拙於世俗的人，但我覺得他的畫則缺少一點羞澀與笨拙。

現在作者把十幾年所寫的文章選輯一集定名「樂於藝」，要我寫一篇序。這自然是我所樂為的事。我非常喜愛這個「樂於藝」的書名，我想這正是表示作者的生活態度。

從這本集子中，我們可以看出作者對於藝術的愛好，對於自己的「藝」對於別人的「藝」及別國的「藝」的感受與意見。

作者在〈著者的話〉中說，這是為年輕一代而寫的文章。我想對於有藝術興趣的年輕朋友，這樣的書固然可以啟發他們對於藝術的興趣。而對於像我們這樣外行的人來說，讀這樣的書也可以知道像作者這種「樂於藝」的人之樂何在。

《山城之夢》序

我是一個笨拙呆板，疏懶冷淡，既怕敷衍又怕應酬的人，所以許多認識很久的人，往往還是很生疏。可是對於本書作者彭成慧兄，雖也相識不久，但已成了很熟的朋友了。這因為彭成慧是一個聰敏活潑，勤快熱心，長於辭令而又善於交際的人，他很快地就了解我笨拙呆板，原諒我的疏懶冷淡，而不需我對他應酬敷衍就可同他來往了。

大概就為我們個性上有這些不同，所以我們就有了剛剛相反的命運。作者在大學裡是讀西洋文學的，二十年前就有集子與翻譯問世，似乎當時很有志以寫作為生的，可是後來則轉為教書，經營商業，對於寫作反而不熱心了。而我則既不是學文學的，學校出來也無志做作家，但無形之中，慢慢地走了以寫作為生的途徑，這實在是很奇怪的事情。

究其原因，也還是因為作者才能廣泛，做什麼都有點成績，所以反而離了初期的志願。我則個性上做別的都不適宜，東碰西摸，碰到寫作，因為可以孤獨地閉戶搜索，所以反而就以此為安了。

可是讀了彭成慧兄的這些文章以後，覺得我所認識的作者個性，還只是他的一面。另外一面，則正是同我一樣的。我們年齡相仿，時代相同，彼此都在顛簸動蕩的年頭求生，這樣的時代，也許正是產生英雄豪傑的搖籃，但我們偏是沒有大志的人，既不慕富貴，也無意於營利，只是想在寧靜的鄉村裡，過一種質樸簡單的生活，而這又偏是這時代所不允許的。於是，他也只好刮淨鬍鬚，打好領帶，勉為樂觀，強作積極，在擁擠的人堆裡，擠來擠去，五六層樓梯跑上跑下，以求一家之飽暖。但在更深夜靜，他在一天交際奔忙以後，回到自己的房內，覺得所忙者何所奔者何，油然有空虛無著，悽寂無慰之感，於是抽出紙筆，抒寫一些細瑣小事中的感觸，過去回憶中的留戀，這就是這些散文的來源了。

這裡面沒有好高騖遠的理論，也沒有以不知為知的題目，所寫的是切身小事，所憶的是親歷的生活。點點滴滴感觸，是自己的；零零碎碎的思致，是自己的。作者無意求人與他同感，亦無心想以此博人家喝采叫好，但是在讀這些文章的人中，有聲氣相投的，自然會覺得他所說的正是自己的感覺了。

周作人在談文學的前途裡說：「從前我偶講中國文學的變遷，說這裡有言志載道兩派，後來覺得志與道的區分不易明顯劃定，遂加以說明，云載自己的道亦是言志，言他人之志即是載道，現在想起來，還不直截了當的以誠與不誠分別，更為明了。」最後幾句話，我覺得很有道理，因為所謂「載自己的道」與「言他人之志」實際上還沒有「明顯劃定」，往往「他人之志」也就可為「自己之道」，「自己之道」也可為「他人之志」，問題是在目的與作用。如果作者是「誠」的，說什麼總是言志，如果作者是「不誠」的，說什麼還是載道。

作者在這裡所收集的，正是「誠」的作品。近來言志的散文的不多，作者的集子該也是目前文藝之園地裡，所需要的一種花卉吧。

音樂的欣賞與藝術的享受——序《林聲翕歌曲集》

林聲翕先生預備出歌曲集，要我寫一篇序。對於音樂，我是外行，但是我喜歡音樂，有一時期，甚至我想放棄文藝去學音樂。但因年齡太大，環境也無可能，而沒有改行。而我私心對於有成就的音樂家則總是非常羨慕與敬仰。

我小的時候並沒有一個音樂的環境，小學中學也都不重視藝術教育，所以對於音樂繪畫，都很疏遠，後來因研究一點美學，並且同文藝接近，自己從事寫作，才注意音樂繪畫，開始去接近它。起初也只是從藝術史方面略涉，後來隨著愛好說喜歡與不喜歡。這樣慢慢地我發現了音樂裡的世界比文藝的世界似乎要自由得多，許多我想用文字表現而感到困難的情感，似乎在許多名曲很輕易地在表現著。當我陶醉在許多音樂家的作品中，我常常感到他們所表現的正是我常想表現而無法表現的東西，我想放棄文藝去從事學音樂，也就是在這個時期。

為什麼音樂的世界比文藝的世界要自由？這因為文藝的表現要通過文字。文字本身是一種包袱，一個不識字的人無從欣賞文學，但只要不是聾子就可以欣賞音樂。文字本身是作者的一個包袱，也就是欣賞者的一種界限，不越過文字的界限無從欣賞文學，所以每一民族的文學都為其本身的文字所限。而我們也必須弄通另外一種文字才能欣賞另一民族另一國家的文學。這在音樂的世界並沒有這個界限，所以有人稱音樂為國際語言。

文學的界限在文字以外，還有許多「知識」的界限，在藝術上，知識永遠是一種妨礙心靈傳達的東西。一般人把知識的理解與藝術的欣賞相混淆，這已經為近代的實驗美學所否定了。但藝術的表達，在文學形式中，往往是圍欄著許多知識的界限，一定要超越這些界限，才能夠欣賞藝術，因此沒有這些知識的人，也就無從去欣賞文學。本來所謂藝術的欣賞與知識的理解是沒有關係的，藝術所要傳達的東西，並不是知識。所以要通過知識，才能夠傳達，這就是文學的包袱。這包袱，除了文字的界限以外，有形式、風俗、人情、傳統……譬如我們讀《紅樓夢》，那裡面所代表的是二百年前的社會，如果我們對於那個社會的風俗、人情、傳統毫不了解，我們就很難欣賞。譬如六朝時候的詩人寫「至城東行散」的詩句，這「行散」就是魏晉人服藥以後的一種散發，如果不知魏晉人服藥的風氣，就無從了解「行散」，也無從欣賞當時寫這類生活的詩歌。因此欣賞文學要通過許多知識，而真正文藝的價值，實際上並不在這些知識上。

一個音樂家，雖然他在樂理上技術上也有許多必須克服的知識，但表現在藝術上，傳達給聽眾的則是純粹的聲音。他依賴這些聲音，就可以表達他所要表達的情感與思致，雖然這裡面也有形式與傳統的距離，但不是隔膜。距離在習慣中可以接近，隔膜則必須超越。我們聽外國音樂，多聽聽也就可以欣賞，但讀外國文學，如沒有譯本，則不懂外國文就無從接近。

我覺得藝術是最沒架子的東西，任何人喜歡它尊敬它都可以享受它欣賞它；而界限與隔膜則是有架子的，一個人要有許多修養才能夠超越文學上的許多界限與隔膜，但並不需要有預備的知識才能夠享受藝術。因此藝術能不依賴知識，而越沒有界限的則是最純粹的藝術。在這方面講，音樂因此就是最藝術的藝術了。

藝術的享受也可以說是最不勢利的享受，它不管你是富有或貧窮，不管你是學者或農夫，只要你愛好它接近它，你就可以享受。這一點在藝術的本質上講是極為重要的。一個不懂音樂的人，只要他愛好音樂，聽多了趣味也就高起來，欣賞鑒別的能力也自然而然養成，所以有許多有學問的科學家或大商人往往不如一個手藝的工匠更能有藝術的享受。在我的故鄉，許多農民提著燈籠去聽草台戲是真正的一種藝術享受，而較有知識會一些八股與舊詩的地主則反而只能色情地欣賞旦角的曲線，也就是這個道理。所以在這方面講，藝術的本質可正是大眾化的，因為表達的工具慢慢成為貴族化，藝術就被許多神祕的隔膜所包圍，藝術就與大家隔絕。五四以來的白話文運動，就要拆去這些文學上的神祕的隔膜，而使藝術成為大眾可接近的藝術。但無論文藝作品如何揚棄隔膜，它的工具——文字——始終是一個包袱，它不能與音樂相比。因為音樂是從感官直通心靈的。

其實文學的起源是詩歌，詩歌最初的本質並不是有意義的語言，而是帶情感的聲音。而這也就是歌唱，也就是音樂的起源。野蠻人的第一支歌也就是第一首詩，它是第一個音樂的創作也就是第一個文學的創作。詩與歌的分道發展，大概是成為一樣東西的兩面，詩慢慢成為一個人靜下來的低吟，歌則成為許多人集會時的高唱。詩三百篇已經是有意義的語言作品了，但似乎也就是歌曲，從其節奏中也不難想像可有原始的樂器伴奏，而許多歌曲也可能是一種舞曲。這可見文學音樂與舞蹈在其發生時，其關係是多麼密切了。

以後，文學的發展在文字的意義方面，音樂的發展則是聲音的意象方面。二者變成了完全獨立的藝術，但唱歌始終為文學與音樂相聯繫的產物。一個音樂家看到可歌的詩作譜以音樂，使文學重新燃起音樂的生命，而許多詩作特別重視韻律，要在詩裡有點音樂效果。這也可見它們出生時原是雙胞胎，以後始終有可以攀連的血緣。

人類文化的發展，一方面是分工越細，另一方面是合作越多，藝術也並不例外。詩與歌由於一家而分家，以後歷代的詩人們曾將詩帶向不同的方向。許多詩接近繪畫，也有許多詩接近音樂，但現代的詩作則傾向於文字的意象。這因為詩想表現畫而其所表現的總難如畫，詩想表現音樂而其所表現的也總不如音樂。因此詩人就索性就文字的表現特質上，用暗示隱喻等來傳達意象與情感。作曲家就要從文字所傳達的，付以音樂的生命，用他專業的媒介，直訴聽眾的感官以達於心靈。

一切用文字的媒介的文學作品，都是通過讀者的大腦方能獲得欣賞，其間自然有許多知識的隔膜。譬如：「打起黃鶯兒，莫教枝上啼，啼時驚妾夢，不得到遼西。」這一首詩，除了文字的知識以外，還有「遼西」這個地域的意義。如果不知道這遼西是征人遠戍之區，那麼就無從欣賞這首詩的意境。

這首詩到了作曲家的手裡，用他的媒介來傳達，他可以用抒情的手法來寫閨婦春夢，也可以用象徵的手法來寫遼西的遙遠與荒漠。總之，在音樂家的手中，一切知識的隔膜是不會再存在的。

詩作因為文字的關係，自然有中文、法文、英文等之分。音樂則是世界性的，所謂中樂西樂，除了民族的氣氛外，實際上只是簡單與複雜，進步與落後之分。我們現在也無法固守中國的曲譜而不用五線譜，也無法固守中國樂器而不用進步的樂器。但是用西洋的曲譜與樂器也正可以更完美地表現中國的情調與趣味。

林聲翕先生為現代中國最努力的音樂家之一，他所寫的歌曲許多早已傳誦一時，他現在所收集這些年來的作品出一本專集，這對於愛好他的歌曲的人是一個喜訊。他把許多中國詩詞付以音樂的生命，一方面是使中國人有真正現代的歌曲可唱，另一方面也正是可使不了解中文的人士通過音樂來了解中國的情趣與意境，其影響於文化界自然是很大的。

像我這樣的外行人，敢為林先生的歌曲集作序，實際上還是因為我對於音樂特別愛好，與對於音樂家有特別的羨慕與敬愛的緣故。因此我上面所說的那些外行話也就不怕內行人來見笑了。

《美國短篇小說新輯》序

這十幾年來，很多人在中美文化的交流上作了可喜的努力，許多出版機構出版美國的學術著作與文藝作品的中文譯本。其中也有不少是短篇小說。在台灣出版過一本聶華苓譯的《美國短篇小說集》，在香港出版過黃淑慎譯的《美國現代短篇小說精選集》。此外還有一本愛倫坡的小說集與中英文對照的金帶文學名著翻譯叢書。現在《今日世界叢書》想根據這些已譯成中文的短篇小說，重新選編一本小說集。他們要我來做這件工作，因為這是一件很有趣的工作，我自然樂於接受。但是接受下來之後，則發現困難很多。

對於美國小說，我沒有什麼研究，但是我是一個愛讀小說的人。我於十二三歲時就讀中國小說，到了中學讀書，我又讀了不少翻譯小說，以後才讀英、法文的小說。以短篇小說論，除了中國筆記小說及五四初期的小說外，我是先讀契可夫與莫泊桑的，以後我才讀英、美作家所寫的作品。就這次看到的別人所編譯的美國短篇小說來說，我讀過的約有三分之一，不過有的印象實在很淡。而在我腦子中所留的有些印象很深的作品，他們反倒沒有選入。這可見雖是就現成的有名作家的成功的作品，各人的看法也可有許多不同。

譬如奧亨利（O. Henry）的小說，我記憶中印象較深的有〈A Municipal Report〉、〈The Gift of Magi〉；而他們則選了一篇〈The Ransom of the Red Chief〉。我覺得這是一篇「硬滑稽」

的東西，是奧亨利小說中最乏味的一篇。

又譬如傑克倫敦（Jack London），原是我很喜歡的一位作家，但他的〈White Silence〉與〈To Build A Fire〉等作品，是我以前閱讀時覺得極為可愛之作，而他們則選了一篇〈The Heathen〉，這則是一篇我最不喜歡的東西。

我之所以不喜奧亨利的〈The Ransom of The Red Chief〉，我想還是因為所寫的與現實生活距離太遠，兩個存心綁票的人這樣對付肉票或者說控制不了肉票是很不邏輯的。而喜歡玩紅印人的美國孩子，與中國孩子也有太大的距離。即便讓我回到十二三歲的童齡，我相信也不會喜歡這樣的小說的。

至於傑克倫敦的〈The Heathen〉，他的寫異教徒，完全是傳統的西洋人寫「落後民族」（土人）的老套，那就是：不是把他們寫成太「壞」——如骯髒、下流、懦怯、陰險，就是把他們寫成太「好」，好到像天方夜譚中的奴隸一樣，對白人有狗一般的忠實。英國以殖民地為背景的小說，常常出現這一類「土人」。這就是這位作者並不了解所謂「異教徒」，也可以說他沒有寫到人性，沒有把人當作自己一樣的人。因此，我讀起來不但覺得他寫的「人」是完全不存在的，而且還想到作者的幼稚無知與自大，所以不但覺得這篇小說無趣，而且還覺得是可憎。

我沒有把這兩篇小說編選進去，可是我又並無自由去選用那兩位作家的其他的我喜歡的作品，因為他們給我的材料是限定的。在交我的材料中，這兩位作家只有這麼兩篇，我不選用，也就必須將這兩位作家割愛了。

此外，我沒有選用的作家則是愛倫坡（Edgar A. Poe）。坡是美國短篇小說創始人之一，他有驚人的奇才，又是偵探小說的鼻祖，談美國小說史是不能忽略他的。我這裡沒有選他的作品的原因，則是他的作品缺少文學的意味，而其所開創的技巧上以及心理上的趣味，以後的作家承繼而發展的也早已閃耀著更多的光輝。他的小說原是以故事取勝，但缺乏氣氛的創造，因此他的恐怖小說，只帶我衡量他推理之正確與否，並沒有使我走進他恐怖的陷阱。但我覺得他有兩篇小故事很有中國筆記小說裡鬼故事的趣味。一篇是〈莫雷拉（Morella）〉（一八三五年），是敘述一個愛丈夫甚深的女人莫雷拉，在難產時死去，留下一女，非常像她。其父愛之如掌上珠，一直以「寶貝」、「我愛」稱呼，至十歲才受洗命名，因以其母莫雷拉之名名之，名方出口，其女即亡。父乃抱其尸體，謀合葬於其母之墓，但當墓穴打開時，裡面竟空無一物，蓋母女竟是一人也。還有一篇是〈蘭奇亞（Ligeia）〉。蘭奇亞也是一個女人的名字，當她臨死時，要其丈夫發誓，終身不再愛其他女人。其夫從之，但旋即背誓，與人再婚。不期新婚兩月後，新娘即病亡。但當夜她又復活，而復活的不是新娘，是蘭奇亞借尸還魂者。如果我要在此集中，選輯一篇坡的小說，我就想採用這兩篇中之一篇。現在我所有的材料既沒有這兩篇作品，我也就索性把選坡的篇幅去選用現代作家的作品了。

自然，編選短篇小說集可以有各種角度。一種是就作家年代的先後，每個作家選用一二篇，這種可使讀者不但看到每家的代表作，還可以看到整個風格上的演變。一種則是把當代的每種風格的作品選用一篇，使讀者看到現存的各種的派別與趣味。還有一種則是就個人所愛好的來編選，不管年代也不管派別，只選個人所認為值得讀的推薦給讀者。可惜這三種角度，我現在都不能採用。我只能在我限定的材料中，選用我比較喜歡的，同時也想到可以讓一般中文的讀者有興趣讀下去，而由此多了解一點現代的美國。

藝術的趣味，是有它的永久性與普遍性，但也正有它的歷史的與地理的特性。一個民族與另一個民族，就因其歷史的傳統與地域的環境不同，民族的趣味的不同是很顯然的。

我以為要知道兩個民族趣味上的不同，莫過於看他們的藝術與文學。但要了解另一民族的藝術與文學，似也需稍稍了解那個民族的傳統與背景。

日本作家永井荷風的〈江戶藝術論〉中有關於浮世繪的鑒賞，說過這樣的話：

> 我反省自己是什麼呢？我非威耳哈倫的比利時人而是日本人也，生來就和他們命運迥異的東洋人也。戀愛的至情不必說，凡對異性情欲的感覺悉視為最大的罪惡，我輩所奉戴之法制者也。承受勝不過啼哭的小孩和地主的教訓的人類也，知道說話則唇寒的國民也。使威耳哈倫感奮的那些滴著鮮血的肥羊肉與芳醇的蒲桃酒與強壯的婦女的繪畫，都於我有什麼用呢？嗚呼，我愛浮世繪。苦海十年為親賣身的繪姿使我泣。賣宵夜麵的紙燈寂寞地停留著的河邊夜景使我醉。雨後啼月的杜鵑，陣雨中散落的秋葉，落花飄風的鐘聲，途中日暮的山路的雪，凡是無常無告無望的使人無端嗟嘆此世只是一夢的，這樣的一切東西，於我都是可親，於我都是可懷。

這段日本浮世繪藝術的話，也說明了東西民族在藝術之表現與欣賞的感應上可以有如何的不同。而另一方面也即可以使我們從強烈的色澤所表現的肥胖女人看到比利時人的人生，從日本的浮世繪看到日本人的趣味。

因為民族間有傳統的不同，信仰的異殊，反映在藝文上有許多奇特的差別。這可以說正是表示世界之豐富與燦爛，但也由此可使民族間文藝欣賞有許多隔閡。

有些作家，有些作品，強調民族性，不是寫自己民族的優越，如聰明、勇敢、正直、忠誠，就是寫異族的落後、愚蠢、低能與骯髒與無知；不是寫自己的信仰為真理，就是寫異族的信仰為迷信。這些由於作家的無知與褊狹，使民族間文藝，產生了無從了解欣賞的距離，上面所提及傑克倫敦的〈The Heathen〉，也正是屬於這個類型。

但是另外有些作家，有些作品，能夠較深入地寫到人性的，則民族間諸如風俗人情習慣傳統的隔閡，往往只是浮面的，通過了這些浮面的隔閡，任何民族都可以從其作品增加了解同情與欣賞。

我們很了解東方與西方有許多不同，特別是在幽默感與道德感上。幽默感大概與語言很有關係，中國人認為可笑的，西洋人往往茫然無知；西洋人認為可笑的，中國人則覺得幼稚平淡。道德感則直接是傳統的產物，譬如對「殺生」的態度，西方與東方似乎有一個很大的距離。在我個人所接觸的來說，西方的人士對於虐待動物雖有各種反對的態度，但對於日常的殺生，則幾乎是沒有道德上或心理上的感覺的。中國人對於「殺生」的感覺，則是習慣於佛教教義的禁忌，那種良心上、心理上的感覺可說是佛教的傳統，西洋人對這種感覺往往是不了解的。因為這種對於生命的感應的不同，道德上所謂「仁慈」，也就有很大的距離。羅素是一個非常同情中國人的西洋人，他對於中國人之缺乏同情心很有批評；但是中國人對於將老弱的動物處死的西方觀念，總認為是非常殘忍的行為。還有一種中西不同的道德上觀念，則是「勇敢」。儒家對於勇敢是一種浩然之氣，有時就變包涵的容量，它反對匹夫之勇。所以韓信能忍胯下之辱，就被認為是大勇。可是在西洋人的目光中，這當然是懦夫的行為。此種如「仁慈」、「勇敢」等道德上的概念，原是中西雙方都承認的標準，可是因為傳統的不同，內容就成為完全不相同，這往往會使文學上所表現的很難彼此了解了。

但從另一方面講，這也正因為「仁慈」、「勇敢」是共同的道德標準，不同的看法，完全是傳統與習慣的不同，所以這不同的看法也只是表面的隔閡。東方與西方還因宗教不同信仰不同，而產生許多隔閡，但只要不輕視別人的信仰，我們馬上可發現對於人生的短促生死的茫然以及命運安排的奇巧，這些神祕的感覺，則仍是人類所共有，仍可說基本上是相同的。而這基本的素質則正是屬於人性的。

人性中還有一種相同的是論理感，或說是理則感，不管古今中外，人類有一個共同的理性，這使我們可以互相了解彼此的命題與推理。而我們還都有一個共同的論理的滿足的要求。民族間雖有許多不同的神話與怪異的迷信的傳說，但其不同也只在假定上的差別。承認其假定，也都可以被另一民族所了解與欣賞。譬如《聊齋志異》裡的狐鬼，就是一個假定，接受了這個有狐鬼的假定，也就會感到其內容是極合乎情理的。

不用說，人性有本能的成分，要求種族的延續與自身生存。反映在生存的掙扎與兩性的相悅，東方與西方完全是一樣的，儘管所取的態度與表現的方法可以有許多出入。因此，凡是深入人性的作品，雖然有許多民族的風俗習慣以及傳統上的不同，透過人性，我們仍可以完全引起同感的。

自從第二次大戰以後，因為交通的發達，民族間的交往增進，文物的交流加多，知識與視野的擴大，民族間的風俗習慣傳統等的隔閡逐漸消滅，文藝的欣賞也更加普通化了。尤其是中國與美國，由於兩國人士多方的努力，交往越來越密，兩國的風俗與傳統，彼此都有更深的了解，我們自然也更容易欣賞對方的文藝。另一方面講，也正因為我們多接近了對方的文藝，我們也更得而了解對方的情感思想與趣味。

譬如在本集所選的魯斯薩考（Ruth Suckow）女士所寫的〈金婚大慶〉那篇小說，如果我們一點不知道美國家庭生活的情形，比如說，用中國傳統的家庭生活來看，就會覺得非常離奇，或者會覺得它太不合情理。一對老年夫婦有兒子有女兒，而竟孤獨地住在冷僻的農村裡，既然子女女婿對兩老感情都好，在他們金婚紀念時，為他們作盛大的慶賀，為什麼要讓他們單獨冷清清地住在那裡，不接去住在一起呢？而最後當喬治送他們兩老回家以後，大雪天也不留住一晚，馬上就回去的情形，也是出乎中國生活習慣常例以外的事情。這篇小說，如果你不了解一點美國家庭生活的一般情形，是不容易了解他們的人情味，但是如果你知道美國個人主義型的家庭生活，通過這篇小說，也正可以見到他們與中國相同的情感。在他們所遵循的生活習慣中，也正反映著與我們相同的對父母的敬愛。

在小說結尾之處，當兩老熱鬧一天，回到冷清清的家裡，除了睡覺無事可做的情形，其寂寞淒涼的晚年生活，在中國家庭講究「承歡膝下」的制度比較下，也正可看出美國這種家庭制度的冷酷與無情吧？可是在中國以前的大家庭制度中，曾經產生過各種的悲劇，見於中國作家所寫的小說中也正不少。西洋的讀者就奇怪，為什麼這些人物都要住在一起彼此痛苦，而不像他們一樣，孩子一成家就另外去生活呢？這種對於家庭不同的看法與意見，是一個很有趣的問題，但是人性的出發點，要求溫暖和諧相處的家庭原是一致的。

這只是一個小小的例子，說明我們是如何需要從社會生活的了解中，去欣賞另一國家的文藝；又如何從欣賞文藝之中，了解另一國家的生活中的情感與趣味。最後我們也正可以發現到人情中共同的要求。

家庭生活，是小說中普遍的題材。本集所收除〈金婚大慶〉以外，還有一篇是〈車緣〉，這也是美國家庭特有的情形。孩子們長大了爭著用車子向外飛翔，而做母親的一個人只好去散步。她在公園裡，看到有一個少婦正推著搖籃車，載著尚未長大的孩子來享受美好的天氣，而感慨地說：「我想我們孩子應該出來走走，而我們沒有一輛汽車。」這裡所表示的孩子長大後的母親的寂寞，也正是中國作家常用的一個主題，只是所寫生活背景不同而已。

小說既是反映人生，人生是離不開生活。生活不外乎人與人的關係，人與大自然的關係，人與命運的關係以及人與死亡的關係。

這個小小的集子中，如〈金婚大慶〉、〈金婚蜜月〉、〈車緣〉、〈英美之間〉等是寫人與人的關係。

〈暗礁〉、〈海上扁舟〉寫生命在海浪中掙扎，是人與大自然的關係，也寫到人與死亡的關係。

〈沒有點亮的燈〉、〈老農羅世基〉等篇也是寫人的性格與命運以及死亡的關係。

這些小說的故事都發生在與中國不同的背景，人物的出沒也是在與中國迥異的社會中，而又通過了每個不同風格的作家的筆端，可是裡面的人物，我們中國人讀起來仍可覺得非常親切。

如〈老農羅世基〉也正如活在我們江南鄉下的農夫一樣；〈幽谷裡的農夫〉正是任何在鄉下生活慣而到大都市來生活的人；〈兩兄弟〉與在貧窮中掙扎的中國的孩子們也沒有分別。此外，如〈沒有點亮的燈〉中的父親與女兒；〈金婚大慶〉中的老年夫婦，以及女陪審團裡的女陪審員，其心理與行為，也正是中國人在相仿情景中所必有的心理與行為。這因為這些作品裡所寫的人物正是接觸人類所共有的人性。

更值得我們注意的是這些美國作家，在如此不同的社會中生活，在如此不同的背景觀察事物，其所寫的關於人生與生命的問題也正是中國作家以及其他國家的作家所寫的問題，這也可見人類的智慧在本質上歸根是一樣的。而在這個時代，人類所面對的世界，也是慢慢地變成完全相同了。

燧艾《旅塵》序

文學本是從民間生長的，但慢慢地專門化了，走到文人學士的手裡，於是它離生活也越來越遠，最後它就變成了纖弱、空洞與死僵。這時候文學一定會起變化。這變化不外是三條路：一條路是傳統，也就是回到傳統的文學中去找生命。如六朝的駢文發展到極端，就有唐朝的古文運動；歐洲的文藝復興的追蹤到希臘也是同一道理。第二條路是民間，如宋詞走到精緻纖巧靡麗的極致，就有元曲的興起；元曲正是從民歌與民間語言吸收詞彙來擴充文學的世界的。第三條路是外來，如佛經傳入中國，使中國有變文與話本小說等的發展。

自從新詩運動以來，作者輩出，但努力的道路也不外上述的三條。過去如劉大白，他從中國舊詩詞的路徑上，摸索出一種形式；徐志摩、聞一多輩則是模擬英國十八、九世紀的詩歌。李金髮、載望舒等是仿效法國象徵派的詩歌。現在大陸的的詩人都走民間，所謂通俗化、大眾化的路，臺灣的許多詩人都在走西方的現代主義的路。這些努力，正都是為詩歌的園地擴充範圍。千萬的細流匯成大海，將來也許有大家會融會各派各式而獨創一個天地。

燧艾對於詩歌有很大的興趣，讀過不少中國舊詩詞，又愛讀現代的一些詩人的詩歌，所以他能容納舊詩詞的辭彙，掌握自然的音節，來表現自己的情感。這當然是一個很好的開端。憑他的熱情與想像，已經有許多很好的難得的詩句，將來的發展，必是會從他的生活的擴充與閱讀的累積中，走到更廣闊的道路，開出更燦爛的的花卉，結出更健美的果實的。我常說在藝術的園地中，有真忱的愛好與誠摯的奉獻者，將永不會落空的。這也許足以勉勵燧艾吧。

是為序。

一九七二，六，五。

《斜陽古道》再版序

近些年來，台灣出現了不少小說家，作品蓬勃，盛極一時。但如果從其取材與背景來看，大致不出三種。

一種是在回憶中寫大陸的事變與人物；一種是以台灣為背景，寫當地的生活事件與人物；另一種則是從台灣寫出來，到香港，東南亞，最多的是美國。

這三類的作品，好像也就是作者年齡的分野：第一類的作者都是在大陸生活過，他們有的經歷過抗戰，有的經歷過勝利，有的經歷過撤退。第二類的作者則年紀較輕，他們很小就到台灣，在台灣長大，他們沒有太多過去可以回憶，他們只能從台灣生活中體驗人生。第三類的作者則是從台灣出來後，或到香港，或到他處，但最多的是到美國，他們寫在美國的中國人社會，或勾搭台灣美國兩個據點，寫出人事的變遷與糾紛。

在繁多的作品中，這三種小說，自然都有好的與壞的。

不過一般說來，第三種的作品，內容似乎是日趨貧乏。原因大概還是移民到外國的作家並不能深入外國的社會，而又與本國生活脫節之故。這也不只是中國人為然，俄國革命後到法國及西歐的作家，也都沒有什麼好的作品。第二種的作品，因為作家們在台灣的建設發展社會中生活，前途當然是非常廣闊，但是作品的內容與課題以及形式，慢慢地也就會演變為另一種獨立的姿態。至於第一種的作品，根植於大陸的回憶，對過去的一個時代，無論是留戀、惋惜、憤恨、悔悼，因為作者的老衰，慢慢地自然越來越少了。

田原先生的《斜陽古道》，《松花江上》，是屬於第一類的。我還無緣認識田先生，但從他的作品中，相信他是曾經閱歷過一大段歷史的人，許多對於中國北方的各種地與人的描寫，都盡了他出色的寫實的功力。

在這寫實主義衰微的時代，寫實的努力往往難有恰當的評價，這原是很自然的事。在三十年來中國文學的寫實主義主流中，我始終是一個不想遵循寫實路線的人。我一方面覺得一部偉大的作品，即使是標榜寫實主義的大師的作品，如福樓拜、巴爾札克等所寫的，在寫實的背後，常是閃耀著寫實以外的精神。另一方面，任何反寫實主義的作家是必須從寫實的基礎上出發，才顯出其偉大。中國之盛行寫實主義，固然是文壇上的號召與風氣，但等我稍稍研究所謂中國的現代文學，就無法不承認，寫實主義的發揚與提倡，是有它堅實的社會的根據的。在動亂與激流的社會中，寫實主義正是負著一種歷史的任務的，而似乎是從農業社會走向工商業社會動蕩時代的一種自然的要求，在工商業真正發達的社會中，寫實主義的衰微，也許是必然的過程。

但對一個作家而講，寫實的功夫，實是基本的功夫，這正是一個畫家都需要素描的功夫一樣。看過畢卡索初期作品的人，都會知道他在寫實上下過什麼樣的工夫。現代許多藝術系的學生嘴裡標榜什麼現代主義，野獸派或「普普」的藝術，可是想畫一隻狗不能像狗，想畫一隻貓不能像貓；許多標榜現代主義的詩人，連簡單的便條都寫不清楚，這種所謂藝術家或作家，無論如何只是靠小聰明湊角色的人，是打腫臉去充胖子的一流人物，其作品必然是貧血的。

讀田原先生的作品，我自然覺得非常親切，這當然因為我是那個時代的人，裡面的背景與人物，也多是我所熟識的。我知道當時日這樣消逝時，將來一定更少有作家會寫這些現實的史詩了。

我們知道一個作品的形式是很難同內容分割的，而田原先生所用的形式，優點與缺點也都是我所熟識的。但是我相信裡面的缺點是很容易被年輕的作家們發現，而裡面的優點只怕是年輕的作家們永遠學不到了。

《歌劇「鵲橋的想像」合唱曲》序

現在該說是十年前了，在一個偶然的場合，與音樂界的朋友一起吃飯，大家希望我可以為他們寫一個歌劇，由林聲翕先生作曲。這樣談起來，有人提到牛郎織女的題材。我忽然回憶到許多關於牛郎織女民間的傳說，就說：「也許可以試試看。」說過以後也就忘了，後來林聲翕先生就根據這個，來催我早點交卷。我於是就寫了這個《鵲橋的想像》。

我雖然是採用了牛郎與織女兩個人物，也採用了鵲橋相會的鵲橋，但是在故事與涵義上，與傳統的牛郎織女的故事，似乎沒有什麼關係，所以我定名為「鵲橋的想像」。

我寫的歌劇只是劇的編製與歌詞的創作，這在西洋叫做 Libretto。從歌劇上講，Libretto 只可說是個間架的工作，主要的則是音樂的創作，這個工作，在量與質上自然都比 Libretto 要繁重許多，林聲翕先生幾乎用了一年的工夫才完成了這個巨大的工作。

這是我們嘗試的中國第一部完整的西洋歌劇形式的歌劇。而我們，不用說，我們的精神仍是中國的。

在林聲翕先生完成了這歌劇的音樂工作以後，也曾經有好些朋友希望我們可以把它排演出來，也有些電台願意給我們支持，但是我們覺得許多條件都不夠，與其草率地演出，還不如等條件夠了再來排演為好。

可是，在合唱部分，林聲翕先生，因為有人要求，已經有幾個拿出來請人試唱過。因此我提議，我們何妨先舉行一個「鵲橋的想像」音樂會。選獨唱、二重合唱、四重合唱以及大合唱成兩小時的節目。這引起許多朋友的贊成，也有歌唱家與合唱團願意作這個嘗試。

現在林聲翕先生想把這歌劇的合唱部分印成一個集子，這一方面可以使愛好的人士以先觀為快，同時也可使音樂會的排練上有許多方便。

林聲翕先生要我在這個集子上寫一個序，在我是非常高興的事。但我所能說的也只是這個歌劇產生的過程，其他則是希望我們可以有機會使這個歌劇早日可以在舞台出現。不過，當合唱部分編成集子呈現在歌唱家之前，我則認為把劇情與結構介紹一下，使歌唱的人有一個基本上的認識，免得使它與傳說中的許多關於牛郎織女的故事相混淆，則是需要的。而合唱的歌詞既是根據劇情而來，先了解一點劇情也可以使歌唱者對此更會感到一點興趣。所以我在這裡且把這整個的創作在此作一個簡略的介紹。

這個劇一共是五幕。第一幕是序幕 Prologue。第五幕是尾幕 Epilogue。序幕與尾幕背景是天上，其他三幕則是人間。

天上是仙境，仙境是寧靜的，安詳的、愉快的、光明的、和平的。序幕開幕時，有山神從人間回來，他帶了人間的花朵給大家看，並且送給仙童們每人一朵。於是就有人就問人間的情形。當時有花神就說，人間是無常的，人間無常圓的月，人間無不謝的花。可是山神則說，人間雖是無常，但是有變化，有進步，有創造，有發明，日新月異。這時候，花神就說人間汙穢，有戰爭，有仇恨，有許多罪惡。在山神與花神爭論之中，有仙人就提議大家派一個代表下凡到人間去住一年，如果人間真如山神所說的那麼可愛，他去了一定會留戀忘返。如果人間如花神所說的可憎，他去住了一年，自然就想回到仙境來。這樣一說，大家贊成。正要推舉哪一位下凡去體驗人間生活之時，織女就自告奮勇願意下凡去人間生活一年。當時花神就同她說定，她下凡去，要訂一個日期，如果到時還不回來，她一定是在人間留戀忘返，就只好淪為凡人。於是雙方訂定落花時節，織女看到百花飄零，就應馬上回返仙境，否則就只好淪為凡人。當時織女就下凡去，風神送她。織女怕自己意志不定，到時候在人間留戀忘返，所以臨行同風神說，到時候如果忘了回來，風神千萬去提醒她。這是序幕。

第二幕是人間——山青水秀，男耕女織，生活得非常愉快。織女與牛郎墜入情網，而想永遠相愛，生活在一起。

第三幕是寫人間的美好，村女村男跳舞歌唱，織女牛郎，相親相愛，正逢豐收佳節，一片歡樂。

第四幕是織女的婚姻前夕，眾人都贈送禮物，織女試穿新娘禮服。就在這樣興高采烈之時，忽然來了狂風暴雨，雷電交作，湖水泛濫，百花飄零。這時花神下凡，來迎接織女回仙境，可是織女正在戀愛之中，結婚前夕，不想同去。花神就警告她，人間無不謝的花，人間無不老的青春，人間無永遠的愛情。織女當時執迷不悟，花神就說有約在先，她不同去，就將淪為凡人。織女就決心放棄神仙生涯，長往人間。這時風神出現，他因為受過織女之託，所以在這緊要關頭，特別來提醒織女，挾她返登仙境。織女走後，牛郎回來，看見織女不在，而衣巾漂在湖中，以為織女已為湖水冲走，遍尋不得，乃躍入湖中自殺殉情。

第五幕是尾幕，又回到天上。山神與花神又各訴自己想法，山神認為織女不肯回來，人間一定有特別可留戀處，花神認為織女只是一時墜入情網，現在已經覺悟，人間並無真情真愛。織女這時候則仍想念牛郎，她怪風神不應該挾她回來。風神則說，這是織女當初拜託他的。花神不相信人間有什麼愛情，說牛郎如果真愛織女，織女失蹤，他就該自殺。風神就報告，牛郎的確已經殉情自戕。織女聽說牛郎為她自殺，悲慟無已。這時山神認為人間固是無常，但竟有不變的愛情，所以提議讓多情的男女登昇仙境。當時眾仙，一致同情牛郎，贊成讓牛郎登天成仙。但牛郎昇天後，無法渡過天河。於是喜鵲為他築橋，織女乃過橋與牛郎同聚。

上面是整個的劇情。我們不難看出它與傳統的牛郎織女的故事是不同的。在許多關於牛郎織女的傳說中，有一個是說牛郎與織女隔河相愛，犯了天規，所以只許他們一年一度相聚，而相聚幾小時之中，因為牛郎懶惰，織女過了河，忙於為他洗衣補衣，所以從未團聚。還有一個傳說，是把織女說成美麗勤奮的女性，牛郎則成為懶惰骯髒的男子。自然，他們都是天上的星宿。我這裡則把牛郎寫成一個誠篤樸素勤奮癡情的男子。

在中國江南，據說在七月七日三更時分，可以看到織女星渡到天河對岸與牛郎星相聚，不知是否可靠。不過，過河的是織女，不是牛郎，則是許多傳說相同的。我這裡特別保留鵲橋相會的傳說，我覺得這是可愛的，不應該放棄；而且，也在牛郎昇天後，由織女過天河去迎接他，這也是尊重傳說中織女的渡河。

此是序。

一九七六，九，七。

《浸會中國語文學系小說專輯》前言

前言

去年，中國語文學系系會要出一本小說專輯，就商於我，我一方面覺得很高興，一方面也很擔心，高興的是我們同學對於創作的有興趣與信心，擔心的是怕有太多不成熟的作品在專輯上出現。

中文系本來有一課寫作指導，一直沒有開過，原因是創作這樣的功課，人數不能多，多則很難進行。在歐美，大學裡也開這樣功課，多年前，我曾經去參觀過他們的小說寫作課。他們班上只有六、七個學生，每個學生把作品用打字機打成多份（那時候複印還沒有這樣的普遍），發給每一個同學，等大家讀後，再共同討論。我覺得這是一個很好的方法。原因是：基本上，現在所謂小說，是一種沒有規範的藝術。作家往往有獨出心裁的表現方法才好。普通所謂「小說作法」一類的書籍，也只是提取成功的小說的成功之處而加以銓釋。我想每種藝術，如繪畫、音樂都是有共獨特的技術基礎，在文學，最要緊自然是文字的運用；當你能熟練地運用文字，可以說已經有寫作的能力，進一步就該多讀、多寫。只有多寫，可以發現別人作品的得失之處；只有多讀，可以發現自己作品的得失之處。所謂上課討論，也只是交換意見與提高興趣而已，與寫作有多少幫助，實在很難說。看成功的作家到底有多少是經過寫作訓練過的，就可以知道。

大學裡中國國文學系，一般都是以研究為重。古典文學的研究，中國文學史的研究以及專家的研究，都是學術範圍的事。中國詩文的習作也正是一種基本的訓練。所以在教詩選、詞選之時，要求學生試作詩詞，一方面固然希望學生對詩詞寫作上有興趣，另一方面也只認為要深刻地了解中國詩詞寫作的基本認識，也正是不可少的。以前周作人主張大學中文系應該開「八股文」一課。以八股文取士的時代早已過去，但八股文是中國一種很特殊的文體，我們的確有認識它的必要。我沒有學過寫八股文，但我知道八股文，可與駢文並列為最需要技巧的一種文體。如果中國文學系不再傳授這種文體，則以後就再不會有人會了解這種特殊形式的文體了。

小說是新起的藝術，中國以前把小說放在民間文學範圍內，所以小說始終與說書分不開。五四以後，小說才成為文學中一種重要形式。這當然是從西方輸入的一種概念。而也因此，小說在中國才放出燦爛的光輝。而作為藝術的表現而論，小說是一種最豐富最龐雜的藝術形式。它可以多方而反映人生與表現人生。而其形式也是最為豐富。無數中外小說家不斷的在試用新的表現方法，也就更不應該再由死板的規範來學習，也只有多讀多寫才是是真正學習的途徑了。

我常覺得，規範越固定的文體越可以得到老師傳授，雖然傳授的也只是形式，但合於規範的總已經是人門了。譬如寫七言詩，能平仄不錯，格律不亂，寫出來總已可算是詩。八股文，學會了起承轉合，絲絲入扣的規範，總已經是八股文了。越沒有規範的、越自由的文體，越需要自己摸索。

小說的表現，正是最需要作者自己摸索的。而當作者有熱誠有信心，有足夠操縱文字的能力，讀過相當成功的作品的人，往往第一次的作品就會是成功的小說；但另一方面，因為沒有規範可循，往往寫了很多年的作家，雖然文字很好，但寫出來的小說總不像是小說。自然這是與個人氣質也是有關係的。

這裡所收集的十一篇作品，都是文學系同學的作品。這是他們一種嘗試，也是勇敢的對小說寫作的一種摸索。

我想，任何人對於小說藝術終身的愛好，也正是由第一步勇敢的摸索而起的。

一九七八，十二，十六。

《于還素散文集》序

文章有兩派，一派是載道，一派是言志。後來有人說，這個分法並不清楚，因為道可說是言別人之志，言志可說載自己之道。可是善讀文章的人，一定可以分別這兩者的不同。載道的文章，大概是氣勢洶洶，聲勢奪人，不是「階級」就是「主義」，不是「聖賢」就是「國家」，浩浩蕩蕩，像是要人演說，非說服你不可，你不贊同，就是異端。言志的文章則是委婉閒談，輕描淡寫，不說大話，不唱高調，娓娓自訴，切切私語，或笑自己癡，或諷他人傻，不自以為是，不求人鼓掌。我年輕時，受老師影響，喜歡載道的文章，自己也寫哪一類文章。內容空洞，聲勢駭人，六分學問，寫十分文章，像煞有介事，實際上只能騙騙小孩與外行人，徒為識者所笑而已。後來我進步了，我很快的就看穿這類文章的把戲。看到那種文章，就覺得它在威脅我，挾持我，強制我，或者要我拍手鼓掌叫好，感到很窘。讀言志的文章則不然，我們好像面對朋友談話，覺得舒暢愉快。我可以隨時表示我和他不同的意見，我知道他不但不生氣，反而會感到親切與快樂，他不一定贊成我的意見，但他願意聽相反的說法。

後來，我慢慢發現人也有兩種，正如文章一樣，如果也沿用載道與言志這兩個名詞，則載道的一派，總是虛張聲勢，先告我聖賢教訓，再告我民族大義或階級意識，繼之以談他的各種貢獻——得意的，誇他成就，失意的，誇他看輕名利，有官位或學位的，六分在名片上，十二分在面孔上。如果是藝術家，音樂家和詩人，往往放在他面孔上的，比他身分上的還要多。這時候，我只有節節讚賞，唯唯諾諾，不發一言而退。碰到言志一派的人物，往往就會彼此傾訴，互相批評，上至天下大事，下至男女私情，或拍肩狂笑，或相對流淚，或唏噓短嘆，或慷慨長喟。我說他女兒漂亮，他說我太太美麗……一杯酒，兩杯茶，言無顧忌，錢無彼此，經此就成了朋友。

我與于還素相識，就這樣偶然而自然的交往。還素是個多才藝的人，對一切都有他自己的看法。他有自信，但不自大，他有主張，但並不強人相同。他對於藝術有他特有的見地，對人是有他特殊的體驗。

現在，他的散文集要出版了，要我為他寫一篇序。我對於寫序向來不討人喜歡，原因是序言裡稱讚作者，讀者總以為是朋友相互吹捧，沒有價值；要是說幾句不好的話，作者也許不會喜歡。我想文章自有公論，我在這裡，只表示我與作者的友情而已。不過我在讀了這本書的原稿以後，我對於作者倒有了更深入的了解，他雖然愛國愛人，對社會問題甚感興趣，對於藝術理論有深湛研究，而本質上，他實在是一個詩人。

在這些文章中，我們雖是處處可以看出作者對於藝術趣味的體會，與哲學課題的感悟，但喚起他創作的興會的，實在還是他潛在的詩人的本質。

以他的學養來說，雖足以使他編一本教科書，但他不屑於取這種形式，他也可以從學理上組織他的觀點，寫成一本哲理的書籍，但他不用這種寫法。他採取了散文的形式，而實際只是通過他的學養抒寫他生命的感受。這是詩，這也正是真正的一種散文詩。

我常覺得藝術家在有了創作的意念以後，形式的追求往往是一個很大的課題。常有很好主題的作品，因為放在不合適的形式裡，使人覺得非常可惜，正如我們看到一位美麗的小姐打扮得不合身材與體態的服裝一樣。一般來說，諸凡題材單純，主題淺顯的作品，可以不拘形式。記得在需要文藝大眾化之時，有人作舊瓶新酒的嘗試，因其內容都是現實的明確的宣傳，所以並不見得有什麼太不合適，可是越到文藝境界，形式的要求也越苛刻，往往某種內容幾乎就有它先天性的形式了。這裡，我想還素的散文集也許可證明我的想法。這裡的散文，正是作者獨特的形式在表現作者獨特的內容。

從作者詩的散文化與散文的詩化，我們都可以稱之為散文詩。作者對於夢幻的追求，對於生命的歌頌，對於自然的讚嘆，忽而生命在自然中掙扎，忽而生命在自然中戰慄，這是一種詩人的感受。而一個詩人，在某種體念中，有太多思維的動盪與理智的激衝時，他的詩意還要回歸於散文的境域。

這些都是我個人讀後的一種想法。不管你喜愛不喜愛，這確是一本在形式與內容上非常新穎的作品。

是為序。

一九八〇，五，四，晨三時。

從《語堂文集》談起

台北開明書店劉甫琴先生寄我一部新出版的《語堂文集》，發覺這似乎將林語堂先生過去所寫的文章，除了《語言學論叢》與《無所不談全集》以外，都收集在一起了。這裡面包括他最早的《剪拂集》，後來的《大荒集》，以及《論語》時代出版的《披荊集》、《行素集》與《我的話》。這些文章，自然十分之九我是讀過的，現在重讀起來，得重溫語堂先生的風采，自有另一種說不出的混合著愉快悵惘與追念的情緒。

在這個文集中，我們可以見到作者廣博的學識，與深湛的見解。他忽而談中西文化，忽而談民族性，忽而談人生，忽而談道德，忽而談北洋軍閥，忽而談黨國要人，忽而談如何學英文，忽而談女人，忽而談辜鴻銘的辮子，忽而談梁任公的腰……。不管他談什麼，我們總可以發現他的散布在文章中熠熠發光的智慧，以及他的坦率誠篤真摯的態度，更不必說他的對於每一課題的獨特的見解。在這樣縱貫半世紀的文集中，從林語堂二十幾歲到六十幾歲的過程中，我們自然可以看出作者思想上的變化與人生態度之轉易，許多思想見解，前後矛盾之處也不少，但是他在某些方面則自有其一直未變的一貫的主張。我這裡想談的，則是他在文學方面的主張，與這些主張在中國新文學史上的影響與貢獻。

他在文學方面的主張，我們不妨分兩方面來看。一是內容方面，他主張性靈文學，他主張幽默；二是在形式方面，他主張語錄體，提倡簡字俗字。我這裡自然不必引證他的文章來說明他的主張，因為這是只要翻翻《語堂文集》的人，都很容易見到的。我這裡要說的是為什麼這兩種主張在我們新文學史上有很大的意義。原來中國的新文藝運動，一直是有一種頭巾氣，這就是說，要文學家有一種改良社會的使命。起初是移風易俗，啟發民智一類的主張。後來是為人生而藝術。其中有短短一個時期，有創造社主張「為藝術而藝術」，他們代表的是浪漫主義。我可以引創造社當時的三位主將的話，來看看他們的態度。成仿吾在《新文學的使命》中說：「……至少我覺得除去一切功利的打算求文學的『全』與『美』，有值得我們終身從事之可能性。」郭沫若在《文藝的社會使命》中說：「……文藝如春日的花草，乃藝術家智慧的表現。詩人寫一篇詩，音樂家譜出一個曲，畫家繪成一幅畫，都是他們天才的自然流露，如一陣春風吹過池面所生的波，是沒有什麼目的的。」郁達夫在《藝術與國家》中說：「我雖不同唯美主義者那樣持論的偏激，但我卻承認美的追求是藝術的核心。自然的美，人體的美，人格的美，情感的美或是抽象的美，悲壯的美，雄大的美及其他一切美的情愫，便是藝術的主要成分。」但是不到兩年，革命文學的潮流湧來，創造社的同人們都改變了態度，這只要看看郭沫若在《文藝家的覺悟》中的話，就可以知道他們的轉變了，他說：「……你要主張你的個性，你要主張你的自由，那你就先要把阻礙你的個性，阻礙你自由的人打倒。而且你同時也要不阻礙別人的個性，別人的自由，不然你就要被別人打倒，像這樣要人人能夠徹底主張自己的個性，人人能夠徹底主張自己的自由！這在有產社會是不能辦到的。」那麼，應該怎麼樣？應該革命。而文學也應該為革命服務，也就是要宣傳革命。但是從左聯成立後，從由為革命服務，演變而為「革命的政黨」服務，再演變而為政黨的政策服務，再演變而為政策的政令服務。文學就變成傳達政令的工具。文學的好壞、高下，都是依照服務的功效來評價，而最偉大的文學家就是最快最強執行政令的作家。就在文壇在左聯這種影響之下，林語堂起來提倡性靈派的文學。自然，性靈派的文學本是明末公安竟陵派的主張。這一派對於文學的理想，與當初創造社所提倡的浪漫主義，實在本質上是一致的。郭沫若說：「文藝如春日的花草，乃藝術家智慧的表現。」把「智慧」兩字換成「性靈」，也就可變成林語堂的話了。

不過，林語堂自然有更高更深的發揮。語堂很早就譯過文學批評家史賓崗（Spingarn）的《新的文評》，史賓崗是與當時白璧德（Babbit）對立的文學批評家，他所代表的是所謂表現主義的批評，是就各作品本身所表現的個性來評衡。他反對用客觀的外加的尺度與準繩來衡量作品，這是與意大利美學家格羅采（Croce）意見是一致的。語堂在態度上正是接近這一派，所以很容易與中國性靈派的主張相接銜。由於他在內容上主張性靈的文學，也就喜愛了公安竟陵派文章的筆調，這大概使他對於形式上有一種感悟，加之他對於語言學高深的修養，對於當時中國文壇上歐化的文章有一種厭憎，所以他提出了閒適的筆調與語錄體的運用。中國文學，一直有所謂載道與言志兩派，後來周作人發現這個分類也很難劃分，因為載道往往是言他人之志，言志也正是載自己的道。其實呢，志與道就是不易分的東西，志裡面自然有道，道裡面也當然有志。不過文章的確可以分兩類，一類是大聲疾呼，號召叫囂，板起面孔，志在說服人家；一類則是低聲閒談，委婉輕鬆，淺笑微吟，志在發抒自己。這兩種文章，前者是要宣揚大道理，如聖賢教訓，愛國救民，革命討逆之類，來對群眾發揮呼號；後者則是以普通常識及日常人生體驗，生活情趣來與友好交流。前者是教訓號召，自然是不能再有幽默與風趣的。格調上就要講究力量與氣勢，所以要講究起承轉合，抑揚頓挫。語堂提倡閒適的筆調，寫即興的小題目。所以正是反對前面的一派。這種隨便談談並無「使命」、「任務」的態度，其實也正是當年《語絲》的態度。這一派文字，源流甚長。五四以來，用白話寫文學的散文，幾乎都是走這一條路。可是自提倡革命文學以來，這一派文章就一直衰微。當時除大文章以外，還風行一種尖銳刻薄的雜感文，是以戰鬥的姿態對世事人物作諷刺與挖苦。這類文章寫得好的往往是含蓄深刻，難為一般讀者所欣賞；寫得不好的則只是謾罵譏笑，流於無聊。偏偏左聯又號召文藝大眾化，提倡所謂大眾語。這就與語堂所提倡的語錄體對立起來。所謂語錄體，也可以說是白話文言化。五四以來，胡適之提倡的白話的理想是明白如話，他把文言文當作死文字，說是死文字不能寫活文學。但白話文發展到二十年代，白話文所走的路是遠離了胡適之的理想。所謂文藝性的散文，早已吸收了文言文的詞彙與成語，這在周作人、魯迅以及徐志摩等的散文早已可見到。這也可以說，從文言文到否定文言文到文言白話的結合，正可說是一種辯證法的正－反－合發展。在輸入的西洋文化中，譯文所帶來的歐化句法、標點符號與新名詞，早已使白話文有意料不到的發展。到了革命文學興起，從左翼文化運動帶來的，那些哲學與社會科學的譯文，死硬的句法與新名詞，已的確把中文變成了畸形與殘廢的狀態，這其實正是反映了殖民地經過了帝國主義文化侵略後的現象，而許多文章中，極普通字眼甚至用外文來代替，以作為文章的漂亮標幟！一國的文章受外國文化的影響，我覺得是難免的事。第二次大戰後，法文中也出現了美文，如weekend之類的詞彙，法國文學界就提倡純粹的法文要把這些雜物掃清，這雖是有道理，我覺得也有點過分。可是太多太強的歪曲，那就已經不是普通所謂「影響」，而是的確使中國人無法讀懂的畸形的中文了。我現在可以舉兩個例子來看。

一、「書商一面秉承著雜誌年的意緒，盲目地競爭著市場，專門憑藉雜誌的銷售中間商也就出現了。一面是停止出新書，僅以舊書的販賣與翻印用以粉飾門面。整批被置於真實的、歷史的評價，而放置的典籍圖書，目下於是正在猖獗著。這正因為書是企業的一部門，受周期性恐慌的自然律所支配的緣故。」——見當年《申報》「自由談」

二、「……自由所由之而產生於世界的手段，這個問題就把我們引到歷史這個東西的現象之中，若是自由之所以為自由，最初是內部的概念，那自由的手段則反是內部的事物，現象的事物，因而這種現象的事物所表現的就是直接放在我眼前的歷史的事物。然而我們最初接觸的歷史的光景所指示給我們看的是人類的各種行動，而人類的這些行動是則發端於他們的需要、熱情，他們的各種關切並由之而形成的觀念與目的，他們的性格與才能，簡直可以說是這樣，在這裡活動的表現之中，只有這些需要、熱情、親切等等表現為衝動彈力（Triebfedirn）」——黑格爾《歷史哲學綱要》的譯文

像這樣的文章，你想想，究竟有幾個人可以看得懂呢？在這畸形中文的風氣中，左聯忽然要文藝大眾化了。他們開始提倡大眾語，大眾語的討論當時經過很長時期，討論的文章，少說也有幾十萬字，我這裡且引當時領導分子瞿秋白的一段文章，他說：「……現在紳士之中，有部分歐化了，他們創造了一種歐化的新文言，而平民，仍舊只用紳士文字的渣滓，平民群眾不能了解所謂新文藝的作品，和以前的平民不能了解詩、古文、詞一樣，新式的紳士和平民之間，還是沒有『共同的言語』。既然這樣，那麼，無論革命文學的內容是多麼好，只要這種作品是用紳士的言語寫的，和平民群眾沒有關係。現在我們需要的是徹底的俗話本位的文學革命，沒有這一個條件，普洛文學就沒有自己的言語，沒有和群眾共同的言語。」我引這段文字，已經可以看出，瞿秋白所用也正是他所說的「歐化了的新文言」。與平民群眾有什麼關係呢？當時魯迅是看出這

一點的，他說：「由讀書人來提倡大眾語，當然比提倡白話困難，因為提倡白話時，好好壞壞，用的總算是白話，現在提倡大眾語的文章，卻大都不是大眾語。但是，反對者是沒有發言的權利的。雖是個殘廢人，倘在主張健康運動，他絕對沒有錯。如果提倡纏足，即是天足壯健的女性，她還是有意或無意地害人。」魯迅的辯解，好像很有理，但其實是強詞奪理的。因為「健全的人」與「天足」都是存在的對象，而「大眾語」根本是不存在的。比方「大眾語」是有標本存在的，我們反對它，你可以說是提倡「纏足」，現在根本不存在，而人還是要說話，要寫文，那麼還是只好用現成的白話文了。現在，事實上，幾十年以來，還是沒有什麼大眾語出現，大大小小所說所寫的還不是普通的白話文？當時儘管大叫大眾文學與大眾語，實際上與大眾可說毫無關係，這些用「歐化的文言文」冗長的討論文章，永遠只有在寫歐化的甚至寫畸形的歐化文章的圈子裡流通。而林語堂的《論語》半月刊則的確引起了所謂「大眾」的興趣，它很快就吸引了《讀書人》以外的讀者，也吸收了《讀書人》以外的作者。那些邊遠縣鎮的公務員，商店裡的學徒，工廠裡的員工，都來投稿，而《論語》也是第一個提倡了簡字與俗字——比後來提倡簡字俗字早了三十年。語堂的所謂融化了語錄體的文章，所談的內容既然都是日常生活的材料，自然很容易被大眾所接收。當時鄉村裡那些從看章回小說訓練出來的讀者，都可以看懂當時《論語》裡大多數的文章，但反而無法看懂有像上面所引那類「這正因為書是企業的一部門，受周期性恐慌的自然律所支配的緣故」與「沒有這一個條件，普洛文學就沒有自己的言語，沒有與群眾共同的言語」等的句子的提倡「大眾文學」者的作品。

中國文壇，在林語堂的《論語》半月刊與《人間世》半月刊提倡幽默、閒適的散文後，有一個很大的變化，這就是第一類文章（暫且說是載道派文章）的衰落，而後一類文章（言志派）開始抬頭，在左翼的圈子，也開辦散文的刊物，如《太白》、《芒種》等等。在文字方面，也無形之中走向樸實簡明的路，所謂「的麼了呢啊喲」一類的字，也自然地少用起來。有時候，我想想，文章也正是有一種時髦的風尚，正如女人的衣著一樣，當某類文章風行時，大家似乎都向這方面學習與模仿起來。而林語堂正是當時的打開新風氣的人。在一九四九年以後，大陸上文章與台灣的文章雖有新的變化，而文白融合已成為極自然的文體。言志派的文章也始終有人在寫。語堂後來在台灣發表的《無所不談》的那些文章，仍是他一貫的風格。他的提倡幽默的趣味一直沒有變，而當韓愈不准有風流病，小尼姑不准思凡的道學氣氛中，現在文壇之需要幽默，似乎正如他寫《子見南子》的劇作時代一樣，這也可見文章的開放，與頭腦的開放還是無法完全分開的。

在《語堂文集》中，有幾封給海戈與亢德的信，這使我想到開明書店應該徵求語堂的手札才對。語堂先生幾十年來，交友遍天下，信札散在各地的一定很多。他寫給亢德的少說也該在百封以上。他與我往還，也通過幾十封信，不過我在亂離時代奔東走西，都沒有保存；最近有人從魯迅先生日記中發現與我通信有十來封，希望我可以抄給他，我也無法應命。我想得到的，語堂與蔡元培先生與郁達夫、周樹人、周豈明、老舍……諸先生自然都有過信札來往，當然有許多都已無法搜集。但在台灣的朋友，如蔣復璁、馬星野、何容……諸先生，我相信也都有語堂的函件。這些函件，多多少少都有語堂先生意見、思考與趣味，而其中也正可有寶貴的資料，足供研究林語堂與有興趣寫語堂傳記者的參考。

《語堂文集》中，還收有他於一九六一年一月十六日在美國國會圖書館的演講。在這篇演講中，語堂先生有兩處提到我，一處談到詩的，他說：「One exception is Hsu Yu, who now lives in Hong Kong. His lines, instinct with rhythm, come naturally.」而譯文變成了：「徐的詩尚可讀，他的詩句鏗鏘成章，節奏自然。」一處是談到短篇小說的：「Of the writers of short stories, the works of Lu Hsun, Shen Tsung-wen, Feng Wen-ping (less well known) and Hsu Yu are the best.」而譯文則變成了：「短篇小說作家中，魯迅、沈從文、馮文炳（廢名）則是最好的。」（刪去了徐。）我自然不會管譯者史東先生對我怎麼一種看法，但篡改語堂先生對我的意見則實是低能的手段。老實說，語堂先生這一篇演講中的意見，我是多數不同意的，而我相信，他在美國多年，看到的實在很有限，他讀我的詩恐怕只有在《人間世》上發表的一些。不過這既然是《語堂文集》，當然要保存他自己的意見。這篇譯文，許多地方是信口雌黃，錯譯誤譯的地方不知有多少，出現在這種美國官辦的低級的宣傳刊物裡，原無所謂，而收集在《語堂文集》中不請人訂正，可說是一種很大的疏忽。文集中也還有幾篇譯文，因為沒有原文在手頭，無從對照，我希望不是出於這類不負責的低能的譯手才好。

《語堂文集》中，還有一篇秦賢次先生寫的《林語堂生平事跡》，對於語堂先生一生的事跡頗詳，別的我不知道，但關於《論語》、《人間世》、《宇宙風》一段，所記與事實極有出入。《論語》半月刊本來是一個同人刊物，後來由林語堂主編，出版人是邵洵美。陶亢德一直是幫助林先生的編輯。邵洵美始終沒有同林語堂不和。《人間世》半月刊出版，我是編輯人之一，主編是林語堂，但他仍任《論語》的主編。《人間世》停刊後，陶亢德與林語堂合作出版《宇宙風》；黃嘉德、黃嘉音與林語堂合作出版《西風》。我那時有出國的打算，所以沒有參加。《宇宙風》出版後，銷路不錯，林語堂不知怎麼，要介紹他的哥哥林憾廬先生來做編輯。亢德第一覺得林語堂對他有不放心之意，第二也感到小小的刊物也養不活兩個編輯，所以後來亢德就把《宇宙風》分為甲乙刊，大概乙刊交給林憾廬，《宇宙風》甲刊就屬於亢德一個人了。《人間世》停刊後，後來有人用這個名字再出版，那是完全與原來《人間世》沒有關係的。我出國兩年，抗戰軍興，我又回到「孤島」的上海，那時候有友人丁君匋約我與陶亢德辦雜誌，我們定名為《人間世半月刊》，由我與陶亢德主編，只出了兩期，我與亢德都沒有興趣，退了出來。停了幾個月，這刊物後來由封鳳子主編，變成另外一個形式了。這是對秦賢次先生的文章一點小小的補充，或是寫給秦先生參考之用。

這本《語堂文集》，既然是總集了林語堂的《剪拂集》、《大荒集》、《行素集》、《披荊集》、《我的話》各書，這些集名我以為都應該保留才可以使讀者知道一些來龍去脈。我不知道林語堂的這些文章發表時，是否有署寫作的日期，如果有的，我也以為應該儘量保存，可以使讀者了解作者寫作時的時代背景與社會環境。沒有這些寫作日期，許多零碎小啟事與小聲明之類編在那裡，讀起來就覺得是毫無意義了。

評《西潮》

本書作者蔣夢麟先生在第一章結尾中說：「我原先的計畫只是想寫下我對祖國的所見所感，但是當我讓這些心目中的景象一一展佈在紙上時，我所寫下的可就有點像自傳，有點像回憶錄，有點像近代史，不管它像什麼，它記錄我心目中不可磨滅的景象，這些景象歷歷如繪地浮現在我的腦際，一如隔昨才發生的經歷，我自覺只是時代巨輪上一顆小齒輪而已。」

我們讀了這本書，雖覺得這好像是一本自傳，但也看得出這自傳正是在無意中形成的。在作者所見所聞所處的這個時代，正是西洋的潮流洶湧衝擊中國的時代。中國對這意想不到的潮流初則驚異，繼則憤恨，三則不知所措。知識階級對這西潮的態度，一般來說，大概是老一輩主張拒之，中年人主張用之，年輕人則主張納之。知識階級的這三種態度，到現在還是一樣，不過主張「完全拒絕」的人分量越來越少，而「部分用之」與「全部接受」的人分量則較多罷了。

在這個時代中長大的作者，我們從《西潮》中看到的，在幼年時正是隨著老一輩人對西潮「完全拒絕」，作者在少年時即傾向於部分的「移用」西潮，等到作者留學美國，就主張「全部接收」西潮了。這種移變的過程，作者自己在寫作時也許未曾意識到，因此作者雖是在許多事實上提及，並沒有明顯地寫出他內心的變化與想法。作為「自傳」而言，這不妨說是一種缺點，但作為《西潮》而言，則也許是一個優點。作者所受到的西潮的衝擊，正是他同時代人所受的衝擊，許多不能像作者這樣應順時潮的人，不是落伍就是毀滅了。在這方面講，作者在本書中所表現的與其說是時代巨輪中的小齒輪，毋寧說是洶湧而來的西潮的一個浮標了。

但是，當作者寫這本書的時候，作者用較明徹的理智，細味在時代中的經驗，正像一個旅行者登上了一個山頭，回望自己所走過的路程一樣。他歷數他所見與所聞，雖是細小的一草一木的變易，也正象徵著我們這個偉大的民族在西潮所受到的影響與苦難。這正是這本書成功之處。

這本書，從幾篇序文中看來，大概作者是先寫英文本，後寫中文本的，而中文本想來也不是簡單的從英文本譯來。筆者沒有讀到英文本，但以中文本而論，作者以平易淳樸的筆觸寫事寫景寫人，處處都可見其寧靜淡達自然誠摯的風格，而起隨時流露的機智、幽默，閃露著的智能光芒，尤使每個人讀來都有與作者晤談之感。

作者寫事寫人，則往往著墨無多，潑水成神。如寫蔡孑民先生與孫中山先生，作者只是老老實實地寫他與他們的接觸，而兩個偉大的人物就像在紙上出現一樣。而如寫作者辭去教育部長離開南京，與稚暉先生說他「無大臣之風」一段，也甚見有力，在輕微簡短的敘述中，蘊藏著官場中複雜的綜錯。

作者在中文版序文中說這本書「原稿作於二次大戰末期」，所以特別著重於中國與日本的文化與民族性的比較。以作者的深邃的觀察與精麗的分析，不但可以看出作者對於中西文化的修養，也可以看出作者在抗戰時期，曾經痛定思痛地詳盡地想過這些問題的。

本書所說的西潮，好像專著重於民主與科學，這正是五四運動的口號。我覺得以中國的固有的文化，如果僅僅是逢到這樣單純的潮流，在迎、拒、用、納擠撞中，也許慢慢地還可以吸引融化。可是事實上滾滾而來的西潮並不如印度而來的佛教文化這樣單純。它一面是要人廢除迷信，一面是勸人祈求上帝；一面是拆毀寺廟，一面是建造教堂；一忽兒是實用主義，一忽又是理想主義；剛剛說中國要有工業革命，接著又說中國要社會革命。在動盪複雜的漩渦中，最矛盾的莫過於民主主義與集體主義即所謂社會主義以至於共產主義的矛盾了。

在西方，科學與宗教，可以在一起發展，因為它們在文藝復興前後有過無數次困惑、掙扎、鬥爭與調和。傳到中國，就變成了無法使中國人接受的矛盾。民主主義與社會主義在西方雖有矛盾，但只是思想上的兩種意見，這因為它們已經有了民主的法治基礎。中國則正在開始，就不知道該怎麼接受了。由於民主主義與集體主義的兩種西潮與中國的文化激撞，所以引起的旋渦很複雜，愛國的知識分子，在這個漩渦裡所起的矛盾也是很複雜。我上面所說的「拒」、「用」與「納」的三種態度，五四運動的後期就不是這麼簡單。

五四運動中的人物，大都是由民主的信仰而轉移為集體主義的信仰。陳獨秀、李守常不用說了，即如胡適之後來也一度相信世界的趨勢是社會主義。我們也很容易看出三民主義裡面孫中山先生想把民主主義與集體主義兩種思想糅合調和之苦心。這都是在西潮的漩渦裡這些新時代領導人物的態度。這態度不外三種，一種是一直左右搖擺，一種是最後選定了一種，另外一種則是想把兩者糅合調和。西潮的作者在這方面很少闡明。這大概是作者在那時為從事於行政上實際工作，沒有注意到這些潮流的撞擊。

作者曾經很詳細敘明，中國的西潮第一步是由日本轉來，那時候大家都因為日本的成就，主張中國向其學習，而作者則始終以為應直接向西方國家去學習才對，這正是作者學生時代所感到的西潮。這一輩的學生，適逢北伐之會。當時革命後的蘇聯政權已經穩定，日本思想界左傾優勢，中國留日的學生多受其影響，一切馬克思、恩格斯、列寧等學說，多由日本轉販而來，在中國青年影響甚大，這可以說是第二個西潮。這一段文化激沖的過程與影響，西潮作者因為已經沒有身當其衝，所以也就毫無論及，而實際上其重要性則與民主科學的第一潮是一樣的。

作者的書是在十五年前寫的，這十五年來中國的變化實在太多。但其衝突的暗潮，還不出民主主義與集體主義兩種思潮。這兩個思潮，正都是這五十年來從西方湧到中國的潮流，而我們中國則正像一隻小船在洶湧的浪中行駛一樣。我們中國傳統的文化可說是我們的舵，現在好像到舵已經被沖折的階段。真正的舵手恐怕還是知識階級與文化人士，《西潮》的作者是教育界、文化界的先進人物，面對這些事實，又應該怎麼樣來啟發與引導他後起的這時代的青年呢？

蔣碧微的自傳

最近在《皇冠》上讀到蔣碧微女士的自傳上冊《我與徐悲鴻》，覺得確是一部我近幾年來所讀到的傳記中的傑出之作。我與蔣碧微女士，只在重慶時見過一面，那是她的一個親戚陳小姐結婚，陳小姐是我的一個好朋友的朋友，不知怎麼一個機緣我也去參加喜慶，好像與蔣女士談話也不多。蔣碧微那時是張道藩的太太，張道藩為當時國民黨的文化重臣，我是不敢去接近他的。因此以後也再無機緣碰見蔣女士了。因為台灣有一本很成功的雜誌叫做《傳記文學》，編者每期都寄我一冊，使我讀到不少中國名人要人的自傳，但總覺得多數是屬於稗史掌故，或者可充歷史學家的初級材料，與文學的境界似乎不太接近。傳記本來可以說分為文學的與歷史的，自然也可以同屬於二者，但也往往既不能成為歷史也不能稱為文學。蔣碧微的傳記，則是一部有血有淚的作品，作者所寫的事實，即使是創作，也有力使我相信它是真的。如果是事實，則使我覺得它有文學的魅力。——它使讀者無形之中與作者分擔了她的許多感受。

作者對悲鴻的哀怨是很清楚的，但作者並不為發泄哀怨來動筆的。作者以親身遭遇的事實，用沉著敦厚的態度，審慎而又含蓄的筆觸，寫出一個生命的掙扎與蠕動，摸索著幸福的邊緣。作者並沒有任何浪費的筆墨描寫徐悲鴻，但是徐悲鴻在作者的筆下成了一個活生生的形象，成為一個有血有肉的人物。徐悲鴻曾經為蔣女士畫過不少肖像，我相信決沒有一幅有蔣碧微女士寫徐悲鴻的成功。在這方面講，作為一個「寫人物」的藝術家的話，蔣碧微已經遠超了徐悲鴻了。

蔣碧微的一生，前半部是與徐悲鴻分不開的，後半部是與張道藩分不開的，所以她把她的自傳上半部稱為「我與徐悲鴻」，下半部稱為「我與張道藩」。在上半部中，作者所寫出的徐悲鴻，似乎反而比寫自己還成功，所以稱它「徐悲鴻」的傳記都不為過。下半部如果又是如此的格局，則會變成了「張道藩」的傳記。自然貫串了上下兩部，作者也許會更清楚表現自己。那麼這部書雖然是自傳，或者稱為三個人的傳記都可以的。而我還相信，在蔣碧微的書以後，也許有人會更好地寫蔣碧微，但絕無人再能寫徐悲鴻超過蔣碧微所寫的了。

我認識徐悲鴻與張道藩，但並不很熟；書中所說及許多人士，我也有不少熟稔的，不少是有過往還的。這也自然是我讀起來特別有興趣的一個原因。但唯其如此，蔣碧微的書要使我覺得寫得好也更不易了。

蔣碧微在藝術上的修養我不知道，但她一直沒有在寫作上努力過，則是事實，而這本書竟使我看到超過許多以作家自居的淺淺的著作。這也可見文藝作品是從心裡嘔出來的，而不是從脊髓裡反射出來的。這篇短文，談不到是書評。作者的自傳也只寫了一半。我不過偶爾讀到寫寫我自己隨便一點感想而已。

一九六五，十一，二十九。

在收到的書籍中

自從我放棄多年來收藏的書籍以後，我立志再不買書；如果可以改行，我還想發誓再不讀書。流落香港，幾年來仍賴賣文過活。舊知新交中，許多作家幸賜大著，出版家亦時贈新書，衷心非常感謝。但慚愧的是我雖是愛書的人，可不是一個肯讀書的人。有時愁米愁柴，來書拋在一邊，久久不理；有時竟夜失眠，隨手抓一本，不管有趣無趣，竟至終卷；有時書到隨興翻閱，上文不接下文；有時匆匆讀完，合卷即忘。總之，讀書在我只是一個消遣，既不當它是一種事業，也不信其對於我們生活有多少幫忙。本刊編者的稿，期到無法交卷，因想及最近收到幾本書籍，遂就讀後印象，隨便談談。不敢說是評也談不到是介紹，最多只能說是一點感想而已。

一、《美國散文選》（上集）夏濟安選編夏濟安張愛玲譯

對於翻譯，我有許多成見。譬如我很不相信詩歌的翻譯，我以為有百分之七十的詩歌根本就無法翻譯，百分之二十雖可翻譯，但絕難保留原作精神；只有百分之十的詩歌，可譯成別國文字，但譯者還要是真正的高手。散文的翻譯自然比較可能，但要保持原作的神韻，則比小說的翻譯還是要難。原因是散文之美，常在筆調，不若小說，有故事的安排，人物的創造等等之種種技

巧，不完全寄託在筆調之神韻。本書雖是一本兩百多頁的書，但因為要包括「從美國殖民時期起，迄南北戰爭時期為止」這樣長的時期，所以在編選上本不是容易的事。編者對於所收的十一位作家，都有簡略的介紹，使對於美國文學史陌生的人，讀那些代表那個時代的重要作家的作品時有些幫助，其用意是很好的。在翻譯方面，因為手頭上沒有原文，無從對照。但僅從譯文上，看譯者在文字上的表現與運用是很見功力。譯文藝作品，光是精通兩國文字是並不夠的，譯者必須對作者表達上輕重高低，韻律有所感受，才能用另外一種文字來重新表達。以前我們讀翻譯是「信」、「雅」、「達」。我覺得「雅」、「達」是一件事情，尤其在文藝作品的選擇上。「信」字必須由原文的對照才可發現，「雅」、「達」則就譯文就可見到的。本身的譯筆流暢，文字精煉，是很難得的一本譯作。編輯的功夫以外，這本書的成功，當然還有一個「選」的工夫。翻開美國文學史，把那時代的重要作家不遺漏地選進去，這當然不難。但要在這些重要作家的許多作品裡選一二篇散文，那就很費斟酌了。如果還想使這些所選的短文，代表這個作家與反映一些這個作家所處的時代，那當然是很不容易的事。我覺得散文這個名詞其意義雖是可以很廣泛，也可以比較狹窄。但像《美國散文選》這個書名，我們很自然要想到是文藝性的，這就是說，應當是純文藝的，以文藝價值為標準來選擇，而可使中文的讀者有緣來欣賞美國這一時代的文藝的情趣。從這個角度看。我就覺得那幾篇作家論放在裡面就很值得考慮。因為這些作家論，對於讀過該作家的一些作品的讀者，讀起時可以很有味道。如果對於該作家並無認識的讀者，讀起來一定會毫無興趣的。

我們從編者對於這些作者之介紹來看，本書的編製顯然不是以已經可對〈霍桑論〉，〈愛德華茲論〉能發生興趣的讀者為對象，所以顯得很不合適。其他如富蘭克林的兩篇短文，也是很不足代表富蘭克林那個時代文藝的小雜感，我覺得還不如從他自傳裡摘一段，可多有點代表性。傑佛遜的〈民主教育〉，可說只是一個提案。充其量只能說明傑佛遜在那個時代已經在主張〈民主教育〉就是。這在美國學生讀來，或可作為歷史上有價值的文獻看，在《美國散文選》的中國讀者眼中，一定不如看一篇傑佛遜隨隨便便的演講詞為有趣。以〈民主教育〉這篇文章內容來說，現在看起來，當然是毫無新鮮之處，這因為這許多年來，教育學心理學不知進步得多遠了。又博萊恩的〈詩歌與我們的時代和國家的關係〉也是一種失去了時代意義的文章。因為這在當時所成為問題的問題現在早已不存在。美國人讀起來除了滿足歷史的好奇心以外，都很難發生興趣，何況叫中國人來讀。

翻完這本《美國散文選》，讀者一定會奇怪，美國在這長長的時代中，其散文何以貧乏如此。我對於美國文學，可以說完全是外行；但是我不相信「從美國殖民時期起，迄南北戰爭止」這個長長的時代，美國的人民，竟無真實的笑容與眼淚！在拓荒，建設與戰爭中，家破人亡，顛沛流離，南北的互相殘殺，黑人的淚，紅人的血，流傳在民間的故事，散於信札中的人情世事，其可以代表當時的美國與足以稱為文藝的何止千萬。而在二百六十五頁篇幅散文選中，竟不占一面。這是很令人不解的。而我也不相信這十一位美國的文豪，所寫的文章會都是如此「高雅」，為什麼不選一二篇有他們自己的世俗的笑容與淚水的散文呢？在這個觀點上講，那麼選傑佛遜「民主教育」這樣的文章，實在不如選一封他寫給他所深愛的那個寡婦的情書；而它也一定更能代表傑佛遜的性格與他所處時代的時尚的。選富蘭克林的〈蜉蝣〉與〈美麗與醜陋〉這機械感式的文章，自然也不如選其記錄其生命中的奮鬥掙扎的文章，更能使讀者看到所謂美國的文學。不知編者以為如何？

二、《Eavesdropper（旁聽者）》林太乙著

一個清高而安於貧窮的家庭裡長大的兩個兒子。哥哥旭斐成為醫生，為金錢而與一個肺病患者的四川富家女費娜結婚，弟弟旭東，竟與費娜一見鍾情。旭東自幼時對於寫作有興趣，大學畢業後，即被《潮流》雜誌主辦人胡宗琳所賞識，以後赴耶魯求學，得同船一個僑生女子麗蓮之介，往麗蓮在中國城之家庭，得在一個中國飯店裡找到了一個工作，半工半讀。那個中國飯店有一混血的女侍者，旭東與其相愛，但她終於離旭東遠行。輾轉綜錯，旭東與麗蓮重逢，麗蓮獻身相從，終至結婚。時中國抗戰軍興，旭東偕麗蓮回國，至貴陽重與胡宗琳合作，從事新聞工作。當時適逢旭斐在貴陽的陸軍醫院工作，費娜亦在；異地重逢，相與甚歡。唯物資生活甚苦，而麗蓮又有孩子，因思到重慶謀事。初麗蓮之哥哥富順與外交官朱某之女相愛成婚，旭東曾與朱某把晤，時朱某返重慶述職，旭東乃請其提攜。朱某為豪門郭氏系統之人物，乃引旭東至郭府，與郭夫人相識，也成為腐敗的國民黨政權的寄生人物。以後因直言開罪，關係中斷。時旭斐去前線服務，費娜回成都故居，她函邀旭東去成都休養。旭東應邀前去，與費娜舊情復燃，為避免爆發，乃入峨眉山閉戶寫作，成一小說，於回貴陽後出版問世，極為成功。勝利後，旭東因報館關係，先回上海，麗蓮因當時交通擁擠，難獲機票，仍居重慶。旭斐則在昆明工作，但遣費娜到上海美軍醫院求醫。這一段時間旭東與費娜才彼此承認相愛，過從很密，然費娜之病，已入膏肓，唯尋歡忘憂，逸以待斃而已。冬季到時，旭斐自秦皇島麗蓮自重慶，前後回申；旭東在梵皇渡租一所房子，預備長住。費娜則偕旭斐去江南。沒有幾個月，費娜就與世長辭。時上海通貨膨脹，國共

和談失敗，人心惶惶。大使朱某，棄家投共，其夫人病死上海。旭東病了一場，病愈後，乃謀振作，舉家返美，與麗蓮父兄合作，主持他們在中國城之商業經營。這是全書故事的輪廓。

作者把旭東這個主角，與抗戰時返國，又於國民黨崩潰後出國，無論是有意或無意，自然需要有許多篇幅說明這時期政局之變化與當時戰局之演變。我想這是很難的一個課題。作者能避重就輕，把這些演變與變化作為這個故事發展的背景，寫來很自然與切要，甚見功力。作者對中國人在美國的生活有很多的刻畫，無論在傳統觀念、生活方式，和老一輩對中國的殘像，新一輩對中國的錯覺，作者毫不做作地寫在那些中國人的意識中。作者在每一個故事場合上，總像有意地要表現這些中國人無論在思想上見解上甚至言語上，即使不懂中國文字言語的人，也無法完全是一個美國人。在這方面，我想不出第二本書曾經有這樣深刻的觀察與描寫。關於中國人在美國的生活，「邊緣人」寫得很詳盡，但是他所著力的是中國人在生活上無法同美國人同化的現狀，這本書則是寫中國人在靈魂上不同於美國人同化的心理。「邊緣人」的中國人是一群流落在美國的人群；這本書的中國人則有僑居多年的老華僑，出生在美國的富順，回國學禮儀的麗蓮，放棄一切而決心移居的旭東。作者對比著寫來，處處都可見到作者觀察與體驗之深微。作者是一個女性，但在人物創造上，則寫男人的都比較成功，寫女性的都欠得力。如旭東，富順，富順的父親固然寫得很好，即胡宗琳、旭妻等次要人物也還不錯。可是在女性方面，費娜，麗蓮的性格都寫得不夠突出，心理上尤欠刻畫。作者寫那個混血的女侍者落墨很多，性格也始終很模糊，其他次要的女性，更不必說了。作者有許多新鮮的思想，往往隨筆見趣，這好像是談話的人的笑容可使聽者不會覺得厭倦。作者的書上雖申明人物都屬創造，無意隱射任何人。但到了抗戰時期執政的要人，那就很難使讀者不想到歷史上的事實。作者在敘述戰事的演變，政局的變化中，頗有幾個錯處；其他地理上如峨眉山離成都之距離也不對。這在西方讀者當然不會有這個感覺。小說上的地理不一定需要真實，但說出「成都」與「峨眉山」，那就需要根據地理上的事實才對。作者對於當時腐敗貪汙的政府有很多客觀的敘述，但又不夠深入。有些地方，了解極見幼稚，如郭太太的兒子，竟運手錶一類奢侈品去營利，這是很可笑的。因當時豪門之貪汙都從購買軍火，發行美金公債上下手，私運一點手錶之類，那是司機的勾當了。

許多人都奇怪，在中國偉大抗戰的歷史中，竟沒有一部反映這個時代的小說。其實創作這事情真是很難，對於事實太疏遠的人固然不能寫，對於事實太接近的人也無法寫。普通都要時間來代替空間，這即是說，要在事情過去後一些日子，作家們在靜靜的反省中才能有較成熟的寫作。現在離抗戰已經十多年，應該是產生這樣小說的時期了。可是中國的時代演變得太快，後浪推著前浪，作家們也許因而無法有靜靜反省的機會。太乙這部小說，當然並沒有想反映這個抗戰時代，可是正寫出一個這個時代中的知識分子在物質的欲求與精神的需要的矛盾；生活的享受與事實的寄託的矛盾；隨波逐流與潔身自好的矛盾；個人的飛黃騰達與希望國家的進步的矛盾；也反映出歸化美國與希望中國的矛盾。而這些矛盾始終留存在海外與台灣以及流落在美國的知識分子的心中，一直到現在恐怕還是一樣的。

《阿Q正傳》與《玉君》

司馬長風先生在《中華月報》上發表的一篇《魯迅，陳源與「費厄潑賴[1]」》的文章裡，談到陳源與魯迅的論戰，似乎對於當時文壇的背景非常隔膜，願抒鄙見，藉供司馬長風先生及讀者參考。

文人結派成系，似乎「古已有之」。陳源與魯迅在《現代評論》與《語絲》的派系對立中成為「論戰」的「主將」，那些文章，光是就字面上的意義來分析是不夠的。《現代評論》，可以說是英美派的一個集團，他們的互相標榜，無所不用其極。楊振聲也是他們的一派，《玉君》出來後，那一批所謂「正人君子」，極力吹捧，認為當時中國沒有人寫長篇小說（他們故意不算當時上海流行的譴責小說與黑幕小說。）《玉君》的「長」（其實也不過十萬字左右），就變成可捧的特徵之一。陳源說：「要是沒有楊振聲先生的《玉君》，我們簡直可以說沒有長篇小說。」也就是指它「長」。魯迅說：「……楊振聲先生的小說《玉君》即是其中之一種，理由之一是因為做得『長』。」雖是對陳源的話而說，也是泛指當時那批大捧《玉君》的《現代評論》派及其流亞的人們而言。陳源的《新文學運動以來的十部著作》一文，司馬長風先生把它看作「平心靜

1 「費厄潑賴」即 fairplay

氣」、「中規中矩」、「態度很誠實」的文章，那可真是顯得太天真一點。因為如果真是「平心靜氣」、「中規中矩」、「態度很誠實」的話，《新文學運動以來的十部著作》，怎麼會挨得上《玉君》？《玉君》的作者楊某，那時剛從外國回來，在清華大學任教。《玉君》是他第一部小說（也是唯一的一本創作）。以小說論小說，實在是很幼稚。陳源把它列為十部著作之一，可說是把肉麻當作有趣的「硬捧」！是一種極有深沉戰略上的用心，雖然文字上好像很「平心靜氣」的。當時，魯迅的《阿Q正傳》早已是全國聞名的傑作，陳源一面故意偽作客觀，說「我不能因為不尊敬魯迅先生的人格，就不說他小說好……」表示公正，一面把平庸的《玉君》同《阿Q正傳》放在一起，以收捧《玉君》之效果。而且還特別提出它是唯一的「長篇」小說。這也正如現在捧張愛玲、郭良蕙的人們把他們的作品放在魯迅作品一起，認為是新文藝同樣的有分量的收穫一樣，是一種捧角的手段。

魯迅當然看穿陳源的「戰略」，所以很技術地把它揭穿了。——但是他並沒有直接說楊振聲的《玉君》不好。因為《玉君》實在是不值一提的小說。其實，楊振聲的文學修養如何，不得而知，他的《玉君》實在寫得不好。經他們一個「幫口」齊聲一捧以後，成為一時好銷書之一，陳源的手法也是很收實效的。楊振聲根本不是有藝術氣質的人，他以後一直沒有再寫什麼。他在清華後來在行政工作上，頗為同僚所稱譽，所以陳源可以說看錯了人，也捧錯了人。這要說陳源不懂小說也可以，說現代評論派沒有寫小說的人才也可以。在陳源當時，也只是用一種小小的策略打擊一下魯迅，並捧捧自己人而已。

蘇聯的農村小說《躲逃者》

銷路在二十萬份的蘇聯作家協會列寧格勒分會出版的文藝雜誌《NEVA》出現了費多阿巴拉摩夫的小說《躲逃者》（Fyodor Abramov：The Dodgers），這是一件在蘇聯很轟動的事情。開始時它引起了許多讚美，認為作者是一個北俄羅斯農村的專家，後來則受到批評，認為這是一部不應該把它發表的東西，雖然未否認小說裡所寫的事。

這使我們又一度看到永遠鬧不清的社會主義的現實主義與寫實主義的問題，究竟作品中是否要暴露黑暗的問題。

這本小說可以說是一部完全寫實的作品，在文藝價值上講並不高，但竟暴露了蘇聯農村中可笑與可驚的黑暗面。

在蘇聯，這小說之所以轟動一時，其原因完全是反映了蘇聯目前嚴重的糧荒問題。

一個名叫「新生活」集體農場的主席（即經理），阿那尼·葉可羅維奇·馬索夫斯基與他的上司區委員會的衝突。前者因天氣已經潮溼，所以要先行收藏稻草，後者則認為必先收藏蔬菜。前者認為稻草不收藏就要腐爛，蔬菜過兩天也可以收割，後者則認為蔬菜的收割在公事上絕不能在收藏稻草之後。

這樣的故事在小說中也是常見的，其結果總是最後書中的英雄發動了群眾，說服了上級，或是打倒了官僚主義戰勝了困難，收藏了稻草，又是一章社會主義的勝利。

但這篇小說倒並不如此簡單，作者更現實地寫出集體農場中之各種人物與集體農場的各種問題。當書中的主角想發動農民收藏稻草的時候，他所遇到的困難竟遠比他上級所給他的阻礙還要多。

經過了許多曲折，才發現集體農場的農民之所以不肯去收藏稻草是因為沒有酬報。但是集體農場沒有錢，去年每天的工作每人發三十哥比克，而今年五個月以來，現金都已付光。沒有錢是貫串全書的一個大問題。當書中主角碰到三個從樹林裡採鮮蘑回來的女人，她們手裡拿著一籃採得的鮮蘑，可是躲避著農場的主席（即書中的男主角）。他攔住了她們。問：

「這是工作麼，我問你？」

「不光是我們如此。」

「假如農場多有點錢，」那格娜富娜埋怨地說：「誰願意到樹林間採鮮蘑。」

「農場裡哪裡來錢？從天上落下來嗎？」

那些女人勇敢地說：

「我們聽你這些話有十五年了。我整個夏天在田野裡工作，我掙過多少錢呀？」

「我有幾個小孩就要上學，而他們沒有衣服也沒有鞋。」

於是我們的主角就無話可說。接著他想到了農場裡的農民們的確一無所有，唯一有點現錢的是有太太在辦公廳任職的人們。在二次大戰以後，當幣制改革之時，當時這種婚姻就叫做「娶一塊麵包」。他於是想到這還不是老套，經濟因素支配著婚姻。要農民工作，就應該有合理的報酬，但這種意見如反映給上級，人們就會批評他是壞經理，不會教育群眾，叫他們為建設共產主義而犧牲。

小說中還告訴了我們許多有趣的我們從未知道的故事。當男主角走到農場時，去參加一個農場經營委員會的會議，但他發現竟聚著許多人在開大會。他問為什麼。會計說：「明天是蘇維埃舉行選舉，他們是來領錢的。」原來這是農場的由來已久的習慣，在選舉的前夕，每個投票的人都可領十個或十五個盧布，否則他們都不來投票了。

蘇維埃農民是有私留地的。因為私留地的農產物可在市場出賣，所以人都願意在私留地工作。這小說又說，當時集體農場經理無法發動農民工作，原因很簡單，因為收運稻草的勞力的酬報只是稻草總值百分之十。這是說，一個農民如要餵飽他自己一條牛，他必須收運養八隻九隻牛所用的稻草的勞力才能獲得，如要改作公平付值，則就變成是反「國有」的行為了。

更有趣的是小說裡透露出，蘇聯農民老死只能在農村裡生活，到附近城市去只限住五天的時期。小說裡講到一個叫佛羅尼斯基的農民抱怨到銀行裡取錢而被拒絕的事情，因為他沒有身分證。每一個城市居民，在十六歲以上的都有身分證，上面紀錄遷移、就業、婚姻等個人變動，但鄉下人則沒有身分證的。裡面的對白很有趣：

「為什麼我沒有身分證？難道我不是一個人嗎？」

「但是，老朋友，不光是你一個人，集體農場的農民都沒有身分證的。」

「為什麼他們都沒有？」

「因為，身分分類在鄉村區域還沒有推行呀！」

……

「怎麼，怎麼，你真是像一個小孩子，你要身分證幹什麼？」

「啊，原來如此，我懂了！」

小說的結尾是農村經理推動失敗，灰心之餘，醉酒宴睡，但是一覺醒來，看人們都在熱心地在田野裡收搬並車運稻草。

這是怎麼了？

原來他在酒醉的時候，糊裡糊塗答應了農民，以所收運的稻草總值百分之三十作為農民搬運的報酬，以替代原來百分之十的報酬數字。

（這本小說已有英譯本，是David Floyd所譯，倫敦Anthony Blond與Fregon Press一九六三年出版，售價十五先令。）

一九六三，二。

Ballet與中國舞劇的前途

不知是不是我個人的見識太少，我只看過兩次中國的舞劇，一次是九一八後，北平開明戲院演出的一個《末日》，那是趙湘林先生編導，由龔家寶，魏鶴林，凌子信諸先生主演的；一次是兩年前中法戲劇學校在中法禮堂演出的《罌粟花》，是吳曉邦先生編導，由中法戲劇學校學生主演的。這兩個舞劇，雖然幼稚，但不能不說是一種新的嘗試，在編導技能上講來不相上下，在演出的成績上講，後者也沒有超出前者。雖然說時隔八年，我們的觀眾，很希望這應當有點進步，但是假如用一點歷史眼光來看，在中國這樣的環境，這樣的物質條件之下，在這區區八年之中，要求一種新嘗試的藝術一定有什麼發展，這是一種近視的，浪漫的，雖然是熱情的苛求。

但是中法戲劇學校演出，有一件事非常奇怪，至今還令我認為遺憾的是他們在過分宣傳之中把這稱為「舞蹈劇」之外，自稱就是「芭蕾」（ballet）。

我並不是舞蹈專家，也不是專研究舞蹈的人，但是我知道芭蕾同一切藝術一樣，某一方面是極其技術的。經過多少年來專家心血的結晶，它有它的基本的技術，這是它的生命與韻律，離此就不能稱為「芭蕾」。譬如「五種姿位」（fifth en bas），就是一切舞作開始與收尾時必用的基本姿位。譬如許多種pirouette，是用一隻腳身體旋轉的一種步法……。這只是兩個例子，因為這裡我不想作冗長的敘述，我所要說明的，是芭蕾在歷史的發展上，許多專家的發揚中，已經完成了一種特殊的舞蹈藝術，我們作較幼稚的演出本無所謂，但是如果根本與芭蕾無涉的東西，一定要夸稱芭蕾，那不是掛豬頭賣狗肉，就是以無知為全能，都是欺人的勾當，是藝術中最不應有的事。

我對於吳曉邦先生及中法戲劇學校不但無半點惡意，而且對於有志從事舞蹈的人才，我是抱有最大熱情與期望的人。自然我還相信他們也並非存心欺人；但中法戲劇學校是中法聯誼會所辦，我們把這樣的演出稱作芭蕾，特別會貽笑於法國音樂舞蹈界的。

說到芭蕾的萌芽，則是從意大利帶到法國的，那是綜合著舞蹈、唱歌與頌詩的一種演出；是帝皇及宮廷的消閒品，常有滑稽、驚險以及對帝皇與宮廷談論的表演，大部分故事都是採於神話。這些東西本發源於鄉村、教堂與神廟，從希臘的文化產生而發揚於羅馬帝國的。當時有許多音樂家、裝飾家的努力促成了它的發展，到一五八一年造成了藝術史上稱為第一個芭蕾的演出，叫做「皇后之喜劇芭蕾」。但是最有名的，要算是慶祝皇后的姊妹伍德蒙小姐（Vaudemont，即Magaret of Lorraine）下嫁熟浣氏公爵（Duc de Joyeuse）演出的一個芭蕾了。這可以說奠定了新藝術形式的基礎。以後法國宮廷的演出，變成宣揚國光的東西，對許多公使誇示法國的偉大。

在路易十四統治下，舞蹈有更遠的發展，因為路易自己就是一個舞蹈家。他在一六五一年與一六六九年之間，創造了各種不少的角色，常常在同一芭蕾中作不同式樣的演出，從低級的笑劇，到神與古代英雄的表演。他喜歡同當時的偉人合作。羅松比哀兒的將軍就是當時同志中第一個舞蹈家，他同許多人幾乎整天研究舞蹈，已成為半職業化了。還有莫利哀為芭蕾創造題材。他的喜劇幾乎個個都有芭蕾的場面，而許多芭蕾介紹了許多喜劇。當時宮廷裡舞蹈音樂指揮是呂利（Lully）與波爽（Beauchamps），他們已將這新興的藝術在法蘭西土地上培植起來了。

當時有很多職業的跳舞者，吉布賽人，賣藝者，流浪漢，他們在各地流浪，跳躍著娛樂群眾，這與貴人們自娛娛友的玩意完全不同的。直到那時芭蕾舞者與賣藝的馬戲人員是保持著傳統的距離，他們都住在自己的世界之中，忠於自己的標準與信仰的。但是呂利與波爽使芭蕾職業化了，而這就是一六六一年皇家舞蹈音樂院（Académie Royale de Danse）的成立啟始了這個變化，直到如今還被巴黎歌劇院所灌溉著。我們知道，芭蕾的生成正是職業賣藝者的靈活與宮廷貴族的莊美的結合。

路易十四後來發胖，八年以後他放棄了舞蹈，宮廷中也就冷淡起來。但是在皇家舞蹈音樂院中有急速的進展。

芭蕾的歷史在這過程中多是技術的發現與發展，以後有一個停頓。這停頓的時期，正是專家們規定了這些技術，而把它真正地應用成藝術的形式。

這裡要特別注意的是技術的進步與服裝的關係。我們知道路易十四時代，宮廷中婦女的服裝是長而繁重，掩去了腿部與腳，是適宜於莊嚴而緩慢的舞蹈，可以有幾何的形式，但沒有垂直的動作。而早期舞蹈發展的歷史就是對於「高升」的追求。當芭蕾要求高飛的幻覺時，他們就必須用槓桿與滑車，以機械來代替生理的努力。

一七二一年，芭蕾家卡媽哥（de Camargo）開始將她的衣裙剪短了數寸，就引起了許多人們的批評。還有她的同時代莎葉（Marie Salle）為舞蹈的自由，不惜在芭蕾中穿希臘的寬衣。但是追隨這個服裝的解放，竟會要到二百年後伊薩多拉鄧肯的身上。而在十四年後莎葉的弟子在巴黎表演《賣花女（Pygmalion）》時方才穿箍裙。這種服裝上的重裙與筋肉自由的爭執。一直到法國大革命後，那是法國歌劇服裝家麥伊何（Maillot）發明緊身衣。這可以說就是筋肉自由勝利的效果。

由這服裝的進步，芭蕾的步法，經法國與意大利舞蹈家的努力，前者以莊嚴為主，後者以激烈的動作近於體育的形式，於是形成了豐富的動作與美。

把這些豐富的動作作為藝術的運用，我們不得不想到諾凡兒（Jean Georges Noverre），他是被稱舞蹈界的莎士比亞的人，受到服爾德（Voltaire）等的重視，五十年來，周遊了歐洲，一七六年出版一本《關於舞蹈的書札》，在那裡面提供了舞蹈正如繪畫一樣，當受自然的感應；而舞曲家（choreographer）當如畫家，應同樣跟隨結構的法則。假如芭蕾是衰頹了，就因為它像焰火一樣，只是尋求視官的快感而已。好的芭蕾應當是戲劇的，性質的，人類服裝的動畫。這正如演說一樣，它的動作要從觀眾的眼睛直深入他們的靈魂。所以戲劇的法則就應用在芭蕾上，一定需要有發展與「高峰」。

諾凡兒之後，追隨他的大家很多。後來因法國多故，許多舞蹈家都去米蘭。一八三年有卡羅白賴齊斯（Carlo Blasis）出來，他是古典芭蕾技術之父，他贊成諾凡兒之美學部分，但認為技術部分已經落伍。他是雕刻與解剖學的高材生，他從那裡發明了不少的步法，他的寫作能力使芭蕾技術有明顯的解釋。一八三七年是法國舞蹈音樂院成立後一百七十六年，他在米蘭奠定了跳舞學院，管理非常嚴格，學生只收八歲或十二歲的女孩與八歲到十四歲的男孩。

但是這時候，另一方面有浪漫派芭蕾產生。浪漫精神，是以德國詩人海涅（Heine），英國文豪司高脫（Soctt）為崇。最大的產物是雨果（Hugo）的戲劇，臺拉客羅厄（Delacroix）的畫，貝遼士（Berlioz）的音樂。諾凡兒把舞蹈拉進自然，浪漫派芭蕾就反這點。那時領導浪漫芭蕾的竟會不是舞蹈家而是詩人臺何斐而高既涵（Theophile Gautier），而實現高既涵觀念的則是舞曲家非利浦太伽利阿尼（Filippo Taglioni），他是瑪利太伽利阿尼（Marie Taglioni）之父與師。瑪利在她的《La Sylphide》芭蕾中，宣示了這個運動。

但是浪漫芭蕾的末路是可嘆的。那時男舞家已經完全取消，女舞家只是炫耀於舞臺，與豪客眉目傳情，諾凡兒之理想早不存在，芭蕾僅作為視官的快感了。

那時保持芭蕾真精神而在發揚的是俄國。

俄國彼得大帝（Peter the Great 一六七二—一七二五）是一個竭力要把俄國西歐化的明主，他要改革俄國的服裝，又要使少年們不養鬍髭。而我們知道舞蹈與服裝的關係，同時舞蹈是民族特性的表現，改革了舞蹈與服裝，也同時會改革民族的精神的。彼得大帝在接受西洋陸軍、海軍、繪畫、建築的精神下，也提倡社會舞蹈使人民產生西化的韻律與精神，改革了服裝，削去了鬍髭。

所以彼得大帝後，安娜女皇奠定舞蹈學院，是由法國人郎德（Lande）來指導的。到美麗女皇伊利沙白斯（Elizabeth），為她自己的愛好舞蹈，專請奧國芭蕾大師喜爾佛定（Hilferding）來俄，帶進了許多最新的作品。到凱撒玲大帝，芭蕾在俄國有更大的發展，聘法意專家到宮廷來，於是散布了不少這方面的知識與狂熱。

英國也是愛好芭蕾的民族，許多跳舞家到英國都賺飽了錢，但是自己創造還是後來的事。這是當時英國宮廷保守，對芭蕾不發生興趣之故。在俄國則同英國相反，先由俄國宮廷接受提倡，引起了人民的愛好與狂熱。那時俄國貴族與地主都擁有廣大的土地別墅與農奴。芭蕾就可以在華麗別墅舉行自娛，於是訓練農奴們形成私有的芭蕾隊伍。以後聖彼得司堡及莫斯科有了中心的組織，舞家從各處農奴選來，使他們有了自由；舞校也成立了，規則同米蘭舞蹈學院同樣的嚴格，芭蕾這時已成為帝皇的寵物，他費了不少錢財去支持它。

西歐的芭蕾受了文藝上詩的浪漫氣氛的打擊，芭蕾變成了詩的工具，但是在俄國因為背景不同，雖然也有影響，但終是遲緩而保守的。

俄國初期芭蕾都是針對西歐的模仿，但不久以後，俄國就產生了真正俄國自己的芭蕾。俄國舞臺的光榮被芭蕾舞藝家所占盡了。

離今五十多年，鄧肯的舞蹈崛起以後，對於舞蹈開了一個新的途徑。現在象徵派、印象派等的舞蹈都有了，他們把舞蹈的藝術加強，想脫離文學、詩歌、戲劇而獨立起來，甚至音樂，有的也要把它減到最低的限度。但是這並不能減低人民對於芭蕾的愛好，因為這已經不是同樣的藝術了。

我把芭蕾的歷史簡短地介紹了，我們可以看出它是經過兩百多年來不斷的努力以及帝皇的支持而產生的，那裡面有畫家，有雕刻家，有詩人的血，有服裝家，舞蹈家，音樂家的生命，還有戲劇家的頭腦與力量，有這個過程方才有近代芭蕾劇這樣的一種藝術。這藝術是獨立的，雖然以舞蹈為主，但是音樂是它的骨幹，裝飾與服裝的色澤是它的生命，戲劇的結構又是它的血液。

要發展這個藝術，那就是說，我們一定先要有各部分已經發達的力量。中國舞蹈沒有留傳下來，芭蕾根本是沒有的，芭蕾舞曲家也沒有人，所以不是登兩天報紙就可以上臺的。

芭蕾人才的造成，不是幾個月的事情，一個不重要的角色至少就需有四五年的嚴格訓練，有志於作這方面努力的，像中法聯誼會這樣努力，拉幾個法國人幫幫忙，似乎不難辦一個像樣的學校。但是不過三個月的歷史，竟要單獨出演芭蕾劇，這是實在太隨便了。記得當時公演時同時演出的有莫利哀《裝腔作勢》的笑劇，此劇就是路易十四時代作為芭蕾用的東西，但是當局竟不知道，末了場只用三、四對人跳一點無聊的狐步舞。這真是太粗製濫造了。我真奇怪他們為什麼不把《罌粟花》取消，而把這功夫用在這個喜劇裡加一點比較像樣的舞蹈呢？——不一定是芭蕾。

其實，中國舞劇的創造，芭蕾並不是唯一的途徑。我說「唯一」，並非我們不能幹芭蕾，但是我們還有更寬廣的路途。

我對平劇沒有什麼好感，但是其中的長靠短打，我覺得都是一種很好的舞蹈。舞蹈在以前本來與音樂歌唱不相分，在世界藝術史上都是這樣。但以後因為各方面都單獨發達了，所以就成了獨立的藝術。平劇雖然沒有發達到這個境地，但是這正是我們應當推進的地方。我覺得那兩個紅臉黑臉的相打，嘍囉小兵的跟斗，都是基本的舞藝，把這些舞藝提煉組織，再加以音樂的推進，服裝的改良，舞臺藝術的提倡，那就是中國諾凡兒的工作。

芭蕾在西歐本來是男女並重的，等浪漫芭蕾起來，男角減到沒有，但是現在男角又恢復了。在俄國芭蕾大師第阿其立夫（Sergei Diaghilev）的伊戈皇子（鮑羅廷歌劇中的插舞）就是完全男性的芭蕾。中國平劇的長靠短打都是男性的舞路，但是也有許多地方包括武旦的舞蹈的。

說起女角的舞蹈，很容易想起霸王別姬中虞姬的舞劍，舞劍是中國史書中常提的一種舞蹈。詩聖杜甫觀了公孫大娘舞劍後有這樣的描寫：

霍如羿射九日落
矯如群帝驂龍翔
來如雷霆收震怒
罷如江海凝青光

這自然只是一種，是一種tempo很快的舞蹈。當時宮廷中養著的舞女很多，舞蹈當然也不會只有這一種的，現在我們平劇中看到，不知是不是有當時的痕跡，但是值得我們提煉整理作為藝術的表現是無疑的。有人以為平劇中許多爬桌跳高等不過是賣藝的玩意，但是我可以告訴他的，就是芭蕾的技術，也原是賣藝者的靈活，加上宮廷的莊美。再把它用作感情與理想的表現，就成為一種藝術了。又有人以為平劇中的武藝已經是一種藝術，用不著有什麼提煉與改良，那我也覺得這是不對的。因為平劇中武藝，現在都成了一種公式，有的則在那裡顯本事，而觀眾也只當它是武藝。整個說起來，裡面已沒有整體的美，沒有一種東西在技術的背後要傳給觀眾，最多也只是一點技術上的驚險罷了。要明白這層，我們可以在服裝上來看，名角打扮得光耀奪目，配角馬馬虎虎，其中毫無色調上的調和與組織，足見這個舞蹈，在傳流的過程中已失去了靈魂。再退一步說，即使這些武藝不是馬戲的而是藝術的，那麼這種藝術也早已不是當代文化中的藝術，藝術本是跟著文化前進，有不斷的創造，加增與變化。現在中國音樂方面裝置方面燈光服裝方面都有新的發展，西洋有許多東西可以讓我們參考，那麼我們對於這種固有藝術怎麼可以讓它流落在街頭而不給以培養呢？

但是這件工作是非常艱難的，因為舊劇在中國進步之中永遠流落在後面。五四時代被許多留學生罵得一屁不值，以後梅蘭芳、程硯秋們同這群留學生有點宴席的往還，就瞎捧起來；也有人後來想把舊劇與新劇溝通了，但是始終無法有一點碰頭。這因為他們沒有從藝術的本質去了解舊劇，於是舊劇還是舊劇，沒有接受五四以來民族的情感與韻律。

上海最近有一些新的風波，就是舊劇的演員在演話劇了。這種開玩笑的事，固然不必提起，但是新文化與舊藝術人員的接觸，倒是一件可愛的事。

因為舞劇的工作就是先需要一個團體，那裡要包括文藝的，音樂的，服裝與裝置的人員，最重要的就是需要已經成熟的平劇武生武旦角色，大家來下一番研究討論，決定了用怎麼樣一個方式把平劇的舞蹈提煉出來，組織起來，於是再加以訓練與試驗，那麼我想三、四年以後一定會有點新東西產生的。

因此，我以最大的熱情在這裡期望，並且將這篇短文算作一個公開的提案，我以最謙虛的胸懷與冷靜的頭腦期待舞臺同志們的討論。

蛇型舞及其創造者

在羅依馥愛（Loie Fuller）一百年以前，哥德曾經講到在意大利卡薩塔（Caserta）英國大使館裡「一個年輕的英國女子，舞止動作非常高貴美麗」，這就是指漢彌爾登夫人（Lady Hamilton）說的。她憑一時的機智，拿兩塊異色的綢巾在舞時揮舞著，她叫漢彌爾登爵士拿輝煌的蠟燭在可以照透她綢巾的方向上照她。漢彌爾登夫人並沒有走得更遠，實際，當時電燈沒有發明，如果她有那企圖，恐怕也是徒然。這是一件偶然的事件，而一百年以後的羅依馥愛也不見得聽到過這件事，因為她創造蛇形舞（Serpentine Dance）是非常自發的。

羅依馥愛是一個美國的孩子，生於芝加哥，傳說她在集會上對觀眾行第一個禮，是在兩歲的時候。十一歲，她的短小的禁酒演講辭轟動了伊利諾（Illinois）全州，大家譽為西方禁酒的神童。她唯一的舞蹈訓練，是她一個朋友教她一些土風舞的步子，但她由此變演出許多自己的花樣，使她的朋友不能再教她。在芝加哥有一個音樂教授願意免費教她兩年。羅依馥愛有過人的記憶力，肯專心於一切工作上的細節，無論大小的事情交她，她都願擔任；所以她很早就獲得了很普遍的榮譽。她先是隨旅行劇團旅行，演喜劇也演悲劇。接著到紐約演戲，周薪七十五元，於是又赴英倫演劇，但不久她就又回到紐約，在哈倫歌劇院（Harlem Opera House）參演《Quack M. D.》。

就在排演《Quack M. D.》的時候，有一個她在倫敦認識的印度軍官送了她一件禮物，這禮物竟改變她一生的事業。

這禮物裝在一只匣子裡，在有一天早晨送到羅依馥愛所住的旅館來，她打開一看，是一件白絲印度「沙禮」（Sari，印度女子的長衣）。這絲質非常精美，揉小了從指環穿過去也可以不皺似的，她對它不知如何處置才好。這樣好的質料剪改做衣服未免太糟蹋東西，所以她就很寬鬆地披在身上，用帶子來束在腰上。那時她站在窗前的一個鏡子前，遊戲地揮著這絲綢輕飄的摺幅，恰巧陽光從窗口進來，透過那輕紗映耀出變幻的閃光。在她揮動那輕絲之時，陽光在縹緲的摺幅中舞出難以形容的奧妙。這使她站在鏡前好幾個鐘頭，驚訝不置。於是她試作幾種姿態與動作，都產生了美麗的效果。突然，當她凝視著輕紗在陽光中浮動時，她聽到一曲遠處傳來的熟識的樂曲，於是她就隨著這音樂的節拍與旋律，在房中舞蹈起來，揮動著輕飄的絲綢……

蛇形舞就在這一瞬間產生了。

羅依馥愛就開始繼續研究發展新妙的效果，她開始發現緩慢的滑步最合宜於衣裙在空氣中回旋、盤繞、升降、起落的變幻。

羅依馥愛也許是一個天才，但配合這天才的發展，還是有條件，而這條件竟為羅依馥愛而完備。在她之前，作為舞臺燈光用的，這是賴於煤氣燈。這時候才開始把電燈作為舞臺燈光之用。她馬上看到這新科學的燈光之可能性，她獲得幾個朋友的協助，發現了用強光的反射法以吸收陽光對射的效果。接著就實驗出各種變幻的顏色，用不同的紅，綠，紫，黃，藍，以改變白光的電光，於是混合這些顏色，獲得了虹彩似的色澤豐富的變幻。在這樣顏色之中，輕飄的絲綢就會給人一種新鮮煥發奇美的印象。正當舞臺燈光效果尚毫無研究之時，像羅依馥愛這樣發揮顏色，自然一時就驚動了舞臺與社會。

她在美國各地獻演她的新派舞蹈與燈光，獲得了盛譽，但她引起藝術意義的欣賞，是在她到了歐洲以後。她先到德國，再到法國，在Folies Bergere演出，全巴黎的人士為之瘋狂。偉大的摺幅絲綢，一碼碼的在她手中捧上、懸掛、堆積、飛舞、變幻，五彩的虹光從各個角度點化，使她的舞蹈成了炫目的奇觀。Folies Bergere的經理竟以兩百鎊周薪要同她訂三年合同。後來要回美國，她被熱烈地擁護到紐約的認為聖貴的大都會歌劇院（Metropolitan Opera House）去演出。

那時候，小仲馬還未停止寫作，對她的演出大為顛倒；雕刻家羅丹為其美舞所折服；天文學家法朗瑪龍（Flammarion）被她的光色所炫惑，使他想到光彩燦爛的天空；名戲劇家沙拉盤哈德（Sarah Bernhardt），羅馬尼亞瑪麗皇后及其子卡羅王子等都成了她的朋友。大文豪法朗士（Anatole France）對她有驚人的推崇，他形容她的才能這樣寫：

> ……喚起了希臘音樂的遺忘的韻律，奢侈而神秘，解釋了自然的現象與生命的變形。

法朗士曾經會見這個天才，他寫他所得的印象說：

> 身體纖小，藍色的眼睛如一泓清水反映灰色的天空。偶然有安詳的笑容出現，頗見甜美。我聽到她談話，她說法文的困難反增加了她表情的風趣，但並沒有減少她的活潑。詞句的選換使她保留了稀少的寶貴的在每個時間要創用的必要的表情，當她發言時，她設計了語言的奇怪的形式。為幫助這個，她並不用手勢與動作，她只用她清淨的視線，她視線變化

著如人們在美麗路上看到的野景。而其談話的本質，忽微笑忽莊靜，是悅人的。這個炫人的藝術家被發現是一個有驚人深刻天賦的女人，她知道如何去發現表面上不重要的事物中深邃的意義。

當時嚴格的舞蹈欣賞家，對於羅依馥愛的演出有嘲笑輕視的批評。實則事實上我們要知道綢匹的安排也不是輕而易舉的事，尤其要顧到腳燈另一方面的觀點；而當舞蹈者控制龐大的綢匹衣裙，呈現莊嚴美麗雅致的觀景，當然更不能輕視。其次兩臂的負擔是很沉重的，而揮舞時要不許摺幅糾纏一起，使整個的綢匹同時浮動，尤其是不易的技術。

嚴格地說起來，蛇形舞只是裙幅舞的一種，自從羅依馥愛成功以後，裙幅衣裙的舞蹈變化無盡，不僅限於各種色澤的調和，而且產生了稀奇古怪的花邊以及野蠻的原始的圖案。在羅依馥愛有名的舞蹈中有寡婦舞，那裡她穿一件黑色長袍。有虹舞、有花舞、有蝴蝶舞，有晚安舞、有鏡舞。在鏡舞裡因鏡子反照，有八個羅依馥愛同時跳舞，整個的舞臺浴於五彩燦爛的光潮中，充塞了霧氣彌漫的衣袍。但是蛇形舞最初成功的力作乃是火舞。火舞的起源，乃因羅依馥愛的《太陽的禮拜》一舞，這是由落日的感應而來。在上演時，當落日的光芒從沙羅門廟塔頂尖滑下來，巴黎的觀眾因只見到火一般的光芒在舞蹈中舞跳，大叫「火舞」，因此羅依馥愛看到這新觀念的可能性，而決定創造出真正的火舞，獻給觀眾。

從舞蹈的眼光看起來，蛇型舞既無傳統的舞法，手勢，動作，不能用傳統的舞蹈批評觀來批評。舞者四肢的動作只在管制揮舞龐大的綢幅，這等於雜耍者的耍刀，耍火棒一樣「不是崇高的藝術」。羅依馥愛的偉大就在於她創造的才能。而她在舞臺中精妙處，完全是舞臺外的工作，整個發光的機構倒是最應當受觀眾掌聲的。如果從理論上檢討蛇型舞，我們不得不注意到燈光與機械。

這樣說，雖然使我們覺得羅依馥愛與其說是舞蹈家，不如說她是舞臺燈光的專家，但她有超絕的藝術天才則是毫無問題的。她對色澤的敏感與愛好，到了動感情的階段。每種顏色對她有不同的影響，她不能在黃光中與在藍光中跳同樣的舞。在她水蓮舞中，當她的裙幅像一個奇怪的夢裡開出的大花朵般的浮到舞臺，在她的玫瑰舞中，當她掩蓋著粉紅色花瓣沉下來時，我們不得不承認，在感覺主義以外，她還是具有藝術的本質的。

我們在鄧肯（Isadora Duncan）自傳裡，看到她對馥愛有親切的印象與無上的推崇。

介紹羅依馥愛給鄧肯的是凱釵夫人，她告訴鄧肯說馥愛不但是一個藝術家，而同時是一個純潔的女孩子，在她的名字上從來沒有染到過汙點。於是有一天凱釵夫人帶馥愛到鄧肯那裡去，她們談得很投機，馥愛就告訴她第二天要去柏林，勸她也到那面加入她所經理的霞谷（Sada Yacho）藝術團體的旅行表演，鄧肯就接受了馥愛的提議。

鄧肯到了柏林，在馥愛所住的旅館裡，被她熱烈的空氣，豪奢的場面所炫惑。那晚鄧肯見到馥愛在跳舞的時候，因背脊的疼痛，不斷叫人把冰袋靠在椅背上去止痛。但是當馥愛在舞蹈的時候，她一時幻成燦爛無比五光十色的花草，一時幻成起伏蕩漾瞬息萬變的水浪，旋轉奔騰，升降閃耀，鄧肯一時被她驚人的天才所折服，她覺得像馥愛這樣的天才，是無人可以模仿的。她說：「我幾乎被她迷昏了，而我知道她這種突然爆射的光彩，是不會再有的；她幻化成千萬種形象，一一在觀眾前呈現，這確是無法令人置信。這不但是無法再有，也無法命人描摹。一切色的變幻，光的蕩漾，都是她所獨創，她是第一個光色變幻的創始者。當我回到旅舍時，我已經整個被這驚人的藝術家迷惑了。」

這是舞蹈家鄧肯對馥愛的欣賞與頌揚，至於馥愛自己可是很知道她自己舞蹈的限度，她曾經這樣說：

現在，什麼東西都被法則與傳統所管轄。我既然不守任何舞派的法則而又不追隨任何傳統。我想，你知道我根本不是一個舞蹈家。我從來沒有研究過。但也不信古希臘的舞蹈家曾經研究過如何動他們的腳；他們只是用他們全身來舞蹈——用他們的頭，手臂，身軀與腳。我相信他們研究如何從舞蹈傳達給人的印象，更多於研究實線上的舞法。

輕視她的批評家，以為用不著人，只要有一部小機器就可以產生與她同樣的效果，這自然是苛刻之論。可是羅依馥愛的成功多有賴於她舞外的工作則是事實。她有小型的舞臺模型，做她種種實驗。其複雜的燈光器械是由她兄弟們掌管的，她同她兄弟們幾乎整天在實練，創造與改進新的效果。她同樣細心地去留心服裝的設計。這一切她們都多忌地保守祕密。她母親通常向她在一起，當她下戲離場時，她母親就把她擁藏在一個黑色的大衣裡。有些服裝常常分塊地交給畫家去畫，替她們工作的藝術家無從知道他們的工作用於何處。

羅依馥愛享名足足有三十五年，她是一個藝術家，但也許不是真正舞蹈家，是一個光的藝術家，她是光的魅影。

哥德在病終時，傳說是叫喊著：「光呀，更多的光。」而根據羅依馥愛的好友及經理勃羅許小姐的記載，羅依馥愛臨終，在視覺模糊的時候，她也是不斷地低說著：

「光呀！光呀！」

史坦尼斯拉夫斯基與平劇改革

在中國舊式文學史中，不提小說。小說是與說書在一起，是一種不登大雅之堂的玩意。戲劇，則是有錢人家養的把戲，與小說是一個等級；而戲子則是優伶，優伶與妓女是一個等級，似乎還不如說書人。

清末民初，熱鬧繁華的北京所風行的戲劇是京戲，後來因為北京改為北平，改叫平劇。那時候的戲子始終是優伶，出堂會、侍酒、領賞金、拜客，賴達官貴人軍閥巨商之捧場而紅。從未被視為藝術家或自視為藝術家的事情。

梅蘭芳正是那時代的，在他的自傳中，對於戲藝的苦學勤練有很多的敘述，而獨對於那種「優伶」的生活面則一點沒有提到，這是一種聰敏的避重就輕的辦法，但實際上則是不敢面對現實，也不能使讀者看到那時的這一層社會相了。

五四運動以後，小說戲劇成為「藝術」，小說家與戲劇地位頓時高了起來。許多留學生來幹戲劇運動，掛上社會教育一類的招牌，覺得自己是高人一等的社會改革家，或者是藝術家時，他們始終把京劇看作落後的東西，是在被革命之列的。他們與京劇的演員的優伶身分，劃清敵我。認為優伶是人家的玩物，尤其對於梅蘭芳的男扮女裝，更輕視其為有辱沒男子的尊嚴。無可諱言的，當時的許多男扮女裝的戲子有時候是有「相公」的嫌疑的。

自《新青年》時代的那群文藝革命人士，到北京的藝專成立戲劇系，這群新派人士，幾乎都排斥中國傳統的戲劇。當時北京藝專的戲劇系是中國唯一的戲劇專科學校，主持人都是留美的學生。熊佛西、余上沅與趙太侔，他們想努力的就是創造新的戲劇而代替舊戲。可是他們始終沒有舊戲般的足夠的觀眾，可以讓他們實現理想的小劇院運動。以後藝專的戲劇系因為學生都沒有了而停辦。隔了好多年，趙太侔在濟南辦山東實驗劇院，他們才改變主張，把平劇與話劇混合，共同列為課程，希望中西合璧，產生新的中國藝術，那時許多舊戲班子裡的人也都在那裡任課。而當時那些反對舊戲的像劉半農一類《新青年》時代的人物的言論也都已改變了。

自從革命文學呼聲起來，革命戲劇自然應運而生。所謂革命戲劇的目的是以戲劇當宣傳革命的武器，像平劇所代表的那種封建時代的形式與內容自然在打倒之列。所以梅蘭芳帶領他的團體到國外獻藝時候，那些革命的劇團人士認為以這種男扮女裝的十足封建的玩意來代表中國藝術是侮辱中國的勾當。可是事實上並不是如此，因為如果代表中國到國外去的是西洋傳來的一點話劇的幼稚萌芽，外國人看了只覺得是可笑而已；倒是傳統的中國東西他們聽不懂看不懂，才會有新奇與新鮮的莫測高深的感覺。奇怪的是梅蘭芳這一套玩意在美國觀眾，因為聽不懂看不懂，反應並不怎麼樣；而到了俄國，因為他們文化界想與中國文化界多有點聯繫，所以歡迎得特別熱烈。梅蘭芳是極端聰明的人，他參觀俄國的戲院以後，對自己的藝術開始有新的反省與自覺。梅蘭芳自蘇聯回國後，使幼稚的左派年輕藝術家不覺自慚形穢，才知道代表中國藝術的竟是梅蘭芳而不是革命藝術！

中國大陸解放後，戲劇上自然要以史坦尼斯拉夫斯基（K. Stanislavsky）體系為宗，一時史坦尼斯拉夫斯基成為中國革命戲劇的燈塔，他的著作也大都被譯成了中文。梅蘭芳的紀念史坦尼斯拉夫斯基的文章裡的那種口吻也正是那時候的風尚。

但是梅郎究竟是幸運人，他死得也正是時候，如果不死的話，像他的紀念史坦尼斯拉夫斯基這種文章中這樣歌頌史坦尼斯拉夫斯基與天鵝舞一類的舞劇，以及對於中國傳統戲的迷戀，正如史坦尼斯拉夫斯基的終於被否定一樣，他也是逃不了江青的藝術論與紅衛兵的清算的。

我常說梅蘭芳是中國最幸運的人，在「一朝皇帝一朝臣，朝朝皇帝有新臣」之下，竟能屹立不倒。這無論在詩人、作家中都是絕無僅有的。章太炎、魯迅、胡適之，都沒有像梅蘭芳一樣可以在完全不同的朝代中占紅的。

斯坦尼斯拉斯基（K. Stanislavsky）在俄國戲劇上的功績，是在俄國大革命後的混亂的戲劇界建立一個簇新的藝術的精神。俄國在十八世紀以後，芭蕾舞劇、歌劇等都非常盛行，以後戲劇在俄國一直非常發達，十九世紀出現過許多有名劇作家與演員。但在混亂的大革命中，戲劇藝術自然非常衰落。史坦尼斯拉夫斯基雖是承繼俄國的戲劇傳統，但是他改革了俄國舞台的許多傳統陋習，據他與丹欽科（Vladimir Nemirovich Denchenko）說：

> 那時的戲劇生涯完全在酒排侍者與官吏手中，官式程序遠超過藝術要求。人們寧使傷害最好演員的尊嚴也不敢得罪小官僚。任何對於舞台的改革，如要變動一點點官式程序，就絕無可能。
>
> 那時自然有了不得的演員，但都是自己揣摹體念而得。幾乎可說是沒有導演，而是由一種「引位人」提醒演員上場出場，僅使不互相撞頭而已。戲院裡有固定的景片：如堡壘、花園、村屋、宮殿、教堂，應情節的需要而搬用，任何戲都是用同樣的景片在移置而

己。他們的演出並沒有導演、演員、布景師、作曲家等的和諧的統一。服裝都是演員自置，有最富麗華貴的服裝者就被重視，演技反而其次，後台混亂不堪，毫無紀律。

史坦尼斯拉夫斯基與丹欽科就是共同努力改革了這些陋習。他們不但建立了舞台紀律，鏟除了明星制度，還創造了學習體系。他們所創立的藝術劇院現在已是世界上著名的劇院；他們四年制的戲劇學院，人才輩出，許多學生都在主持俄國各地的劇院。

史坦尼斯拉夫斯基在蘇聯戲劇上的改革與努力可給中國的借鑒自然是很多。因為中國舊劇上的陋習也正與舊俄劇院的陋習一樣，或甚且過之。從他們所談到的再看中國平劇的戲院舊習，比較起來也實在是有趣的事情。

（一）中國舊劇賣票之「案目」制度，正如俄國之「酒排侍者」，劇院的執事也正如俄國之小官吏。

（二）中國舊劇沒有布景，有之，如海派劇之傳統景片也是一用再用。

（三）中國舊劇沒有導演，演員上下，由跟包提示。

（四）明星制度在舊劇中是名角制度，配角除一、二重要的被請的外，其餘都是雜湊的。

（五）服裝不必說，每個名角都是有自己講究的服裝，談不到與別人調和與相稱。

因此，如果以所謂史坦尼斯拉夫斯基的精神與經驗來改革這些傳統的陋習原是很合適的。大陸許多戲劇界人士，如夏衍、田漢等人，自然也都有志於這些改革，他們通過政治，使京劇成為文化的組織的一支，大刀闊斧地對傳統的陋習做徹底的改革。

（一）明星制度與包銀制度的破壞。舊劇的名角制度是班子隨名角而成立，名角談包銀。現在大家為人民服務，包銀制度自然廢除了。名角本來都是自組班子，並不合作，現在則名角為人民服務，也往往擔任配角。不過這是對於後一輩的紀律。至於梅蘭芳，雖不再像以前一樣地領包銀，但在組織分配之外，據大陸出來的圈內的人談，大家因為要他帶頭演出，每人甘願把報酬一半獻奉，做他的各種開銷。

（二）他們也建立全劇的和諧與協調，舞台的布置與燈光也有藝術的設想，不像以前一樣的用雜湊的景片，僅把燈光向名角身上打照。

（三）案目制度自然取消，舞台管理也較科學化。

（四）服裝也講究統一，跑龍套的服裝與主角的服裝，至少新舊相差不會太大。主角也不能擅自用不合情理的服裝以炫耀身分。

（五）此外如樂隊座列的隱蔽，台上送茶幫雜手的廢止。

這些改革，大陸在解放後三、五年似乎都已一一實現，當時平劇演出之整齊與完整，的確曾給人以煥然一新之感。他們雖廢止了許多傳統的劇目，但在上演劇目中所作的整理與補充的工作，則有許多發揮與收穫。

梅蘭芳在京劇藝術上有許多發揮，在京劇舞台上有許多改革與建樹。他的一生是燦爛的一生，是戲劇的一生，京劇在譚鑫培時代還是限於北京人欣賞的藝術，到了梅蘭芳才是全國欣賞的藝術。所以梅蘭芳的一生是足以代表京劇的生長興旺與衰微。他死了以後，大陸的京劇時裝化，所謂工農兵走上京劇的舞台，京劇的壽命也就從此結束了。

看中國電影

一直很少看中國電影，最近因為參加審評，有機會看了二十幾部，發現雖然在攝影上，導演在場面處理上稍有進步，但是形式與內容上每部戲竟都是千篇一律，大同小異，顯得貧乏空虛，軟弱乾枯，令我想到這些導演與編劇，好像是除了「影城」以外，似乎沒有別的生活，除了好萊塢的觀摩外，好像再沒有任何繪畫、音樂、文學以及任何關於電影、戲劇書的接觸了！

第一、就是故事的大同小異。文學領域中，早就有人說過，小說裡故事的格局不過一、二百種，但藝術的表現原是另有生命，同一故事的小說，可以有不同的生命。這正如中國的山水畫的變化也都是大同小異，但石濤與沈周就各有天地；悲多芬的交響樂是不變的，但是演奏的樂隊與指揮不同，就有了不同的生命；莎士比亞的戲在不同的導演與演員的演出，會有不同的精神；玉堂春在梅蘭芳與程硯秋的表現中也就顯出完全兩種味道。另一方面說，不同的故事，不同的形式也往往只表現一種內容，許多畫家的展覽會，雖然所畫的有翎毛、花卉、山水種種，但看起來只有一種趣味，許多作家雖然出了好些本小說，儘管它們的故事有出入，但本本只有同一個味道。這可見藝術的表現上，並不怕故事的大同小異。何以在中國的電影家手裡，那些實在並不相同的故事，完全變成了完全一樣的東西了。

我所看的影片，大約可以分五類，一是所謂「文藝片」，二是「特務片」，三是「武俠片」，四是「歌舞片」，五是「古裝片」。這五類影片，等於加減乘除四則。每一則就有一個形式。只要你說是「文藝片」一定是這樣一個型；你說是「特務片」，也一定是那麼一個型。不但演員的演出，儘管略有好壞，味道竟是完全不變，甲演員也是這個腔調，乙演員也是這個腔調。而且不同的導演也還是同一個味道，甚至不同的公司，只要是同一型的片子，一定是這樣一個味道。除了千篇一律的味道以外，還有是多數的故事竟非常不合邏輯，這不合邏輯也正是不合情理，也正是編者與導演對於普通人生的隔膜。

第二是題材的貧乏，題材的貧乏自然與故事的大同小異相聯繫的，但題材的真正來源可說是人生，一個藝術家一定是對於人生有觀察，對於人生有看法，才會產生有問題有意見有態度，這「問題」這「意見」這「態度」正是題材的來源。如果沒有問題意見或態度，藝術就不過是一套技術的玩耍，那麼看戲劇就還不如看馬戲班與溜冰團一類的表現了。我們的編劇家與導演，好像沒有一個是內心真正有表現的要求似的，他的工作就是專為觀眾，給觀眾安排一小時半的節目，因此沒有東西給觀眾。給觀眾的是櫥窗似的布景，殯儀館裡似的眼淚，以及舞場裡似的笑容。

第三是人物的空虛。人這個東西是複雜的，他在肉體以內有一種東西，這東西，有人呼它是靈魂，有人叫他是精神，有人稱它為心理的綜錯，有人叫他為內心。如果找不到這樣一個東西，人不過是一種動物。我們看一隻蒼蠅，飛東飛西，停下來搓搓腳，飛開去展展翅膀，千篇一律，不分彼此。但如果你去觀察幾只雞，那就可以看出其中有許多不同的習慣與姿態；如果你去觀察狗，那就更顯得有個別的特殊的本質。這就是說，動物越高級，個性都顯明，到人類，那自然是最有「個性」的動物，這個性，加上了幾千年社會傳統文化的燻陶教養甚至歪曲，就變成各種各樣的「性格」。因此，作為小說家戲劇家電影家的對象，人就是一個最大最深最複雜的學問。這裡面可學習可研究可發掘的實在太豐富。何以我所看到的電影裡的人物都是如此的簡單，好像一出來已經把什麼都告訴了觀眾，他們以後的一舉一動，觀眾已經可以完全猜到。這些人物幾乎都是平面的，沒有內容的，也可以說是沒有靈魂的。

第四是教訓，戲劇與電影有人說有移風易俗的使命，這我也不反對，因此帶點教訓原是未可厚非，但是這些道德的教訓怎麼會是如此腐朽，如此的酸溜溜，如此的頭巾氣。細算這些導演與編劇以及所謂「原著」的作者，都是年紀不過三四十歲的人，何以頭腦會遠遠地落在五四運動以前的階段。如果查查他們的私生活，又並不是如此「方正」，何以在電影裡要耍這一套呢？細想這個問題，因為這些作家藝術家可能是自己對人生根本沒有道德的任何要求，所以對於道德的要求就只會搬出習俗的腐舊的東西來了。藝術家的道德觀雖各有不同，但有一個道德觀則是一致的，那就該「忠於自己的道德觀」。你主張「同性愛」也好，主張「階級愛」也好，主張「愛國」也好，反對「愛國」也好，但你必有你的「忠」與「誠」。這樣，你在藝術中表現的是你自己的要求，是你藝術的內容。

有人一定會問我：「你怎麼知道他們所表現的你所謂『腐朽』的，『酸溜溜』的道德，不是他們內心真正的要求呢？」我可以告訴的是就因為我看到這個藝術家的不忠於自己與不誠。因為道德這東西是整個的，是貫穿在整個的生命與作品中的。如果他的道德的教訓是後加上去，那就是作品與作者的關係是空虛的。這正如中國有許多無聊的淫書後面加一個因果報應的尾巴，在許多電影中整個戲已經可以結束，硬加上一段不倫不類的教訓，還有些是明明發展下去是不道德的人可以很幸福的，硬要來一個實際生活上難有的橫死之類，以作為壞人必不得善終的教訓，都可說是表示製作者的虛偽與空虛。

藝術的表現必須通過技術，這是不錯的，但技術也必是為表達藝術而存在。如果沒有東西表達，那技術就同「翻筋斗」一樣，多翻幾個與少翻幾個都沒有關係。

前幾年，我在一篇短文中談到：在電影只剩了接片的技術的現在，許多年輕電影工作者努力的方向，就是想把電影重新建立成為「藝術」，要電影成為表現藝術家的思想與情感的工具。有些朋友認為我發怪論，有的還問我何所根據。其實電影流落成為工藝商品是多年來的事情，當不當它是藝術品，原是個人的趣味。這猶如攝影，世界各地都有攝影沙龍一類的組織，年年大吹大擂當它是藝術品。可是在嚴肅的畫家眼中，從來沒有人當攝影是藝術品過。不但如此，許多抽象派的畫家對於舊式的寫實作品，也認為是沒有生命的東西，不足稱為藝術的作品的。又譬如流行的爵士音樂，儘管愛好者當它是藝術，可是在嚴肅的音樂家的眼中，始終當它是一種遊戲。又譬如嚴肅的演員，他們偏偏看不起「明星」，在他們的眼光中，演員是藝術家，而明星則不是藝術工作者。

作為一個藝術，它在藝術以外，必須有所表現。多數電影之只剩了技術，藝術家就變成了「電影匠」。在中國，畫家與「畫匠」，書法家與「寫字匠」，治印家與「刻印匠」的分別是清楚得很的。

藝術來自民間，原是都是有感而發的作品，但到了成為專業，有的人就充分在技術方面努力，這原是好的事情。進步到某一個限度，就出了專門化的匠人，這匠人往往就專以買弄技術來炫耀聰明的。這種發展，也許也是自然的事情。如駢文發展到後來就完全只剩了對仗與音調的技巧，詩歌發展成回文詩，也成了文人的耍技。自然，其中有許多匠人的作品，也往往可以魚目混珠，與真的藝術品不相上下，但這僅是就一件作品來說，如以一個人整個作品來說，則是絕無可能的。我們看古代野蠻人的石刻，雖是技術不高明，但是足稱為藝術，而現在月份牌型的繪畫，以及象牙球的圓球雕刻，則始終不足稱為藝術。其意義就是在技術雖高，如果無所表現，則不如技術拙劣而真想有所表現。這也正如，真有悲哀的啞巴，他雖是哭得不響，但可以感動我們；而心中沒有悲哀，而假哭得響亮的，則僅足以騙孩童而已。

電影因為依賴機械的成分太多，技術的成分也自然多；但技術是科學的東西，二加二一定是四，技術家的技術加在一起就是影片，但是要成為藝術品則這影片必須表現些什麼，這「什麼」才是藝術的靈魂。

但是這一點「什麼」究竟在什麼地方呢？——那是在人生中，在社會裡，在廣大的人群，在工作者的靈魂深處。

我想電影工作者如果不想在藝術上努力則已，如果不以「電影匠」自居，那麼除電影畫報以外似乎還該讀些別的書，除「影城」外，似乎還應該看看真實的人生與社會。

詩人的道德責任與政治立場

一個詩人對道德要負什麼樣的責任？道德與信仰之間的關係又該如何？這個問題似乎始終是文學上糾纏不清的問題。

二十三年前，當鮑林臣獎（Bollingen Prize）贈送給詩人愛斯拉龐德（Ezra Pound）時，曾經引起很大的風波，因為龐德的法西斯傾向與反猶的態度是美國當代人士所唾棄的。現在這位詩人在威尼斯過著靜寂孤單淒涼的生活，已經是八十七歲了，他的詩作還是為人所讚揚，並認為他是對近代的詩壇起過很大的影響的詩人，所以有一群作家、批評家重新把他提出來，要求美國藝術科學學院的愛默生梭羅獎章（Emerson-Thoreau Medal）贈予他。這引起了一部分委員的反對，有幾個甚至要辭職。可是另外一部分的委員則提出支持的理由。這些冗長的人名同他們的身分這裡且不作一一介紹，反正都是有聲望與地位的名流。這裡想說的支持者的理由與反對者的意見。支持者說，龐德的詩作既是不可否認的對詩壇有偉大的貢獻，我們應不計較其思想與道德，否則，對於極左與極右的人我們都可以有理由否定其藝術上的貢獻。歷代詩人，如莎士比亞（Shakespeare）是放高利貸的人，馬羅（Christopher Marlowe）是一個褻瀆神明而可能是同性愛者，法國詩人藍波（Rimbald）則與販賣奴隸有關，蒲得萊兒（Baudelaire）生活糜爛。本世紀中，法國詩人哥特佛來班（Gottfried Benn），法國詩人魯意菲德南率藍（Luis Ferdinand Celine）

都是法西斯主義者，伊略特（T. S. Elliot）早期詩作也有反猶的態度，我們是不是都否定他們詩作中的光彩？再進一步，龐德在戰後，曾留精神病院十二年之久，可說已經補償了他的罪愆，而且他對自己的行為也有後悔。根據一九四六年四個心理分析家對於龐德心理分析的報告，他的行為實起於他的精神病態。再說，他的反猶也並不是直接反猶，而因為他在經濟思想上認為世界的病源是由於猶太銀行家的貪婪。但是反對的人們認為不能夠接受這些理由。第一，贈獎的光榮是基於一個詩人整個的生命，不僅僅是詩作。第二，詩歌無法完全脫離道德，一個人不能說是專事謀殺與殘害別人，而不關詩歌的美潔。第三，我們並不在審查他的詩歌。寬恕他的行為也無關於榮獎他的詩歌。最後委員會於今年四月十九日舉行特別會議，爭論許久，最後投票表決，十三票反對，九票贊成。另外有兩個人未到，有兩票棄權。

中國對於文學家詩人的要求，往往把人品看作必要的條件。雖然道德上大概還是以忠孝節義為標準。至於男女間情意以及性生活的道德，在男子中心的社會中，似乎非常寬容，在現在眼光看來，頗有以下流為風流的可笑。把道德的標準提到政治的水平，我們發現文學似再沒有獨立的價值。文學作為政治的工具的時候，「政治掛帥」已是必然的結果。照一般的想法，當一部作品已經獲得了一定的確定的評價時，總應該再不會受這個作家政治生命的影響了；但事實所證明的是當這個作家政治生命被否定時，過去文學上的業績也就被否定了。在中國，三十年代那批被稱譽一時的作品與作家，在幾次清算鬥爭之後，幾乎沒有一個人一部作品還可被認為仍有以前的所稱譽的價值，除了已經死亡了的魯迅。而魯迅，在台灣的政治氣候中，也早已不承認他的文學的業績了。把文學與政治劃分，好像還是西方民主社會所想保住的標準，但在龐德的例子中，政治與道德之間又是多麼不容易劃清界限呢？實際上，使美國藝術科學學院的愛默生梭羅獎的委員們彷徨的，也正是諾貝爾獎的評審委員們所遇到的。他們儘量地想跳出政治的是非，而表示對文藝標準的公正時，而結果則是每年越來越敏感地作或左或右的敷衍。我們可以很清楚地看到，文學的價值在道德的價值前就失去了重心，而道德的標準在政治的標準前則又失去重心。這大概也正是文學所以衰微的一個重大原因了。

關於新詩——答客問

Q：對於新詩，你有什麼特別的意見？

A：新詩是從舊詩變化出來的新形式的詩歌，你是說哪一方面特別的意見？

Q：你覺得新詩是比舊詩進步嗎？

A：藝術沒有什麼進步不進步。新詩是舊詩形式上的變化。當舊詩的形式已經用了一、二千年，在這個形式中，各種美妙精巧的技術都是用盡了，所以不得不有一種變化。其次是文學的內容因社會的變化而變，舊的形式已經不足容納新的人生內容，所以必須有新的形式出來。

Q：現在有流行的現代詩，很多人說看不懂，你的意思是怎麼樣？

A：現代詩是受西洋的現代詩影響的一種嘗試，有些找到了新的表現方向，也出現一些可愛的詩篇，有些則是文學遊戲，故作新奇，賣巧賣座，自不足道。

Q：你認為這類詩值得提倡嗎？

A：我想這不是提倡的問題，而是詩人們有他採用表現方法的自由，大家愛寫這類詩，自然會成為一時風氣。但是儘管寫的人多，可是日子過去，只有好的詩會傳留下去。

Q：你這是說詩壇，但徐先生也是教育家，比方你的學生寫這類詩，而你都看不懂的時候，你怎麼辦？

A：我只好請他解釋，問他要表現的是什麼？為什麼這樣表現？

Q：藝術的表現應該是藝術的本身，不需要解釋才好。

A：不錯，藝術不能解釋，但藝術表達的技術與媒介則可以解釋。高超的藝術作品，每個字每句話都有深刻的用意，其思索推敲的過程都是可以解釋的。譬如杜甫的詩，如「昨夜舟天接」，許多人以為它是抄錯印錯，但經過盧元昌的杜詩闡釋，就很明白。其他如用了一個你不懂的典故，有了注釋，你才會明白。我覺得一個作者對讀不懂他作品的讀者，一定可以講解。如果他說不出他的寫作構想的過程與要表現的思致與感情，那麼他就是欺人自欺了。

Q：那麼你以為中國新詩運動是不是應該走所謂「現代詩」那一條路？

A：我覺得當文學的舊形式蛻變的時候，往往有三條路可走，第一是復古，第二是吸收模仿外來的形式，第三是吸取民間的源泉。譬如六朝的駢文形式衰微，就有韓愈的復古，也就由佛經翻譯開啟了新的風格的散文。西洋的文藝復興，一方面是回到希臘的風尚，一方面方面是採用大眾的語言。中國舊詩形式的蛻變，新詩人所走的路，也是這三條路。初期的白話詩是走民間的路，後來有人採用英美十九世紀詩人的形式，有人學法國象徵主義一些表現，也有人往舊詩詞找新源泉。現在流行的所謂「現代詩」只是追隨西洋現代詩的路徑，其中有不少好的可愛的詩句，但都是機巧纖小，而總帶著殖民地氣，或者說正是反映殖民地社會的風尚。而譬如在大陸，則實行走民歌——民間的道路，風格和機制，但顯得淺薄與幼稚。

Q：你覺得那三條路哪一條比較正確呢？

A：我以為這三條都是很自然的道路，每個詩人根據他的氣質背景與愛好試走他所愛的路，我相信每條路都可以走出一些成績來；將來也許會有大詩人把這三條路走出來的業績，融會貫通，創造出新的規模與形式來，也說不定的。

Q：那麼你自己呢？你在走哪一條路？

A：我，我只是在學習、試驗。上面所說的三條路，我都試走過，現在則覺得自己開始走自己的路了。我想詩歌的形式是跟著內容的要求而形成，當我有感受想用詩歌來表現時，我總是儘量想找一個最合適於我內容的形式來表現，而通過這形式可以最合適地傳達給讀者。

政治的要求與文藝的要求

偶爾讀拿伊高華（Noel Coward）的《歡樂的鬼魂》（Blithe Spirit）一劇，使我有許多感慨。這個劇本在文壇，在舞台，在銀幕上的藝術評價早有定評，並不需要我來多話。所感慨的倒是由於這個劇作家真正享受到寫作的自由。要是這樣作品在中國產生，怕早已叱為迷信而遭禁了。作者寫這個劇本時正是英國遭德國轟炸尚未能還手的黑暗時期，也即是所謂抗戰時期。脫稿六星期後即在舞台上演出，賣座有四年半之久，製成電影後，在美國也轟動一時，英美的劇評家並沒有叱其為迷信不正。這本不稀奇。稀奇的倒是抗戰時候，一個作家，寫這樣的作品，竟沒有人罵他為不愛國不抗戰。如在重慶，怕早已被圖書審查委員會所禁，即使得以發表，作者怕也為左右的文協叱為是毫無人心的人，甚或被叱為故意在後方消殺戰鬥的氣氛，而被認為漢奸了。

其實，抗戰時期的後方，在中國，囤積居奇，貪汙受賄，娶小老婆，尅扣軍餉，走私販毒……什麼醜惡事情沒有，可是對於文藝作品則要求假作正經，滿臉抗戰。當時後方的酒館夜夜滿座，山珍海饈，大富之家，從未斷過。可是有一位作家寫了一點喝咖啡的閒筆，就被叱為觸犯了抗戰的鐵則。而我們的盟國，上至大官豪富，下至工農，生活都被抗戰鐵則所限，可是文藝的園地中，像《歡樂的鬼魂》這樣作品，都可以任意風行轟動。這大概也就是人家在勝利後可以繁榮，而中國在勝利後反而崩潰的真正原因了。但是什麼是健康的，什麼是民族的，什麼是樂觀的呢？儘管有官方支持的文藝協會經常在開會，也從未有一個具體的積極的標準。現在，消極的則有了一個具體的標準了，這就是排斥色情與迷信。

色情也許就是指黃色。黃色也即是文藝清潔運動中被清的三色之一，這三色是紅是黑是黃。關於文藝清潔運動的文章，我也讀了不少。似乎所清的對象都是文藝毫無關係的。譬如說有人寫了人家私事去敲竹槓，有人鋪張些黃色新聞成個故事，好像都是公安局應該取締的事。而現在竟要文藝協會的領導人物來管，這如果不是文藝協會越權，就是文協的領導人物在兼任公安局的糾察，好像離題是很遠的。

我想色情所指的當是文藝中性的描寫。至於迷信，我不知台灣所不允許存在的迷信是指什麼，如果迷信是與科學相反的名詞，即所謂非科學的一種信仰，那麼整個的宗教甚至哲學似乎都可以有問題，十分之九的文藝都可以說是有些非科學的信仰的。

迷信這個字用法太多，信道教的人說信基督是迷信，信基督的人說信佛是迷信。邱吉爾、艾森豪演講中常說上帝，在我們沒有宗教的人看來是迷信。

如果要把迷信這個字義限得很狹的話，只是指神仙、妖怪、鬼魂出現一類的事情，那麼以此來限制文藝，正是根本取消文藝。因為文藝的根源原是神話，而神話裡竟都有神仙妖怪鬼魂出現一類的事情。

像英美及歐陸科學這樣發達的先進國家，並沒有取締聖誕老人一類的童話。希臘的神話還是任何弄文學的人必讀的書。像《歡樂的鬼魂》這樣的劇本還能風行。我們倒先要不許文藝裡出現「迷信」，這不是很可笑的事情嗎？

可是，在藝術領域中欣賞希臘的神話的人們，在生活上倒並沒有與科學所推進的社會脫節；

而不許在文藝中出現「迷信」的人們，生病還在用香灰與符咒。彼此之不同與我上面所說的抗戰時的生活與其對文藝要求是多麼相像呢！

其實迷信與色情，正是文藝所無法擺脫的題材。

神話不必說了。神話要禁，則世界第一流的作家，幾乎沒有人不觸犯台灣的禁條的。莎士比亞、佛樓貝爾、哥德、托爾斯泰、哥戈爾、莫泊桑、巴爾札克……的作品，以及大部分的歌劇，幾乎都有所謂「迷信」的成分。不是鬼魂出現就是咒語應驗，甚或是人鬼對白，到二十世紀第二次世界大戰，還有人寫《歡樂的鬼魂》這樣的劇本呢！

色情不必說，《哈姆雷特 Hamlet》、《浮士德Faust》。《復活Resurrection》、《安娜卡列尼娜Anna Karenina》、《包法利夫人Madame Bovary》……這樣寫下去，可以寫到幾百千種世界公認的名作都有很色情的描寫。

如果要以中國文學為例，則《紅樓夢》、《水滸》、《西遊記》……以及雜劇南曲，裡面哪一本書沒有迷信與色情的內容呢？

為什麼迷信與色情與文藝有這樣不可分離的關係呢？這因為文藝所及的往往是人生的根本問題。人的根本問題是「生」與「死」，「生」就是色情，「死」則是迷信。「生」為什麼是色情？因為生物必然的在要求種族的延續；「死」為什麼是迷信？因為死是科學所不解，而人不得不求諸神祕的解答。佛洛伊德（Sigmund Freud）以為人的二大本能是「性」與「死」，也就是這個道理。

所以問題也許不在「迷信」與「色情」上，而是在是不是「文藝」上。可是所謂「是不是文藝」的問題，也就更不容易評定。許多以為了不得的作品，十年、二十年以後可被認為毫無價值，許多默默無聞之作，一、二百年以後反可被認為了不得的傑作的都是常事。除了時間與歷史以外，幾乎沒有人有權威絕對地能斷定哪一類作品是否有文藝的價值。

所以要憑幾個文協的幹事，圖書審查委員會的委員來決定取捨或者要定出一個原則，這未免是太不可能了。

不久以前，教育家認為美國兒童犯罪之眾多，乃受連環圖畫的毒害，可是美國政府並沒有取締審查之舉；英國也發現英國兒童受美國的連環圖畫之毒，國會議員中就有人提出要設法禁止這類書籍進口，但到現在也沒有想出一個不違背民主自由原則的辦法。

這雖關於兒童的教育，不是文藝的範圍，但與我們想禁止「迷信」與「色情」很有類似之點。奇怪的是中國並沒有禁止這類「西部戰爭」、「凶殺暴行」一類連環圖畫的讀物。而這類讀物，同偵探小說一樣，並不能在中國生長發達，其原因又是什麼呢？

也許問題並不在出版物的身上，而在社會本身。像英美這樣的社會，恰巧可以使這些連環圖畫長生風行，而成為要禁止取締的問題。像中國這樣的社會，文藝裡的色情與迷信要被衛道之士來禁止了。如果這句話不錯，那麼這倒真要國會議員與行政當局對這社會作好好研究與設法。而一切教育家文藝家的禁止與干涉，都是治標之道，無濟於事的。

說到文藝裡的迷信與色情，其實還是屬於趣味的問題。西洋繪畫與中國敦煌的壁畫，有無數的裸體畫，但從無引起「色情」的問題。而中國低級的月份牌就涉有「誨淫」的嫌疑。這趣味的不同，就在所表現的主題。可是在沒有欣賞能力的人看來，兩者往往會引起同樣的反應。一部文藝作品同黃色新聞其不同也在此，可是如今要一些不學無術只會咬文嚼字的人來審查，他有什麼能力作此分別？在沒有分別能力的眼光中，敦煌的壁畫的裸體與月份牌上的裸體，永遠是一樣的。我想到抗戰時潘公展所主持的重慶圖書雜誌審查委員會，對所有遵守共產黨的宣傳路線之作品一一通過，對於自由文藝反而壓殺的情形，就可以知道所謂審查的效果了。其實所謂文藝趣味的高下，往往不是容易劃分的，有時候連說明都很困難。而且同文字，風俗，人情都有關係。有許多在英文裡所表現的毫不色情肉麻，可是譯成中文後，就感到趣味很低；許多中國很典雅的詩詞，翻成英文，有時候就變成只有色情與肉麻。不但如此，將中文文言的詩詞譯成白話，也往往有這種現象。

在風俗人情上講，現在我們看慣了電影裡的接吻是普通的鏡頭，大部分並沒有什麼色情，可是如果在五四運動以前看到這些鏡頭，這還了得。我們祭祖時跪拜原是習慣，並沒有想到迷信不迷信，可是在西洋人看來，就以為這是愚蠢的迷信了。如今在淺水灣一類的海灘上，半裸的男女在一起，並沒有什麼色情之感，可是要是在第一次世界大戰以前，這樣的現象當然是全被叱為有傷風化的。

所以，要定一個原則或條例來決定什麼是色情或迷信的限度實在很難。

這是對於所謂消極的標準的一種分析。可以說這種標準是毫無意義的。

我上面說到積極的標準，所謂健康的，民族的，樂觀的。到底裡面有些什麼意義可發掘呢？

文藝是反映生活的，所謂健康的文藝應當是反映健康的生活。如果實際的生活都是非常健康，那麼歌功頌德，文藝該是健康萬分。但這樣似乎也不會有文藝。而偏偏實際的生活總不能十分健康，而且往往是十分不健康，那麼文藝就很難有健康了。大陸的文藝也是提倡樂觀積極，可是作品越來越空虛，拿出來的東西，其所謂健康，也都是打腫了臉充胖子，看不出健康的品貌。

民族的文藝是什麼呢？我想中國人以中文寫的作品應該都是民族的了，但是這也包括了大陸的文藝，當不是台灣的口號。有一位批評家批評一個以外國為背景寫小說的人，說這些小說與中國無關。那麼所謂民族的應該是限於以中國為背景了。這麼一說，世界文學史似乎要重新編過。譬如莎士比亞吧，他該是英國的作家了，可是他的偉大的劇作竟多數都以異國為背景的。如果作家的取材與背景要限於地理，那麼也不得不限於歷史，倘若有人寫歷史小說，譬如說以周朝為背景的小說，那麼編文學史似乎也該把他列為周朝的作家了。那麼民族的似乎並不能以作品的背景為標準。有人說，所謂民族是民族意識。我想民族意識這東西是自然的天生的，我們一生都在中國生長，傳統與習慣都屬於中國，當然人人都有民族意識。倘若一個人在五、六歲就去外國，既未深受中國傳統，又未學通中國文字，到了外國住了十年廿年，自然慢慢變成習慣於外國，談不到什麼民族意識。所以民族意識是很自然的事情，口號是沒有用的。使我奇怪的倒是叫這個口號的台灣文協的陳某，最近竟大聲疾呼地在提倡學生們中學畢業就去留學。我想如果中國青年於中學畢業後都到美國留學，恐怕十年以後中國人與中國人間的寫信與談話都該習慣於用英文了，還談得到什麼民族意識！

其次所謂樂觀的文藝。樂觀這個字意義也可有各種解釋。簡單地說，所謂樂觀應有一個對象，就是對什麼樂觀。大陸的文藝也主張樂觀，它的對象對建設社會主義樂觀，對將來的幸福生活的樂觀。這種樂觀其實也只是同宗教對於來生樂觀，或死後進天堂的樂觀一樣，那也就是對現在是悲觀的。文藝作品不管怎麼空想，總是免不了反映現實，讀大陸許多樂觀的作品反引起我對於大陸目前人民生活的悲觀。寫來世是樂觀的作品也往往就是對於現世的悲觀。要說對於現世樂觀，那只有像英、美、西德一樣，人人的生活每年有更多的享受。

分析這些政治對文藝的要求以後，我覺得問題也許反是應當由文藝對政治作些要求才對。文藝其實只是民眾的心聲，越是成功的文藝越代表民眾的心聲。政治似乎要讓文藝自由的發揮，如果文藝對社會是悲觀的，那由政治家改革政治與社會，文藝自然就樂觀起來；如果文藝是不健康，政治家由此找出政治與社會之不健康處而改革之，文藝自然會健康起來。譬如現在有水災，許多小說寫災民之痛苦與怨聲。政府如果馬上救濟災民，使災民都得溫飽，文藝自然不會寫他們的痛苦與怨聲。現在政府不去救災，硬要文藝寫災民如何愉快，這樣的文藝怎麼會不空虛而無力。這只是用最淺近的例子來說，在文藝的反映中，有時候是非常間接的。五四時代，許多文藝寫戀愛自由，不正是反映當時買賣婚姻制度之不良嗎？社會不謀改革，一定要文藝表現戀愛已經自由，這不是因果倒置了嗎？

文藝也許是苦悶的象徵，可是多數人的苦悶正是社會病態的徵象。倘若政府要知道社會病態在何處，倒是應該看看文藝所表現的內容才對。這正如醫生聽到病人的呻吟與抱怨，要問問病人痛在何處一樣。硬叫病人不呻吟，而說他並無病痛，那麼這個病人死了也許還不知死於何病呢。

如果有絕對自由的文藝，那麼文藝協會的工作，大可以統計多數文藝所表現的是什麼，由此而發現人民的疾苦而請當政者改善之。那麼政府支持這個文藝協會還是有意義。如今，文藝協會不斷地傳達政府意向，要文藝對政府鼓掌，那麼這文藝怎麼還會有什麼生氣，一本本書不過是幾個公式與幾個口號的換來換去。多聽多讀，自己也覺得不過是同樣的掌聲，剩下的就是無底無底的寂寞。

要想在公式中插一點新鮮的花樣，那就總無法被變態心理所支配，不外是無愛的調情，與無靈的色情而已。否則就流為變型的劍俠小說。在文藝協會中喊喊口號，唸唸有詞，反共制敵於千里之外。這雖也可說是健康的，民族的與樂觀的，但與文藝有什麼關係呢？

文學審查與文學統制

蘇聯作家索辛尼津致第四屆全蘇作家大會的公開信，裡面談到蘇聯國內文學的命運與作家的命運，同中國的文學與作者比較起來，覺得這也正是反映了兩個政治上的異同。

這篇公開信，並沒有詳細談到現行的蘇聯當局的控制辦法或管理文學的制度，但我們從他的公開信中，可以看出大概的一個情形。

第一、是政府有一個審查制度，是由一個叫做「文學審查局」來「批准」的。批准的才能出版，不批准的不能出版。

第二、新作家的作品交給「文學審查局」審查，在審查過程中，如果有部分的不合標準，則要求作者刪改——有的整句刪改，有的整段刪改，有的整章或整頁刪改，作者遵命刪改後，才有機會把它出版。成名的作家似乎不需要這樣，但「一生不斷地」受到報刊和黨團組織的謾罵和攻擊的很多。

第三、文學青年把處女作送去審查，目的在謀出版，如果內容為當局所不滿，則依程度的差別，可能被捕而進警察局或消失在集中營中。

第四、蘇聯的作家協會會章中，提到「保護版權」與「採取其他措施保障作家權利」，但作家協會成立三十多年來，不僅沒有保衛過「其他權利」，甚至也根本沒有保護一些受整肅的作家的版權。

第五、當一個作家被謾罵攻擊之時，作家協會的機關報並沒有為他們申辯或澄清事實，反而參加他們的攻訐。

索辛尼津透露了上面這些事實。他於是大聲疾呼的說：「……不能反映社會的痛苦和恐懼，不能反映人民所受到的壓迫和欺凌，這根本不是文學，而是宣傳品。這種『文學』使人民不屑一顧，從印刷所出來的只是一本本裝釘精美的廢紙而不是讀物。」

他於是建議大會提出決議要求當局廢除檢查制度——公開的和不公開的一切檢查制度。

審查制度，國民政府在重慶時也曾有過，那時的名稱大概是「圖書出版審查委員會」，主任是潘公展，他部下兩個大將是姚蘇鳳與魯覺吾。下面自然有許多審查員。姚蘇鳳是聰敏人，他一直不肯找這件吃力不討好而得罪人的事情，但他是潘公展的舊人，潘公展一定要他幫忙，他也就沒有法子擺脫。魯覺吾，則由此而認識文壇人士，疏通轉圜，洽商折衝。魯覺吾由此也寫點「作品」，算為一個「作家」。

當時有地位的作家都是直接與他們商洽，下面審查員所審查的大概都是些未成名作家的作品。所謂左翼作家，當時有一個團結的勢力的暗流，他們可以用黑社會的辦法捧出一個作家，也可以打擊一個作家。所以像姚蘇鳳、魯覺吾這樣聰敏的人，就用聯繫的方法來疏通，比方有一個左翼作家的作品有什麼不妥，他們就請這個作家吃茶吃飯，商請他修改幾點，使他們容易辦事交代。所以當時的審查辦法，在執行方面雖是複雜曲折，但終算可以使當局滿意。

索辛尼津所透露的蘇聯審查情形，所謂「成名作家」作品的出版與未成名作家作品的出版之不同，我想也正是同我們重慶時代相倣的。至於重慶時代的未成名作家作品之被審查，刪節章、頁、段、句，自然是常事，但作者因之而交給警察，或被送入集中營的，則是絕無僅有之事。因為審查員只處理作品「通過」、「不通過」，他們並不與警察公安有什麼聯繫的。

重慶時代國民黨的審查制度，目的是在防止共產主義思想的傳播，但共產黨的宣得並不在傳播什麼馬列思想，而是宣傳「第八路軍抗日勇敢」、「中央政府腐敗」之類。當時「八路軍」是中央政府編制下的部隊，說它的抗日忠勇，當然是沒有錯的。說「政府腐敗」之處，在某一限度內，只是要求政府改良內政。中外的文學作品，本是批評人生的，對於現實的批評，原是文學的使命，所以如果你要「文學」，多數是無法刪改，也不應刪改的。

因此那個當時的圖書出版審查委員會的工作，對別種書籍是否有效果，我們不知道，對文藝作品則是失敗的。還有一個原因是所謂審查工作，到現在還是沒有電腦能代替人力，而政府並不能用高薪水去聘請真正有學力的人。普通審查員不過是一個低級公務人員，他所能「審查」的，往往是一句一節雞零狗碎的小處，而對於整個作品的精神之「反」與「正」，反而無力去注意。因此其效果往往是為作者所訕笑。年輕的作家，因作品之被誤刪誤改，起了反感，結果是被共產黨方面吸收過去。

索辛尼津所說蘇聯的文學審查局的審查員，大概也不外是下級的幹部，其「審查」能力也是可以想像的。

勝利後，國民政府廢除審查制度。但因為沒有審查制度，作家們似乎自由，但有害怕。當時真正為共產黨宣傳的人，因先有準備，所以出版後即可遠避災禍，而不懂事的年輕作家，則往往被誤會「叛逆」，結果又是被逼而投入左派陣營。至於出版家與書店則反覺得有審查制度比沒有要方便。因為有審查制度，出版後有什麼錯處，是官方的責任。沒有人審查，出版人要負責，這就隨時可以出事了。

共產黨統治大陸以後，不再用審查制度，而用批評與自我批評的方法，這就是利用作家互相審查，而黨則坐收實利。所謂作家互相審查，也就是把作家都僱用為審查員，把審查員則都封為作家。把審查員與作家化為一體，這當然是最惡毒的一種統制。從此，作家協會、文藝協會也就是審查員協會與審查協會，從此也再無所謂維護作家的權益了。因為作家的權益也就是審查員的權益，也就是幹部的權益。

照這個辦法，應該是最嚴格的統制。但是可怕的是誰掌握了這個統制，誰就慢慢的有勢力去篡「大位」。所以當上級有明爭暗鬥之時，這個協會的鬥爭也最尖銳。控制既是從上到下的事情，歷代帝皇都要兩種勢力的平衡，與兩個派系的對立。如果變成了一個勢力，落於一個人之手，就很可能有與獨裁者對抗之力量了。真正聰敏的獨裁者，在封建時代用將相對立的辦法來統治；在共產黨中，向來是軍黨的矛盾中來統治。在文協作協中，則是文學與黨義的對立，或者說是紅與專的矛盾，如果這些矛盾被消滅了，大權就落於某一派的人，上級就會有難於指揮之感，那就只好組織紅衛兵來奪權了。於是這群原以為幫閒幫兇幫得好好的人都一一倒下來了。

台灣的辦法並沒有大陸的嚴格，但它懂得分而治之的道理，就是讓不文的文人來領導文人。這些張道藩、陳紀瀅之流都事「文」而無成的人，文而無成使之冒充文學家來領導文學運動，這無形之中與真正文學工作者是對立的。因為這個對立，作家們變成沒有法子有集會與組織。而文藝協會的組織則在黨幹的手裡，這也就是在「審查員」階層的手裡，於是文學與協會就變成兩件事。一方面是台灣的認真寫作的文學工作者看不起文協，而文協的理事們則是包辦了一切文學的活動。一個外國作家到了台灣碰到的都是文協的理事，而獨獨看不到一個懂得文學的作家，他到了香港後竟說台灣沒有作家而只有文化官了。

在台灣，作家表面上都是文協的會員，但在文協上活躍的永遠是一些「審查」分子。張道藩一再號召以寫實主義的手法創造反共的戰鬥文藝，可是台灣文藝的主流是：上流者是現代主義的模倣者，有一位華裔美籍教授說這些是「跑龍套文學」，下兮者則是軟弱無力的通俗電影小說。還有一批留美小說家則寫留美小說，永遠是留美華人的留美、戀愛、結婚問題。

文學在獨裁的政權下。似乎到處都是枯萎稀薄空虛。

可是蘇聯竟還有作家胆敢寫公開信給全蘇作家大會。而中國，無論是台灣與大陸想有寫這種公開信的作家都是不可能了。這與其說，這是中國人之「明哲保身」的軟弱無能，不如說，蘇聯的獨裁程度還是遠次於中國。

當一個民族的文學口號勝於內容的時候，這個民族的文學就要等在民間重新發芽了。

一九六八，六。

水泥縫裡的小草

我以前說過，文藝是大眾靈魂的光照，「它會在各種形式之下發芽與崛起，正如有泥土的地方就有花草一樣。特務文藝的工作是要鏟除這些花草。他們在泥土上澆水泥，造牌樓，裝霓虹燈，固然一時可以使大眾文藝絕跡，但只要這水泥有一絲裂痕，頑執的綠草就會伸出頭來的，除非你不斷地澆水泥，否則綠草雖微，數量可多，它會彎曲地從崩裂的水泥裡挺出，最後把水泥衝開，當牌樓大柱朽爛的時候，那滿地小草野花已經蓬勃了。」

蘇聯的作家們被要求正確的「黨性」，可是蘇聯的作家竟也是人，他們雖是數十年在「火熱的鬥爭」裡生長，但是仍不免有不正確的意識，這原因正是我以前說過的：「……但是文藝創作，因為是作者性靈或意識直接流露，雖然可以不斷地歪曲與矯揉造作，但仍難免露出自己真實的感情與思致，所以理論與談話可以十分有『正確』的黨性，一點不違背黨的要求，而在創作上就流露出作者的『自由意念』。……」

因為文藝在創作上不免要流露作者的自由意念，而這自由意念，作為文藝，又總是不滿現狀，於是，雖是在蘇聯，在緊封的水泥裂縫中也就伸出野花小草來了。

蘇聯幽默性周刊《鱷魚》裡有一幅漫畫，正是一根生自水泥裂縫裡的小草，它使我們知道蘇聯的作家是怎麼樣在寫作的：

「在一張書桌上高高地堆著寫作材料，一直高到與高入雲霄的氣象風針相齊，風針是四支筆組成的。下面坐著一個戲劇家的面露傲慢的祕書，她告訴來客說那位劇作家不在家，她說：『當沒有風的時候，他是無法寫作的。』」

這就是說，作家必須靜俟風向方才動筆，這在中國成語裡叫做「看風使舵」。

善於「看風使舵」的人，應當是不會錯誤了吧，但是也不盡然，儘管你有祕書或速寫員，寫一本書總也要幾十天的工夫吧？等你寫好的時候，偏偏風向轉動，你的書也就前功盡棄了。說明這事的，有另外一朵水泥縫裡伸出來的小草，蘇聯作家瑪列契夫斯基（Malishevsky）所寫的一個有插圖的小寓言，這寓言說是有一隻兔子從狼那裡領了安全證，以為那安全證給狼看了就可以安全了，但是狼要看它上面的簽字。

「那是你自己簽的字呀。」兔子說。

「這是什麼？」狼說：「讓我看看簽字上面寫些什麼？」

「這也是你自己寫的呀。」兔子說。

狼把這安全證細察一下，他否認曾經簽寫過這樣的東西，於是撕去了那張安全證，一口就把兔子吃了。

有簽字的安全證尚且是這樣出爾反爾，更何況沒有簽過字的風向呢？

瑪列契夫斯基寫過這類小寓言很久，也許有人給他簽過安全證吧，但是這個寓言竟成讖語，發表以後，也就再不看見他寫什麼了。

瑪利契夫斯基既然知道蘇聯的文壇是怎麼回事，為什麼他還敢於寫這樣的東西呢？這正是我所說的一到文藝創作，作者想不露出自己真實的情感與思致是不可能的。儘管他想如何矯揉造作，儘管他在言論上可以「看風使舵」，但一到創作的境界，他自己的個性就有意無意地顯露了。

這就是為什麼蘇聯的作家竟沒有一個是不犯錯誤的。而一直在所謂共產主義國家生長的作家們，竟隨時都拖出資產階級意識的尾巴，我有時就想到這尾巴，如不是美英的特務為他們裝上去的，恐怕竟是所謂人性裡由生而來的，正如他由生而來的生殖器一樣的平常。

但是，當獨裁者看到小草野花的時候，他一定會覺得這樣下去水泥是會崩潰的。他馬上要澆新的水泥。

如今，蘇聯終於又有文藝整風的運動了。就在瑪列契夫斯基的寓言消失以後不久。今年四月蘇聯的黨與文藝報紙上開始打擊兩個得過斯大林獎的創作家了。一個是安那托里蘇洛夫（Anatoly Surov），是《太陽升到莫斯科》的作者。《文藝報》說他沉湎於酒，生活糜爛。一個是尼珂雷維脫（Nikorai Virta），《青年真理報》說他拐誘青年團的團員為他建造奢侈的房子，圍著華麗的籬笆。維脫就在那裡，過著革命前地主的生活。他的太太，性好騎馬，每天馳騁郊外，那裡許多農婦正在彎腰工作。這些攻擊，涉於個人生活。倒使我們可以看到，蘇聯的紅作家不但在意識上是沒有服從人民大眾；而服從人民大眾的，在生活上也並不是服從人民大眾的。不到一個月以後，這兩個作家同另外兩個無名作家被作家協會開除了。

五月底，《真理報》打擊威拉巴拿佛（Vera Panova），她以《工廠》一本小說著名，如今出版了一本《一年四季》。《真理報》說：「小說裡的英雄們在生活開始時，正是蘇維埃執政的初期，都有活躍的性格，但一到近代與現在生活，這些英雄們的行為就被寫成抱怨與萎縮。」列寧格勒的作家們被召集聽取報告，謂許多青年作家都受了《一年四季》的作者威拉·巴拿佛的影響，顯出小資產階級與感傷的成分。

最奇怪是這本書出版時，各報曾給它好評。官報《Izvestia》還說：「這書名正是對讀者暗示，書中的英雄們的行為是最自然的，是我們也同樣會經歷的無可避免的過程，季節的過程，要經過冬春夏與秋的過程。」可是現在《真理報》叱責它說：「人民不是五穀，把他們放在春夏秋冬裡活動可說是毫無意義」。

「看風使舵」的作品，如果在出版時風向未變，這當然可博得好譽，可是，出版以後，風向一變，舊賬重提，還是無法討好。這因為還有「看風使舵」的批評家，一看「風向」變了，他很容易就從舊賬裡找出新罪，以表示他的「前進」與「正確」。

佐令（L. Zorin）的《賓客》一劇，是在《舞臺雜誌》發表，曾在列寧格勒與莫斯科上演，頗得好評。西蒙諾夫（Koustantin Simonov）亦曾稱讚此劇，但當官方叱它為惡劣的作品以後，據六月三日《文藝報》（Literary Gazette）的報告，西蒙諾夫在莫斯科劇作家的集會中，就叱該劇「不正確的傾向」了。

六月十五日的《文藝報》，愛倫堡（Ilya Ehrenburg）的新著《雪溶》也受到批判。七月裡，西蒙諾夫就說愛倫堡：《雪溶》是寫「陰暗背景裡一群憤世嫉俗的人民」。西蒙諾夫的「看風使舵」的批評，就是一個最好的例證。

最近《文藝報》的編輯佛多符斯基（A. T. Tvardovsky）以文藝批評路線不正確之罪被裁撤了，西蒙諾夫任了《文藝報》的編輯。

《新世界》的編輯們也受到打擊，說常刊載不正確與有毒素的文章，而忘卻了所謂一切減弱社會主義意識形態就是增強資產階級意識形態的影響。

政治文藝雜誌《十月》的主編與編輯也因「不負責與不健康的態度」而被裁撤。報上不斷地說，人民已經不能容忍這些毀謗侮辱蘇維埃生活的作家與批評家了。

縱觀這些整風的動態，可以看到經過這數十年所謂「在火熱的鬥爭生活中」成長的蘇維埃作家們，得過斯大林文藝獎，被譽為「人民靈魂的工程師」的小說家與戲劇家與官方雜誌的編輯，竟隨時都可有資產階級的意識而毀謗蘇維埃的生活，這不是很可笑的事情嗎？

論者以為這些被清算的作家，似乎有一個共同的傾向。他們頌揚過去的革命所懷的一個理想，而認為後繼的人，理想已完全消失，只是奪取權力。這是使官方憤怒的主因。官方以為權力就是使蘇維埃每個男人與女人興奮愉快的希望，「我們人民以不動搖的信任與溫暖忠誠的愛來看待我們人民的權力的」，這是他們的話。但是人民的權力竟不在人民的手上，如果文藝是人民生活的反映，那麼所反映的文藝又是多麼不滿現狀呢？別的國家裡還有資產階級，可是蘇聯不是早已沒有資產階級了嗎？這些作家們所反映的不正是人民的生活嗎？

其實這權力就是水泥，花草既然是從水泥縫裡鑽出來，它自然是反權力的。但是像蘇聯這樣的國家，這水泥怎麼也會時時有裂縫呢？

第二次大戰的時候，蘇聯要盟國援助，要人民打仗，文化統制以愛國為第一，那時候水泥有了裂縫，所以有一九四六年到一九四八年的整風，整肅了不少作家與編輯。這一次裂縫又是怎麼來的呢？據了解內幕的人的報道，蘇聯在斯大林死去，貝利亞被殺後，好像有兩種不同的暗流在摩擦，這摩擦，外人當然很難知道，但反映在文化上倒有痕跡可尋。

頂明顯的是過去幾個月來，大受報紙攻擊的生物學家李森科，仍舊在任農學院的院長，而且不斷地有農業生物學方面的報告發表。這正是說明李森科的後臺有人，而反李森科的後臺也是有人的。

其次是被日丹諾夫清算的佐琴科（Zoshchenko）同巴士端納克（Pasternak）近來居然又有作品發表了。可是在列寧格勒所召集的作家集會中，即上面所說的為報告《一年四季》作家威拉巴拿佛的不良影響的那個集會中，佐琴科又被重新批判。這也正是說明，發表佐琴科作品的後臺是與叱責佐琴科的後臺有不同的主張。這些後臺的關係，大概就是水泥裂縫的由來。可是最近的風向，似乎一方較為得勢，這一次整風運動正是澆一層水泥的工作。走的將仍是日丹諾夫的路線。

《文藝報》推薦政治要員日丹諾夫來領導這一份整風的工作。因為一九四六到一九四八年黨對於文學音樂舞臺與電影的決策也是日丹諾夫（Andrei Shdanov）來領導執行的。

待這一次水泥澆好以後，閒草野花怕又要隔許久才能出現了吧。但是只要這水泥有一絲裂痕，頑執的綠草又會伸出頭來的。

這因為文藝是大眾的，文藝的本質是不滿現狀，它永遠是與統治的權力相對峙的。

大陸文藝的命運——《當代中共治下的文壇》序

一

在資本主義社會中，財富似乎可以代表一切，有了財富，什麼物質的與精神的東西，都可以獲得。在極權的社會中，權力就可以代表一切，有了權力，什麼物質的、精神的東西也都可以獲得。但是在資本主義社會中，財富不是絕對的東西，財富雖可以買到一切物質與精神的東西，但沒有財富，也仍可能有某種物質或精神的東西。因此也有人可不喜愛財富，而專愛某種物質的或精神的東西。但是在極權社會中，權力則是絕對的東西，沒有權力，那就任何物質的或精神的東西都無法保留了。再則，在資本主義社會中，財富可以從各個角度獲得，可以從許多不同的途徑獲得；一個工程師的發明，一個藝術家的創作，一個電影明星的成功……都可以走到富有的階梯。但在極權的社會裡，權力的獲得，則只有得上級的信任。因為要得上級的信任，所以第一就是要有諂諛的本領，第二就往往要讒害儕輩。

中國以前所講的名利，以為這是人所追求的兩大目標。這個「名」所指的其實是科舉時代的「功名」，這「功名」即是作官的捷徑，是「權力」的泉源。到了把「名」用作「沽名釣譽」

的名，也即是出「名」的名，於是有名妓，名女人，名人，名作家這一類名稱。其實這一類的「名」，都是財富可買的東西。至於功名的「名」則正是權力的代表。

在資本主義國家中，財富有時雖可以購買權力，但權力是分散的，因此這權力有牽制，財富有平衡。在極權國家中，權力是集中的，只有上下的管轄，沒有並列的存在。

這集中，在中共就是所謂「政治掛帥」，一切的標準放在「政治」的標準下，政治的標準就是「正確不正確」，而這「正確不正確」則並沒有客觀的標準，是由有「權」的人來審定。這也就是說，誰有「權力」，誰就可以審定「什麼」是正確，同「誰」是正確。

由於這種種原因，權力在極權社會中是非常明確而現實的一個東西，人人都想爭取而必須爭取的東西。多一分權力，就多一分「正確」，多一種權力，也就多一種「正確」。

有了這些基本的常識，我們再來看中共治下大陸的情形，我們可以有比較清楚的面貌。這自然，所謂「文壇」也不例外。

把共產主義當一種學說是馬克思時代的故事，到了列寧時代，共產主義實際已只是「策略」的問題，一般批評共產主義的人們仍把它當作學說，這就陷入於浪費時間的爭執了。

到了「中共」，共產主義只剩了「毛澤東」，策略也變成了「戰術」，整個的運動就是一個保衛政權。《人民日報》的社論有話：

革命的根本問題是政權問題。上層建築的各個領域，意識形態，宗教，藝術，法律，政權，最中心的是政權。有了政權，就有了一切。沒有政權，就喪失一切。因此，無產階級在奪取政權之後，無論有著怎樣千頭萬緒的事，永遠不忘記政權，不要忘記方向，不要失掉中心。……

這是最坦白沒有的一種自招。所謂「無產階級」，一縮小就是共產黨，再縮小就是毛澤東，至於真正的「工」、「農」，實際都是被奴役著在為少數統治者在生產。

政權是「萬權之權」，有了政權，就有了一切。一忽兒自稱為「無產階級」，一忽兒自稱為「統帥」，一忽兒又自稱為「太陽」，一忽兒又稱為「導師」，一忽兒又稱為「舵手」，都是一個人，一個掌了「政權」的人。

這政權，照馬克思說法，是到了無產階級手裡，就有一段時期變成無產階級專政。共產黨專政了，就掛上了無產階級招牌。毛澤東專政了，應該說他是無產階級才對。但「階級」究竟是一個多數人的名稱，毛澤東先生只有一個人，於是不得不說他是無產階級的「統帥」、「導師」、「領袖」、「舵手」。

這一變不要緊，無產階級在哪裡反而找不到了。

二

毛澤東先生找不到無產階級，他第一步懷疑馬克思，馬克思什麼都對，就是沒有說到無產階級專政後馬上就沒有了無產階級。

於是有一天，他悄悄的問江青女士：

「親愛的江青同志，我的無產階級呢？我的忠勇的樂觀的可以不吃飯而不瘦，不穿衣而不凍，見牛糞而覺香，讀到我著作而呼萬歲的無產階級呢？」
「無產階級，親愛的主席，你是不是說工農兵？」
「是呀！」
「不是都在工廠裡，人民公社裡與部隊裡嗎？」
……………
毛澤東先生第一天巡視了五十個工廠。
但是他只看到了一群一群的奴隸，他們都是呆頭呆腦，視若無睹，聽若無聞；吃飯而永不胖，穿衣而仍抖索，呼萬歲如長吁短歎，跪拜後就站不起的人群。
毛澤東先生不認識他們！可是左右告訴他這就是他的工人，是國家的主人。
「胡說，胡說，他們那裡是無產階級！無產階級都是英氣勃勃，興高采烈的人們，這些一定是正在勞動改造的資本家！」
……………
毛澤東先生第二天巡視了五十個人民公社。
但是只看見一群一群的奴隸，他們都是呆頭呆腦，視若無睹，聽若無聞；吃飯而永不胖，穿衣而仍抖索，呼萬歲如長吁短歎，跪拜後就站不起來的人群。
毛澤東先生不認識他們，但有人告訴他這就是農民。
「胡說，胡說！」他們怎麼會是農民？我們的農民應該是衣豐食足，滿面紅光的人群，那些一定是勞動改造的地主！」
……………

毛澤東先生第三天巡視了部隊。

部隊裡的兵士，每人手抓《毛語錄》呼萬歲。

毛澤東先生想：

「大概無產階級都在這裡了。」

「你們倒真是我的忠勇的偉大的無產階級。」

「主席過獎，我們都是在勞改的資本家與地主，今天從集中營放出來歡迎你老人家的。」

「你們倒對我叫萬歲！」

「我們怎麼敢不叫，不叫他們明天就停發囚糧了。」

「那麼我的忠勇的將士呢？」

「他們為響應生產大隊的號召，都到工廠裡與人民公社去協助生產了。」

…………

毛澤東先生回到了中南海，他非常失望地問江青同志：

「那麼，我們幸福的、積極的、樂觀時、戰鬥的、充滿革命精神的無產階級呢？」

「長征中死去一些，被資本主義思想毒化了一些，被修正主義思想腐蝕了一些。還有一些正在那些奴隸們的肚子裡，大概明年都可以生出來了。」

毛澤東恍然大悟，於是拍案大叫道：

「那麼快叫他們創造呀！那些詩人，那些作家，那些小說家，那些戲劇家呢？都到哪裡去了？難道在無產階級當家的今日，還是在寫小資產階級與資產階級的玩意嗎？難道在無產階級當家的今日，還在扮演公侯將相，才子佳人嗎？那些畫家與雕刻家又到哪裡去了？難道還在畫製封建時代的人物與玩意嗎？

「快叫他們創造，創造忠勇、樂觀，可以不吃飯而不瘦，不穿衣而不凍，聞牛糞而覺香，讀我的著作而興奮的無產階級。

「創造熱愛祖國，熱愛無產階級，不怕艱難，不怕貧窮，一心一意興高采烈的叫我萬　的工農兵。

「叫舞台上的封建的才子、佳人、皇帝、公侯都下來，讓我心愛的無產階級上去；叫一本一本充滿知識分子小資產階級的書都毀去。讓大家寫出我心愛的無產階級的書。

「不演積極的樂觀的無產階級英雄的戲劇家導演演員都是資產階級的走狗！

「不寫勇敢的無私的無產階級英雄的詩人小說家都是修正主義的奸細。

「不畫幸福的健康的無產階級英雄的畫家與不塑戰鬥的革命的無產階級英雄們的雕塑家都是反動的資本主義帝國主義的特務分子。」

……………

三

十八年來，毛澤東一直要文藝工作者創造理想的無產階級，但是文藝工作者都無法完成這個艱巨的任務；於是有些被認為意識不正確，需要同工農兵一起生活，一個一個被下放了。有些被認為是反黨反革命，一個一個被囚禁了。有些被認為是美帝的特務，一個一個被誅戮了。……

這十八年文壇的歷史，說穿了不過是這麼一個簡單的故事。但是為何道許多聰明的、有智慧的、有天才的作家與藝術家們竟都無法完成毛澤東的任務呢？是他們不了解毛澤東對他們的要求呢？還是了解它而故意違反它或竟是不贊同呢？還是他們對於共產主義的文藝真是別有理想呢？

要談到這些問題，會牽涉許多歷史的理論上與事實上的問題。但是這些被清算與鬥爭的人們的基本錯誤則是在他們相信了中共的共產主義。如果一個頭腦清楚而又有點智慧的人，他從中共的教條中，不難看出如果徹底執行這些教條，所謂文學藝術這東西是根本無法存在的。

徹底相信中共的共產主義，而仍以為應該有文學藝術的創作，這是一個矛盾盲目的迷信。但在發展過程中，文藝工作者陷入於盲目的迷信，是有他們的原因的。

他們第一是上了馬克思與恩格斯的當。

在馬克思與恩格斯的著作與傳記中，他們對於古典文學與藝術都非常尊敬，而且有自己特別愛好的作家與音樂家。他們的說法，是這些文學藝術的享受，因為社會經濟不平等，所以無產階級無法共享。他們相信革命成功以後，無產階級也就可有教養與閒暇來欣賞這些藝術了。

他們第二是上了列寧的當。

列寧在實踐共產專政後，他馬上發現了黨的專政會殘害了文學，所以他在一九〇五年寫的〈黨的組織和黨的文學〉一文中說：

> 無可爭論的，文學事業不允許機械的平均劃一，少數服從多數。無可爭論的，在這種事業裡無條件地必須保證個人的創造性，個人所愛好的廣大領域——思想和幻想，形式和內容的廣大領域。

這自然使人以為文學藝術至少可以有一點個別的發揮了。

他們第三是也上了蘇聯的當。

蘇聯在斯大林時代雖是已少任何創作的自由，但是古典文學、歌劇、芭蕾舞劇一類的傳統東西都同樣存在，即以史坦尼斯拉夫斯基派的戲劇上貢獻而論，他在藝術創作，無論在形式與內容上都保存有相當廣深的自由。

他們第四是上了毛澤東文藝理論的當。

毛澤東在〈在延安文藝座談會上的談話〉特別強調文學藝術應為工農兵服務，文學藝術既應為工農兵服務，那麼自然會相信反映工農兵的痛苦與哀怨是文藝工作者正當的任務了。

上述四種的「上當」，正是中共十八年來被清算鬥爭的作家藝術家們所跨入的陷阱。他們所堅信「黨」的「應當」的路線，同現實的路線這樣不一致，則是他們無法了解的事。

因此他們相信這是受蒙蔽了「黨」的一群文壇上「當權派」的把持。他們必須推翻這些文壇上「當權派」，由自己來掌握「政權」，才可以實現他們文藝上的理想。這就是派系鬥爭的意氣及情感，綜錯地滲雜在各人文藝的理想之中。

因為「權力」的重要，在文壇上所表現的，所謂文藝理論或信念，不過是爭取權力的一種武器。當權力掌握在手時，保衛「權位」仍是第一要務。在不擇手段的戰術下，所謂理論與信念往往又無法兼顧到了。因此，我們在旁觀者看來，好像「非當權派」的見解比較傾向於自由，實際上當他成為「當權派」之時，也同樣的會以擅專的手段去壓抑異己者的「奪權」的。

再進一層看，則這些都是應該說有教養的人群，可是在鬥人的時候，幾乎都是千遍一律的惡毒與陰狠，總是要把最重的罪名加在被鬥的人頭上去。這點則是最令人不解的。唯一可解說的，就是某方如不趁此鬥死對方，對方就將會反過來鬥死某方。

但事實上也往往並不如此，在對方並無力爭取權位之時，某方在保衛「權位」上也總是不留餘地要置對方於死地的。這也許也竟是反映權位的重要。但似乎正是中共的一種傳統，自農村中鬥爭地主時起，就造成了這種作風，一旦被鬥，其罪名往往就是反黨、反革命、叛國、以及帝國主義的奸細等等。

自從文化大革命以來，當年「鬥人」的當權派，如周揚、邵荃麟之類，現在一一又被人鬥垮，而其罪名也正是他們以前「鬥人」時所加於他人的罪名。如果那些罪名都是正確的，那麼中共幾十年來的文藝政權竟都是操縱在反黨反革命的人的手中，這豈不是太可笑嗎？

這是從中共政治上的爭權的角度來看。從文藝看，那些敢於提出主張的，都不出上而所述的四種誤會。「人性論」也好，寫「中間人物論」也好，寫「現實」也好，都是感於文壇上的作品太僵呆死板，貧乏與公式化，希望有較多好的作品以及偉大的作品產生。而認為這是「新」中國所需要與「黨」所需要的。而他們那些人，也都是幾十年的老黨員，總想對黨國有點貢獻，所說所提倡的無非是希望中國還能有「文藝」這個東西。

文藝作為宣傳共產主義，這題材很多；文藝作為建設社會的國家這題材，自然也不少：文藝反映工農兵的生活，這也有寫不盡的題材。但文藝作為保衛政權，保衛統治，這就只有剩了「萬歲」、「萬歲」。而那些所謂「宣傳共產主義」、「建設社會主義的國家」、「反映工農兵生活」的題材就馬上都會有「破壞」統治顛覆政權的嫌疑。譬如小說裡寫一個幹部失職或有點官僚氣，你就是故意醜化黨的幹部的形象，你如果寫一個工人不努力，你就是故意醜化我們社會主義國家的工人，共產黨統治中國十餘年的現在，怎麼還有這種資本主義剝削下的工人面目？如果你寫點地主反動派的陰謀吧，那麼你也可能牽涉到「黨」的無能，因為「黨」如有能，不是早就發現而撲滅，又何來這些陰謀？在許多作品都被批判以後，出現了應該再無毛病的兩本作品，一本《紅岩》，是寫共產黨在紅岩這個牢獄中與當時統治者之對抗，書雖是不好，但一面寫敵人凶暴，一面寫自己忠勇；應該是不會有毛病了。一本叫《歐陽海之歌》，裡面寫歐陽海這個英雄人物，如何可以吃過人之苦，做過人之事，犧牲自己，餓不死，凍不壞，為同志服務，永遠樂觀積極，一心向黨等等，這樣題材，總是無疵可求了。兩本書都被捧為傑作，銷行數十萬本。但文化革命一起，兩位作家都被批判清算，有人說其中一個已經自殺。

這也可見保衛政權的文藝，是不可能有的了。

四

大陸「解放」後，初期並不是沒有產生過一些新鮮的作品。那時知識階級生活面擴大，年輕人跑了很多地方，新作家蓬勃地產生，作品的題材涉及各種勞動；各地活潑的，方言有的也很好的被吸收在作品裡。雖還無什麼傑作，也限於一定的公式化的思想，但題材之新鮮活潑與現實，至少是豐富了限於書房裡作家的內容。而也是在這些作品中，逐漸反映出農工的怨苦與黨幹部官僚化的現實；僅僅只是輕微的抓及，就馬上被黨方所壓抑與迫殺。這也就是「暴露黑暗面是只許對敵人」的教條，也即是可加以反黨與反動的罪名的。

此後就是一次一次的文藝整風了。

在早期的蕭軍一類整肅事件以後，第一次是一九五一年的「武訓傳」事件。這種歷史人物，頌揚或貶抑，本來可以用不同的角度來說，如曾國藩可以說是漢奸也可以說是忠臣；可以說是漢族敗類，也可以說是儒教功臣。照共產黨的教條是：「對於歷史人物，不能用現代革命者的水平來要求他們，但也不能從他的抽象的精神優點或缺點來判斷，所謂正確歷史觀點，就是要看他的行動和思想，是推進社會前進還是妨礙了它，是推動當時生產力向前發展還是阻礙了它？」如果根據這個標準，則有害於帝皇統治的行為都是「對」的，有益於帝皇統治的都是「錯」的。那麼一切當時的忠孝節義安分守已自然都是安定當時的統治的，也自然是反動的行動，而凡是對社會秩序道德有害的，諸凡殺人放火偷盜姦淫都是破壞統治的力量，因此也都是「對」的。

但另一個標準是毛澤東所說的為人民服務的話，即有益於人民的是「對」，而有害於「人民」的是「錯」的。這也即是說，能使人民飽暖安定生活的是「正」，使人民飢餓貧苦，流離的是「反」。這也就是說，凡使社會安定富裕是正，使社會貧困混亂是反。那麼這兩個標準顯然是剛剛相反。

因此，每一個歷史人物都可以有兩種說法。

武訓之沒有革命性，對封建勢力妥協，奴事統治階級當然是「反動」的。但也可以說，因為他之興學是為人民服務，所以他是「正面人物」。

武訓如此，海瑞如此，岳飛如此，秦檜如此，……毛澤東也是如此。

譬如紅衛兵之「造反」，在荼害人民講是「反面」的，但是在促進「統治」的崩潰則是「正面」的。兩面也都可以自圓其說。

唯物史觀既然肯定了歷史必然的演進，則破壞即「朝」的安寧與平衡，也就可說是促進歷史的進步，也就可說是使更接近「天堂般」的共產社會。而現在在大陸之一切所謂「反革命」豈不是也可解釋為一種「革命」，而促使社會再進一步嗎？

為什麼共產黨有解釋他們是「反」革命，想「復辟」資本主義而不是想創立更新的超越共產社會呢？

在策略方面講，說在「國民黨」時代，提倡武訓精神，是安定當時腐敗的社會，那麼在「共產黨」時代，提倡武訓精神，豈不是安定「進步」的社會嗎？

這也許正是一群共產黨同志們的「正面」用心，但沒有為毛澤東創造他要找的無產階級，則是事實。

第二次整風是一九五四年紅樓夢研究事件

當作家們的寫作，碰到了無法接觸現實之事，他們只好去寫歷史上的故事與人物；但歷史上的人物又碰到兩種標準，隨時可被批判之時，他們只好去做研究古籍的工作；但如果每一個文藝家都鑽到古典的東西裡去，則等於讓這些人隱於古藉，而可以逃避教條。

紅樓夢研究事件也就是要拉出躲在古籍裡的人們，面對文藝上的教條的一個教訓。

但是這個事件的發展非常複雜。因為《文藝報》的一批人對俞平伯的「研究」——一個代表胡適思想方法的資產階級立場的看法——很看重，而對於革命的新的作家「李希凡，藍翎」的對俞氏的批評文章則並不重視。因此就引起批判《文藝報》。對俞平伯的批判雖是龐大，但比較和善，對《文藝報》編輯者馮雪峰的批判就反而凶惡。

這情形很有趣，是很值得我們注意的。因為俞平伯並不是派系中的人物，鬥了他沒有什麼作用，而馮雪峰則與周揚打派系對立的關係，鬥了馮雪峰則他就失了《文藝報》的地盤，《文藝報》是一個黨的文藝刊物，是極重要的一個權力機構，誰能占領它，也等於領一個小王國。

馮雪峰被鬥時，胡風趁此批評周揚、袁水拍之容納朱光潛這種資產階級的美學思想，贊同徐志摩詩的格律等，而壓抑阿壠的詩論種種。

胡風的話，如果站在共產黨立場上說，當然是對的；因為俞平伯是胡適之型的研究，而朱光潛是國民黨青年團裡的人士。周揚、袁水拍等既批評《文藝報》之容納俞平伯，壓抑李希凡與藍翎，何以自己竟捧朱光潛、徐志摩而壓抑「追求革命十多年的革命作家」阿壠。

這一下子，使周揚與袁水拍發動了徹底來清算胡風。

這就是一九五五年鬥爭胡風集團的事件。

以後是黨組肅反丁玲、陳企霞；丁陳認罪，也就算過了關。

一九五六年，中共掀起大鳴大放，各方面暴露了無數的黑暗面。

一九五七年全國作協黨組召開整風會議，丁玲在會議中攻擊領導上的宗派主義，企圖反一九五五年的舊案；但被周揚等當權派用擴大會議的方法壓倒，丁玲、陳企霞就徹底的被清算了。

以後就是反右派文藝運動。一九六〇年出現了反修正主義運動。一九六四年以來，就有新整風運動。

這一連串的整風與鬥爭，變成了全部十八年的文學史。我們在本書中對這些經過與原委有許多詳細的敘述，我這裡之所以還要概要的提一提的，是要說明這些鬥爭都是爭權與保衛政權的一種反映。

爭權是文藝界人士之爭「權位」，保衛政權則是上級的指令，如鳴放後的整風。這裡我們可以看到，在每個整風時期，奉到命令的人是多麼誠惶誠恐的想邀功爭寵。他們個個都儘量表現自己的「忠」於號召，而「狠」於搏鬥。這群人幾乎都是像獵狗一樣的「忠」、「狠」。一聲哨響，就齊集一起而對「目的物」狂嚎窮追。

在我所認識的人中，能放棄這種角逐，跳出圈外的，那只是早就改行，在文化圈外就個微職，苟全性命於亂世的人。但是這只是限於原本對所謂共產黨事業沒有興趣的人。在黨的內部的組織中的人，大概是非鬥不可的。不鬥就會被目為是與「目的物」同黨的人。這正如農村的鬥地主，不鬥的人就會被認為地主的走狗或黨羽一樣。但奇怪的是，也有局外的人，竟想趁火打劫似的，希望在「鬥人」的場合表示「忠」、「狠」，以冀「主」寵，想由此而分得點權位的。這則是我非常不解的事情，大概也是「權令智昏」的慣例。

五

所謂三十年代的作家，親親疏疏我都可算是認識的。有許多人的表現，實在出人意料以外。如馮友蘭，他是教過我書的師執，但是他在中共治下這種表功邀寵想擠入「當權派」的面貌，真令我毛豎肉麻。如朱光潛，我同他通過信，我總覺得他是有點「書卷氣」的人，但當他寫清算胡風的文章所表現的，則顯出一面是太監型的面貌了。我倒不是說，在中共的淫威下可以拒寫這類文章，而是說這類批判人的文章大家只是八股式的敷衍塞責而已，何苦還要別出心裁的去向當權派獻媚呢。

批判胡風的還有一個葉淺予，這也是我很熟的人，他的文章就較為八股化，一看就知是應命之作，恐怕連題目還是《文藝報》編者加的。在最近六月份《生活雜誌》上，看他戴著紙帽跪在地上的照相，心裡有很多感觸。我想人家也一定正以他罵胡風的一套八股在罵他了。

在那張照相中，跪在葉淺予旁邊的還有劉開渠，他是學雕塑的，我在杭州友人家碰見過他，那時他在杭州藝專教書，已經是很左傾了；一面孔擺著「前進」的氣概。

胡風在我的印象中，是有點領袖慾的人，但不像他文章裡的如此貪權。我現在回想當時左聯裡的人，覺得都有一種「英雄」氣概，不是想「打擊」人就是想「爭取」人。他們幾乎很少可以與人彼此尊敬，各就所好的和平共處。他們對人都要一種非同志即敵人之意。我是一個曾經被爭取過也被打擊過的人；我同朋友來往第一是不管人家的思想，第二是不干涉人家的服裝，第三是不注意人家的太太，因為我覺得這些都是私人的事情。每個人可以有自己的思想與見解，正如每個人可有他不同的面孔一樣；每個人可以穿他愛穿的衣服，除了自己家裡的人外，別人穿衣服同我有什麼關係？因此我同各種各樣的朋友都來往，有的或者不是什麼好友，只是熟稔而已。在重慶時，我同夏衍見面，有時候也在一起吃飯喝茶，那一群朋友之中，不一定個個左傾，但對於唯物史觀是真理似乎都像有默契的，我一個人往往說出許多脫軌的話，因為我寫過一本《荒謬的英法海峽》，夏衍同我開玩笑，就叫我「荒謬的徐訏」，我有時叫他「瞎扯的夏衍」，這因為「夏」與「瞎」聲音相仿。大陸「解放」後，我在上海，他已經是官拜「華東區宣傳部副部長」，我一直沒有碰見他，有一次好像有一個熟友要去見他，約我同去，我拒絕了。

夏衍除了《武訓傳》事件中自我檢討後，到《林家舖子》電影才受到了嚴重的批判；文化大革命中，我也看到他跪在地上，戴著紙冠的照相。他比我似乎還大幾歲，也算是有三十多年「革命」歷史的人物了，竟同「荒謬的徐訏」一樣的，是一直在為「資產階級」服務！

對這類接觸往還過的人可說的事情很多，這篇文章當然不是想寫瑣碎的掌故，不過是感慨所及，舉例言之。我對於這些有一種真正信仰而為它努力，甚至不怕犧牲的人，我不但敬佩，而且羨慕，我一生因為很難對什麼發生「信仰」，所以有時很感到空虛。但信仰是自己的事，以為自己所信的是真理，強制人家來信，或對不信的人取歧視與敵對的態度，則是我絕不敢贊同的。儘管他們的動機不一定是壞的，但是對社會流弊太大。

中國因新文藝運動以來，一開始似乎就出現了「任務」性與「使命」性的文藝思想。這一方面是中國的所謂「文以載道」的傳統，另一方面則是新文藝運動，是同「愛國」、「救國」運動一同起來的東西。

「文以載道」，也可以說是文以「傳」道，載在那裡，是預備「傳」之後世的。可是到了佛教的「宣講」出來，「傳」道也變成「宣」道。到了左聯成立，「宣」道變成「霸」道，到統治了大陸，「霸」道變成「替黨『行』道。」

在五四運勤以後，新文學有兩派，一派是「為藝術而藝術」，一派是「為人生而藝術」，這原是各國都有的兩種文藝態度。

其實文藝本來是離不開人生的，但在表現的立場上似也可有，也應有「為藝術而藝術」的態度。關於這種理論，說法很多，這裡也不必細提。

但是為人生的藝術，當然是表現人生或是反映人生，可是中國，有「為人生而藝術」的時候，就說到「改造」人生或「指導」人生，以至「改進社會」。這就來了一種「教訓」性的「任務」與「使命」。

既然是「改造」人生，那麼向什麼方向去改造呢？是「指導」人生，那根據什麼指導呢？「改進社會」，向什麼方向改進呢？

這就碰到了作者的立場。如果這個作者以為人生要以「孝」為本，那麼他就要宣揚孝道。宣揚孝道，本沒有什麼，而因為有人不孝，就要口誅筆伐。這聽起來好像沒有什麼，孔子對於亂臣賊子，也是口誅筆伐的。

現在有人說，要中國強盛，第一要打倒封建道德、禮教社會，這也沒有什麼不對。在中國的禮教下，不知有多少人犧牲過。祖母一輩有從十八歲守寡到八十歲的；三從四德，抱神主結婚，買賣婚姻，女子沒有承繼權……諸如此類，不推翻這些，中國怎麼有希望。這自然應該擁護宣揚。

後來有人說，中國所以無法自強，是因為帝國主義的壓迫，要中國強盛，必須打倒帝國主義，這自是對的，大家雙手贊成。

再後來又有人說，要打倒帝國主義，必須聯合以平等待我之蘇俄，共同奮鬥，這當然沒有錯。

於是又有人說，要社會進步，貧富均等，必須實行社會主義，共產主義。建立一個「各盡所能，各取所需」的社會。這自然也言之成理。

這許多善意的企願與美妙的理想，有什麼不好呢？為這個偉大的目標而努力是多麼光榮啊！文藝工作者們，於是每個人抱這麼一張藍圖，押齊了步伐，組織一個「聯盟」。大家以「救世主」的面貌，對異己者「口誅筆伐」，從「文以『宣』道」走到「文以『霸』道」。

於是共產黨統制了中國。「無產階級」是中國的主人。他們脫：作家藝術家要變成無產階級並不難，只要你肯在勞動中脫胎換骨的改造，改造了，為我們的主人無產階級服務，為我們新中國的主人工農兵服務。

但是那時候大家找不到主人的無產階級，大家找不到主人的工農兵。無產階級不過是一群衣不保暖，食不保飢，萎頓憔悴的奴隸，工農兵不過是三群奴隸的代名詞。

那麼「主人」在哪裡呢？

於是毛澤東站起來說，「主人是我！在這裡。」

那麼那些應該是幸福的健康的自由的滿足的工農兵呢？

「這個，不是你們的責任嗎？你們都是文學家藝術家，你們是靈魂的工程師，你們應該去創造真正無產階級的英雄形象呀！」

「但是我們都是追隨了革命多年的文藝工作者，我們已經在努力把我們的筆在為工農兵服務了。」

「可是你們是小資產階級出身的，所以創造不出真正無產階級的英雄形象。你們必須去勞動改造，自我批評，脫胎換骨，從頭幹起。」

這就是這一群文藝工作者的命運！

六

這本書，我們所紀錄的是十八年來的文藝工作者的命運，也可說是中國文藝的命運。這些文藝工作者，他們的熱誠，他們的理想，他們的夢，他們的信念以及他們的欲望之產生、幻滅、摸索、失敗以至於死亡，是整整一代的中國優秀知識分子在一個可怕時代下的悲劇。

他們出身是一群傳教者，接看是一群戰士，於是變成了英雄，呼嘯上下，叱吒風雲，於是變成了一群獵犬，兇狠地噬過人，又變成了一隻一隻的羔羊，跪在地上，咒詛自己。

這是一群很早就宣揚天堂怎麼樣實現的先知。當天堂的夢幻破滅時，他們發現了自己已經跨入了地獄。

如今在人間的朋友，請再不要幻想天堂，也請再不要相信人家的宣傳，以為天堂只有他所說的一個。

我們是凡人。我們每一個人有一個不同的面孔，我們每一個人都有一顆不同的心。

宗教所宣示的天堂也許是齊一的唯一的，我們人間的天堂則存在在我們每一顆不同的心中，因此也是千千萬萬的、五顏六色的、燦爛繽紛的。那麼就讓在人間的凡人各人安居在自己的心中的天堂吧。

文章的難寫

因為文學派別太多，當我們說一篇文章的好壞因此就難有一定的標準。我們現在好像只能說我喜歡這篇文章，不敢說這篇文章到底是好是壞。但是我們如果把標準放低一點，從文章通順與不通順著眼，我們還是可以找出一個客觀的標準。

所謂通順與不通順，在文章上第一是文法的通不通，表達得順不順。第二是概念的層次是不是合情，想像與推理是不是合理，前者是屬於形式的，後者是屬於內容的。

屬於形式的是文法與修辭學都有詳細的討論，屬於內容的則往往與論理學及語言學有關。但合情合理實在是我們人類認識的理念上的一個共同基礎，如果人類沒有這麼一個共同基礎，那麼一切文化的累積與知識的傳流就都無可能了。

文章既然是表達作者的所感所想或所見所聞，那麼它的所表達的與作者想表達的應該是越準確與越清楚越好。如果我們發覺他所表達的對於作者想表達的不準確或者不清楚，那麼這就是文章的不夠通順。如果一位作者說，他所要表達的就是這個「不通」與「不順」，那麼除非他想傳達的意念可以使讀者了解「不通」與「不順」的價值，這文章的「不通」與「不順」也就代表了作者頭腦上的不通與不順。這仍然是有兩種可能。一種是作者的文字能力不夠，無法表達他要說清楚的意念。

這種情形，我們不但在日常普通文件或書札中發現，在許多稍有名望的作家中也時常可以見到。

下面我引的是連士升先生為黃葆芳先生畫集的序文：

……南洋是個銅臭很濃的地方，許多人對於繪畫都一竅不通，要他們來欣賞美術，自動掏腰包來買畫，恐怕不大容易。

在比較合理化的社會裡，藝術家應該得到最優渥的待遇。從前各國的宮廷或教堂，都是禮賢下士，提倡文化；甚至中國奸商也懂得培養一批騷人墨客，附庸風雅。現在各國科學院或美術館，對於美術的提倡，更是不遺餘力。我很誠懇地希望南洋的藝術家遲早也能夠得到這種待遇。

這兩段文章是好是壞，可以仁者見仁，智者見智。譬如從理論上講，所謂「藝術家應該得到最優渥的待遇，從前各國的宮廷或教堂，都是禮賢下士，提倡文化；甚至中國奸商也懂得培養一批騷人墨客，附庸風雅」來論證，實際上是不倫不類的。所謂「宮廷或教堂」所豢養的藝術家，實際只在極少數的「藝術家」，多數的「藝術家」，特別是天才的獨創的藝術家很多是弄得吃飯都成問題的。即以所豢養的藝術家來說，也只是低聲下氣奉命唯謹地活著，有什麼「優渥的待遇」可言？說到「禮賢下士，提倡文化」，又是「都是」，則許多文字獄，殺異教徒；禁止各種學說的歷史幾乎都被一筆勾銷了。至於中國的奸商，既是作者所云的「附庸風雅」，也不過對少數成名的藝術家稍表敬意，多數的藝術家幾曾得過「最優渥的待遇」？

但是這是理論上通不通的問題，不是本文所想談的。本文就文論文，即覺得最不通之處是在「現在各國科學院或美術館，對於美術的提倡不遺餘力」這句夾在裡面的句子。因為上面作者想論證的是「藝術家應該得到最優渥的待遇」，下面忽然談到「美術的提倡」，這兩個完全無關的命題，放在一起，顯得真有點「不知所云」。而從「美術的提倡」，作者忽然說：「我很誠懇地希望南洋的藝術家遲早也能夠得到這種待遇。」所謂「這種」這個代名詞，究竟指什麼，是「提倡」？是「附庸」？是「禮賢下士」？……而這些偏又不是「待遇」，顯然文法上有很大的毛病。

就以這兩句「現在各國科學院或美術館，對於美術的提倡，更是不遺餘力。」也是極有「問題」的話。大家都知道「科學院」是提倡科學的，幾曾對於「美術的提倡不遺餘力」？要說「科學院」中有些美術的裝飾或布置，那麼各國的「馬路」上都有美術的裝飾或布置，作者豈非可說「現在各國的馬路或美術館，對於美術的提倡，更是不遺餘力」？其實以這兩句話來說，不如改作「現在各國對於美術的提倡不遺餘力」較為清楚準確。

但是就整段的文章來說，這兩句根本就可以刪節。成為：

> 在比較合理化的社會裡，藝術家應該得到最優渥的待遇。從前各國的宮廷或教堂，都是禮賢下士，提倡文化；甚至中國奸商也懂得培養一些騷人墨客，附庸風雅。我很誠懇地希望南洋的藝術家遲早也能夠得到這種待遇。

這雖然比原文稍好，但仍是「不通」，因為所謂「這種待遇」所指是什麼，仍是很不清楚。

要分析句子的毛病，則在上面兩句都是指「別人」對藝術家的態度，下面忽然把藝術家為主題，所以就無法聯結起來，所以我們必須把那句句子倒裝過來，把藝術家放在「受格」上。成為：

我很誠懇地希望南洋的社會人士遲早能給藝術家們有「這種」待遇。

即使這樣，「這種」兩字所指的事也只是「禮賢下士，提倡文化」，是「培養」，是「附庸風雅」，還是並不能說對藝術家的「待遇」。至多只能說是一種「態度」。因此，這段文章必須改為下面的情形才較為合理：

在比較合理化的社會裡，藝術家應該得到最優渥的待遇。從前各國的宮廷或教堂，都是禮賢下士，提倡文化；甚至中國奸商也懂得培養一些騷人墨客，附庸風雅。我很誠懇地希望南洋的社會人士遲早能使藝術家有這種待遇。

連士升先生是南洋薄具小名的作家，他寫的文章集以集子大小不下十多冊，可是隨便找一段短短的文章，竟是毛病百出，我們不敢說連士升先生文章不好，我們只好說文章實在不容易寫。

待誘發的天才

這些年來，我竟有不少機會為人家評閱徵文。我曾為電影院徵文閱卷，我也曾為廠商的徵文閱卷，我也曾為中英文化協會在藝術節學生徵文的評閱人。最近還為一些刊物的小說徵文的評閱人。我發覺評閱文章幾乎是一件不可能公平的事。

我想一切比賽中最能夠公平的當是角力，其次當是單純的技能，如球賽，田徑賽甚至下棋。稍微複雜一些就很難有一定的優劣。本來文字運用的技術也是一種技術，但其中竟必會牽涉到趣味思致與想像。倘若所表現的只是一個意境，只看表現的技能的高下，也許還容易評一個優劣。可是表現技術的本身有時也牽涉到藝術，往往是需通過個人的氣質與性靈，有些意境合於某人的氣質與性靈的，他表現得很充分，有些不合於某人的氣質與性靈的，他就表現得很拙劣。因此離開了其本人所想表現的內容以外，就很難看到其表現的技術。

這只是以所謂文字的表現技術而言，尚且如此沒有標準。而徵文有涉於內容的，這就更可以有許多不同角度來衡量徵文的高下了。有一個廠商徵文，為優秀學生的獎學金獎賞，我參為評閱人之一，我以為目的既在發掘優秀學生，評文當以其有新穎的思致想像為標準了。可是徵文的題目有那家廠商出品的廣告目的。用我的標準對庸俗陳腐的廣告成語，自然分數打得很低；可是其他的評閱人則猜準了廠商徵文的用意，完全以廣告立場為衡量的標準。因此為衡量角度的不同，我們所評閱的結果就完全不一樣了。

至於小說的比賽，那自然就有更多的角度可以衡量，有的人可以先注意字彙與造句，有的人可以只注意故事的曲折與新穎，有的人可以著眼於道德或政治的意義。不同的衡量角度就可以有不同的標準。深一層來說，小說藝術的欣賞往往是牽涉個人的愛好與習慣的。看慣了十九世紀的小說的人，對於現代的小說可以認為不知所云，看慣了中國舊小說的人，對於西洋某些形式的小說也會格格不入。另一方面講，習慣於某種形式小說的人，偶爾看到一篇另一種形式也可能感到非常新穎。因此，評閱者認為是新穎的風格可能早已是陳腔濫調，而以為格格不入者往往可能是新的風格。這裡面就可以因毫釐之差，而可有天淵之別了。

最可引為評閱人歧見的，是倘若有一篇徵文的小說是抄襲來的，讀過原來作品的人自然會把它分數打得很低，可是未讀原來作品的人，就可能會把它當作一篇傑作。而誰也不可能把世上的好小說篇篇都讀過。

文評之難，往往如此。譬如曹禺的劇本，在中國現代舞台上，著譽一時，可是讀過些西洋戲劇的人，都會知道他抄襲西洋戲劇的結構與舞台技術的地方實在太多，因此評價高低，相距很遠。而兩端之間，也有人以為能抄襲西洋戲劇技術，運用中國人物產生舞台效果，也即是其成就之處。因此，這裡就可以有甲、乙、丙、丁四等的評價。

但曹禺的劇本並不是只有一本，還可以在許多作品之中，看其抄襲之處與自發之處。現在要憑每人一篇的徵文，謀得一公平的高下的評價，其不可能是顯然的。至於想在那種徵文的辦法中，發掘所謂文藝天才，那當然是更談不到了。

可是在學校裡就不同了，學校裡學生雖有競技狀態，但不是比賽；教師對於兒童可以接近測驗，可已經常看到學生在發展上作出的表現，可以把這些表現同其他生活上的興趣對照。一個學生如果真是對於某方面有天才的話，教師雖不見得可以立刻發現，但在相當時期內總是不難認識的。

但是為什麼學校對於特殊的天才尤其文藝上的天才往往疏忽呢？這第一，因為文藝，不像體育或數學一樣有一定的標準，文藝也不像繪畫唱歌一樣有明顯的高下。第二，語言與文字代表了一個人的思致情趣與想像，教師往往用傳統的或甚至成人的角度在衡量兒童。第三，因為文字的技巧方面有必須注意的地方，如字彙，如句法，如段落，教師們往往過分偏重於這些格局。

我回想幼年時候的學校作文，覺得教員的眼光都是以平順普通為標準的，我的作文往往有普通的分數，可是偶爾我以為自己有特殊意見的，總是分數很低。許多教員都希望我們抄點書，轉轉文，他們希望小孩子都有成人的思想與論調。稍稍憑我們童心的觀感表現在文字上，他們就認為不通了。我長大了以後，我自己的孩子進了學校，我在他的作文簿裡又看到教員還是用以前我在小學時的教員一樣的標準。許多我認為有很妙的特出的新鮮的看法與想像，都被教員改去了，保留下來的都是陳腔濫調。從我到我孩子三十年工夫，中國的國文教育似乎都沒有改變。每個人所運用的言語與文字正是他的思想與靈性，把每個孩子都造成四平八穩的頭腦，正是把許多文學與藝術的天才改造成專寫公文的公務員的路徑。如果這個孩子長大了要對文藝有興趣的話，他第一要做的就是要抹去童年時教員所加的烙印。

在目前的經濟情況下，年輕的孩子個個都過熟地想到功利與出路，海外與台灣的中國學子，從統計所見，大都願入醫、工、行政等科系，這雖不是不好的現象，但是一個民族之需要文藝並不亞於其他的建設，而文藝往往正是民族精神的繼續。我們雖不反對青年去愛好其他的學科，但不得不反對許多有文藝天才的兒童，為生活與出路，勉強地犧牲其天賦而從事與他性情不近的學習。

為指導這些青年學子的選擇，鼓勵他們不辜負他們自己文學天賦，這則是學校的國文教師的責任。當國文教師們只要求學生有四平八穩舊腔濫調的作文，而忽略其新鮮的想像與特殊的感覺時，那就很可能會戕殺許多文藝天才的幼芽的。

最近法國為八歲兒童迷拿（Minou Drouet）是否天才問題，文壇上起了一些波浪。路途遙遠，詳細情形不得而知。但我覺得有許多學者、詩人與文藝刊物編輯們一時會注意那個八歲兒童的詩作，總不失是一種有生氣與蓬勃的現象。

有人說迷拿的詩是偽作的，可是即使偽作，其中仍有新鮮陌生的氣息，如：

〈兩隻大手〉

泥土的棕色，
被犁鋤所崛起的泥土的氣息，
生物在泥土裡染色
驚擾了靜寂。
兩隻手
在那裡有十條蛇絞死了樹林
而使世界的森林分為兩半，

像一只過熟的西瓜，
吐出它金黄的籽粒。

無怪乎法蘭西學院梵立雷拉多（Valery Radot）要說：「它們是純粹的詩，它給我們疲憊的精神一些新鮮的泉源。」

在沉悶的中國文壇中，我們是多麼需要新鮮的泉源呢？職業或半職業作家們，在各種政治的低氣壓下，儘管所表現得比較成熟，而內容則往往陷於一個無法超脫的泥沼。

陌生的歌手會有新鮮的歌曲。但這是多麼需要人去發掘與鼓勵呢？而學校的教師，永遠有他們最優先發掘的機會。

老鴇的感慨

我的故鄉是魚米之鄉，在我幼年的時候，相當富庶，但民氣非常純樸，大家都穿布衣，即使是有錢的人家，不逢喜慶或新年，也從不著綢緞。但有一次，忽然又一個中年婦人到鄉下來了，滿面脂粉，上錦下綢，嘴上吸著三炮台，手腕上帶著兩個金鐲，手指上套著三四個指環。長一輩的人都認識她，叫她「白卿嫂」。但是白卿嫂已非以前的白卿嫂，大家都對她刮目相看。她住在她一個親族家裡，每天找人打牌，輸錢滿不在乎。那時候我還是小孩子，對這樣的人，沒有什麼想法，不過背後聽到人家談她，似乎也有很多壞話，可是內容不了解，也沒有去求了解，因此並沒什麼特別印象。

可是，沒有多久，一個族嬸來同我母親商量。說是白卿嫂再三勸她把兩個女兒交給白卿嫂帶到上海去，白卿嫂馬上給她四百塊現洋，以後每月可交給她六十塊現洋。那時候一個鄉下人到上海，可以賺六十塊一月，那還了得？何況是女孩子？所以族嬸心有點動，來問我母親。她並且還說白卿嫂保證她兩個小姐一年半載以後可以同她一樣的可以滿手金飾，滿身綢緞，絕不會吃什麼苦。不知怎麼，母親極力反對。後來我那個族嬸大概就此拒絕了白卿嫂。可是，白卿嫂再三說，她完全看我族嬸太苦，兩個花一樣的姑娘埋在鄉下也可惜，所以才肯幫她忙的。白卿嫂於是就說到她自己的女兒就在上海這樣賺錢，難道不愛自己的女兒嗎？她這話的確很使許多鄉下人相信。

後來她去上海時帶走了好些年輕的姑娘，雖然我的族嬸兩個女孩子不在內。白卿嫂走後，有人說出她在背後罵我族嬸：「看她們一輩子去做窮媳婦，一輩子做鄉下人！」

我當時很奇怪母親勸族嬸不要把女兒交給白卿嫂，後來我大起來，才知白卿嫂是要把鄉下姑娘帶到城裡去做妓女的，我當然覺得母親是對的，而白卿嫂十足是一個老鴇。

不過，做妓女固然不好，但為女兒的前途，做妓女也許會有機會碰見侯朝宗一類公子，吳三桂一類英雄。在白卿嫂帶去的一些鄉下姑娘，也許有人嫁了大亨，嫁了富商當太太；而我族嬸的女兒，似乎結局嫁一個小商人，養了一群孩子，過著很苦的一輩子。從這方面講，母親的成見於族嬸的女兒是好是壞，是很難說的。這些問題，原來後來想到的。

至於白卿嫂的故事，我當然不想起已有多年。但是，最近在報上常常談到有人勸青年回大陸讀書的文章，說了大陸教育辦得好，因而說到他女兒就在大陸讀書，難道他不愛自己的女兒作為以身作則的鐵證，這使我想到了白卿嫂。白卿嫂不是說她女兒就在上海賺錢，難道她不愛自己的女兒的話嗎？

大陸的教育是不是辦的好，這是各人的想法。所謂「好」，到底是指什麼？如果以為把人造成機器，對兒童很早灌注信仰，做著奴才以為自己是主人是好的，那當然是對的。如果要兒童有個性的發展，使他在成長之中能接觸各種學說思想而隨自己比較、思辨、懷疑、選擇以為是好的，那大陸教育當然是不好的。

教育這個學問是從希臘起就有了，中國在孔子時也已經發達。大概都是以大人的社會大人的經驗在教孩子；近代教育才想到兒童不是小成人，想到兒童的個性，要幫他發展而有自由選擇的能力。可是獨裁國家則是要將人在兒童時期中，趁著他的易塑性把他塑成黨性（不妨美其名曰階級性），配合著黨的需要（不妨美其名曰人民的需要）而做人。而兩種的的說法，可以引出許多理論與學說，一直要牽涉到宇宙觀與人生觀的。世界關於這類的書籍很多，這主張也沒有什麼新鮮的。

但是從實際情形來看，所謂父母對於子女的教育，所想的也往往不同。有的希望子女做大官發大財，耀祖揚宗；有的希望兒女大起來成英雄做偉人，去改革社會；有的父母一生抑鬱，要子女為他爭氣復仇；有的父母對自已職業吃一行怨一行，要子女不要他走自已的道路；有的父母在某一行上略有成就，要子女繼他發揚光大；有些父母不要子女讀書，早點就業賺錢；有些父母把子女當搖錢樹，及早當貨物一樣在標價。因此世上常常有子女與父母的衝突的事了：有許多子女愛走父母的舊路的，父母偏要他改行；有許多子女討厭父母的行業，父母偏要他做這行的學徒；有許多子女因不願耀祖揚宗而逃跑，有許多子女因不想發財享受而出奔。這些，我們都不能說父母不愛子女，不為子女打算，問題是在子女偏不要照父母的打算。所以，雖然有人拍著胸脯說：「我的子女在大陸，我難道不為子女打算？」可是這不能證明他的打算就是好的。我曾看到世間許多父母要女兒交結有錢的公子，或下海做舞女，或到妓院接客，他們的理由就是白卿嫂的理由，可以享受富貴榮華，錦衣肉食而無所事事，這打算也不能說是不好吧，但是做女兒往往寧使挨窮吃苦，嫁給一個賣油郎呢。

我覺得成人的偏見原是很深的，往往受自己的環境與修養所囿，他對於子女的打算始終超不出自己的偏見的。以這些偏見而拍胸脯，這實在同自己的女兒願意賣身接客，以為勸誘別人的女兒去賣身接客總是好意，是一樣的。

我常常後悔自己所受的教育，想到假如我現在還是童年的話，我打算怎麼樣呢？我的答案仍舊是模糊的。因為如果不是現在這樣，換一樣一定比現在有成就嗎？這是無法證明的問題。那麼對於子女的前途更無法計算了。

有人以為兒女在海外，是要把他們變成「白華」的。「白華」的名詞是主觀的惡意的帽子。如果白字是流亡的意思，那麼在希特拉占領法國的時候，流亡在海外的戴高樂一些人不也是「白法」嗎？君士坦丁堡亡後，流亡到意大利半島上的文人學士部也「白羅」嗎？滿清占侵中國，隨鄭成功到台灣的不也是「白華」嗎？自然有人以為在滿清治下做奴才，養子育孫，考狀元，做大官，封一品夫人的，也許比跟鄭成功一群人幸福吧，但竟有人以為這是不幸福呢！

在中國歷史上，叫太監為爸爸，叩頭如搗的一群享盡富貴榮華的官貴不少，他們視隱居於田野荒鄉僻村的文人學士何嘗不是「白華」呢？「紅奴」究竟比「白華」高多少，這是各人的看法不同了。願意叫「史太林爹爹」、「馬倫可夫萬歲」的朋友，看「白華」是時代的垃圾，是不稀奇的，因為魏忠賢之子子孫孫，吳三桂之走狗們也同樣笑鄭成功，史可法為不識時務的垃圾！可是在不願叫「史太林爹爹」、「馬倫可夫萬歲」的朋友，則認為「紅奴」之為中國歷史之垃圾，也正同魏忠賢的子子孫孫，吳三桂之走狗們相同的呢。

人竟有不願叫人「萬歲」而寧願一輩子沒有出息的人，也竟有不願到上海出賣皮肉而一輩子在鄉下做農婦的女人；為流亡者做遺老遺少的感慨，正是白卿嫂為不願賣身的姑娘做窮媳婦與鄉下人的感慨罷了！

作品、作者及其他

一本書的出版，就是為那本書讀者而設想的。這設想，並不是作者的事情，而是出版家的事情。一本書如果沒有讀者，這本書就沒有出版的意義。可是作者往往不是為讀者而寫作，而是為自己而寫作。所謂為自己而寫作並不是說他不需要讀者，或者他不會有讀者，而是他需要一種能了解他「自己」，能有共鳴的讀者。因此，出版家所需要的讀者是「量」，作者所需要的讀者有時則是「質」。出版家不肯為少量的讀者而出書，除非他有特別的作用。因為讀者少到某一個限度，出版家就一定賠本了。可是作者常為少量讀者而寫書，有時候這讀者只是他自己。

作品變成商品以後，作家的存在基礎就是讀者，作品的暢銷造成了作家的地位，因此作家之需要讀者的量與出版家是一樣的。在這樣的情況下，作者往往失去了自己而成為商品的奴隸。廣告與宣傳是一種催眠術。當廣告與宣傳可以使一種奢侈品的商品變成必需品，或者必需品的商品變成奢侈品的時候，廣告與宣傳也就可以使一本人人看不懂，或不愛讀的書變成一本人人想買的書，廣告與宣傳也就可以使作者不必依賴作品而存在。

廣告與宣傳總愛把「好的」與「好銷的」混淆。能夠把「好銷的」與「好的」分開者則是批評家。但是誰有能力把「批評家」與「廣告員」分開呢？批評家要讀者從作品去認識作家；可是當作家成名以後，廣告員則要讀者從作家去認識作品。使作品與作家的關係顛倒，使「好銷的」

與「好的」混淆，使批評家與廣告員分不清，到電影的明星制度就到了極致。這正是資本主義社會價值的標準與意義的無法解釋之處，也是書本裡的知識與生活矛盾之處，也正是每個學生從學校到社會最感到迷失之處。

雖說商品與藝術品在某一種意義上沒有分別，但有一點則是特殊的，商品只要求空間上風行，藝術品還要求時間上的永存，那麼「好銷」與「好」，「廣告員」與「批評家」的分別，在時間中就會慢慢地分出明暗。然而，在這朝不保夕的原子時代中，尋求時間的意義而疏忽空間的意義自然是愚笨的。這也就是道德與美的意義，在二十世紀與十九世紀幾乎是相反的。

奇怪的是，世界還是有愚笨的傻子，在僻靜的角落，彎彎曲曲地用自己的語言訴說自己的夢，雖然他們常常默默無聞地前赴後繼，在餓死。

從〈鳥叫〉談起

我常以為我在報上發表的小說，不會有什麼朋友去注意的，最近碰見幾個朋友，都同我談起我在報上發表的〈鳥叫〉。

一個朋友說：「你怎麼寫了一篇這麼怪的小說？簡直不像是一篇小說。」有一個朋友說：「我想你是實有所指的，你在罵人。」還有一個朋友說：「你為什麼把作風改成這樣，沒有人會喜歡讀這樣的小說，又沒有故事。」

我還收到了三個台灣的朋友來信。一個說：「你的小說似乎又在改變風格，這是好現象，正像畢卡索的畫一般地轉了一個方向，又到了一個新的境界。」一個說：「……你好像要把小說寫成現代畫一般不叫人看懂了，〈鳥叫〉是諷刺的漫畫嗎？還是只湊合一些似乎是『警句』的散文？」

這些好意的關心與指教，我真是非常感激。如果寫文章如要「玩藝兒」，不管如何，最怕還是沒有人看到談到。近幾年來，我聽到許多對我的作品的意見，都很不一致，有時竟是完全相反。也有些報刊的編者，甚至指定要我寫什麼同我二十幾歲時曾寫的一樣的作品。我真是又感激又慚愧。

也有人問我自己喜歡哪一部作品，我的答案是：「我想我現在寫的總比過去要進步。」事實上，我的小說的變化，也正是我對人生體驗的變化，也是我對於人生態度的變化。我以前只是用一個角度去看人生，現在我則知道用各種不同的角度去看人生。我決沒有或打算在小說裡罵什麼人，也沒有想罵什麼社會。我只是想用解剖的方法把某種人物與某種社會現象切開來看看，我甚至只給自己看看而已。

有一個朋友看了我的《小人物的上進》，從美國寫信給我，他說：「你真是把我們小資產階級挖苦得太厲害了。」

我回信裡有這樣的話：「我也是小資產階級一份子，挖苦自己究竟還是比挖苦別人容易些。」

還有朋友同我說：「你的小說裡的女性似乎越來越不可愛了。以前你小說裡所描寫的那些可愛的女性到哪裡去了？」我想了很久，仍不知他所指的是我哪幾篇小說。後來那位朋友告訴我，是他看了〈女人與事〉的感覺。我開始想到，女人對於戀愛觀、婚姻觀的態度，正是我在好幾篇小說中寫的，如〈來高升路的一個女性〉裡的女主角也是一個抱另一種態度的女性，而她不是一個知識階級，僅僅靠她的女主人的指點，她已經知道如何是自己認為幸福與合理的路。我覺得她還是一個了不起的女性。

我不知道我以後是否會產生更令我自己滿意的作品，但以小說而論，我則很希望自己可以寫出更多不同種類不同色澤的作品。一個作家到五十歲如果還是寫二十幾歲時風格的作品，老實說，那他也早就應該擱筆了。也許我也真是寫不出以前一樣的小說，但不願寫還是最大的原因。

一九六五，十一，二十四。

《風蕭蕭》電影及其他

溫輝先生：

謝謝你的信，關於《風蕭蕭》的電影，實在同我的關係是少的。自從《風蕭蕭》攝製電影消息傳出來以後，許多人寫信給我，也有許多朋友問我，好像都是當作喜事一樣的來說的，我聽了心裡可只覺得啼笑皆非而已。

我總覺得文藝與電影是兩件事情，好的文學作品可能變成壞的電影，而不成器的作品也可變成好的電影。喜歡文藝的人要在電影裡欣賞文藝，那是很可笑的；在《天風》上，太乙曾經寫一個以看電影代替欣賞文藝的人，就露著這樣的諷刺。我想文藝作品改為電影所以不容易好的緣故，大概就因為電影裡需要文藝的特質太少，而過濃的文藝氣氛，電影是沒有能力表現的。在我所看過的所謂文藝電影，如托爾斯泰的《愛娜卡列妮娜》，如狄根斯的《塊肉餘生錄》，如囂俄的《悲慘世界》，與原著的精神實在是相差太遠了。我曾經把這個問題想過，也許電影的功勞在使文藝通俗化，可是通俗的似乎又不是文藝，而只是文藝裡的故事罷了。

我不敢說我自己是否作如此的努力，但是我相信文藝的作者總是想在庸俗的故事中發現永恆的題材，而電影則為它的生意，常是想把文藝裡永恆的題材改為庸俗的故事的。所以作為一個作者，對於作品改為電影，實際上等於把一個畫家的畫被攝成照片，複製在明信片上面而已。這當然還是說這個電影製作者是尊重原作精神的，如果電影製作者不尊重原作的精神，或不了解原作的精神，那就如我所感覺的，等於割我身上的肉在炒肉絲，而要人來認識我一樣可笑了。

關於《風蕭蕭》的攝製權，我是在上海就賣掉的，它始終在一位姓周的朋友手裡；周先生把它轉賣給人，這是他的事情。導演屠光啟先生，他的舅父我是認識的。在攝製以前，曾經同我談過一次，我發覺他所想的與我所想的距離太遠，使我無法貢獻他意見。事後我寫封信給他，勸他好好請人寫一個劇本，再從事攝製。如果要我推薦人，我會不加考慮的推薦姚克先生的。因為在我初到香港的時候，朱旭華先生與姚先生已多次計畫過要拍《風蕭蕭》，而姚先生也曾經下過一番工夫來研究如何處理《風蕭蕭》的故事的。但當時屠光啟先生回我信，說他要自己動手寫這個劇本，寫好再給我看；我當然無從提供我的意見了。

可是，我始終沒有看到他的劇本，而他倒約我去看他開拍了。那天我約了景星戲院的何先生與勞先生同去的。屠光啟先生再三說明這是過場戲，隨便試一個鏡頭，等劇本寫好，正式開拍的時候再約我們去看。而我一直沒有再被約過，我想何先生、勞先生也一定未被約過，而外面則已知道他拍得很久了。

許多朋友總以為我與這個戲的進行是很有關係的，希望我可以帶他們去看看攝製的情形，而實際上我的關係只是如此而已。我既沒有看到劇本，也沒有看到故事，其他當然更無從知道了。

不過，以後有許多電影圈裡的朋友，告訴我《風蕭蕭》的攝製情形，如屠光啟先生根本沒有劇本，只是翻翻《風蕭蕭》的書，採取幾個場面而已；也有人說屠光啟先生只是用《風蕭蕭》裡的人名，變成一個三角故事而已。我已覺得這些都與我沒有關係了。這中間，也偶然與屠光啟先生遇見，他總是很客氣的同我談到他對《風蕭蕭》的認真。不久以前，他告訴我已經拍好，希望約我去看看試片，如過我認為要補充的話，他可以補攝。我知道他是一種客氣，一種敷衍，我也就笑笑吧了。

根據第一次屠光啟先生同我談的故事，有兩點我認為他是根本脫離了《風蕭蕭》的。第一他要模糊《風蕭蕭》的時代背景。《風蕭蕭》裡是以孤島時代的上海為背景的，這背景是現實的，離開了抗戰的孤島時代，就無法有這樣的上海背景的。第二他要剷去了海倫。這我想凡是讀過《風蕭蕭》的人都會了解，她是故事中非常重要的一個角色，通過她，才有梅瀛子、白蘋及第一人稱之種種的矛盾的發展與激盪，而這些人的個性與性格，都是通過海倫而顯露的。

不用說，《風蕭蕭》的主題不是戀愛，裡面也沒有三角。人與人間道德觀念的衝突，大我與小我的矛盾，情感與理智的激盪，理想與事實的分歧，一個大時代搖動了每個人的傳統習慣與修養，在各種場合中人根據自已性格表現他的人性——自私、成見、武斷，以及友誼與愛情。每個人都在英雄主義與合作精神上起落，每個人都在他所能給與所可取的兩方面來往；而在生活變化中，每個人所經歷的得意與失意，成功與失敗，也正影響了他的性格的變化與成長。如果要說《風蕭蕭》有什麼成功的地方，實際上也只是這些，而這些，取消了海倫，就會什麼都沒有線索了。至於說，要用許多浪漫的想像的故事與色彩濃麗的畫面來表現，這些則也許正是《風蕭蕭》的弱點。而這些弱點也正是依附著所要表現的而存在，抽去了所要表現的，則自然就變成一個空洞的故事了。可惜導演屠光啟先生所要採襲的只是這些場面而已。

截至現在，我還沒有看過試片；屠光啟所導演的《風蕭蕭》，究竟是什麼樣子，我還不知道，不過，根據他所稱的與所聽到的，他只是割取《風蕭蕭》的一塊兩塊肉拌上他的三角牌的醬油罷了。保有《風蕭蕭》攝製權的周先生曾經請他們不要用《風蕭蕭》這個名字，請他們把裡面的人物也用別的人名，抄取一些《風蕭蕭》的場面去拍攝好了。這是一個很好的意見，屠光啟先生似乎應當採用的。一定要用《風蕭蕭》的名字，目的是什麼，我就不知道了。不過我相信電影的觀眾中，如果是讀過《風蕭蕭》的，馬上會發現它是另外一回事；沒有讀過《風蕭蕭》的，因此去讀《風蕭蕭》，也馬上會發現沒有什麼關係的。而我在這裡，同先生所談的，正是我要同任何朋友談的，如果你目的是看《風蕭蕭》，那麼就只好勸你讀讀我的原書了。我可以說的，是那個電影雖然掛稱《風蕭蕭》名字，與拙作的《風蕭蕭》是沒有關係的。世上正多同名同姓的人，你一定不會把現在叫做杜甫的人同以前的詩人杜甫混淆，那麼你何必這樣認真的要叫杜甫的人都變詩人呢？

因為答覆你的，也就是答覆許多朋友，所以我把這封信發表了，目的也只是表示我的態度而已。因為，如果《風蕭蕭》電影是一張好的片子，那麼，他的好處也一定是電影製作者自己的，我當然也不敢掠美；所講採取一些《風蕭蕭》書本中的場面，等於向別人借一些衣裳與首飾，能夠穿得合身，也算是他們的能幹的。

我所能告訴你及其他的朋友，只是這點。謝謝你對我的關心，同樣的祝你幸福！

Y
六月二十七日

《徐訏全集》後記

我自己也記不起我是從什麼時候起開始寫作的。嚴格地說，好像還在六、七歲的時候，我就有過寫作的冒險。那時候家父常有一些朋友來唱和寫詩，互相推敲，有一次我看了他們幾首七絕以後，也模仿著寫了一首詩，自己抄在一本簿子裡，以後陸續地寫了七、八首，雖是從來沒有給人看過，而內容也多是雜湊唐詩三百首的成句，也仍可誇說是我寫作的開始了。以後我在學校裡除了校課的作文以外，我再也沒有作此種冒險。

在中學裡，我受家長與師長之鼓勵，好像是非做科學家或工程師不可的，對寫文章這種事覺得與救國之道太遠。大學裡讀心理學、哲學，偶爾寫點詩文，也從沒有做作家的打算。以後流落文「潭」，仍想能有機會自拔。一九三六年赴法讀書，實有志於痛改前「非」，但抗戰軍興，學未竟而回國，舞筆上陣，在抗戰與反奸上覺得也是國民的義務。此後我就無緣無故被稱為作家。長長一輩子，除了寫文出書外，好像什麼也沒有做。

事到如今，常常聽到朋友問我一句話：「在你的許多作品中，哪一部你自己最滿意？」我想了想覺得有兩句完全相反的話可同答，一是「我每一部都滿意」，二是「我每一部都不滿意」，而這兩句話也可說都是對的。但這樣回答等於是沒有回答，我於是就愛說：「我現在的作品比以前的進步，而我相信我最好的作品是我正在寫的一部。」這話是誠實的，也可說是一種「自嘲」。作為一個作家，除了希望下一部作品比現在的更好外，還有什麼值得希望呢？

當這許多白紙黑字寫出去，放在讀者面前的時候，好好壞壞的批評自然是有的。初出一本書時，別人隨便叫一聲「壞」都是不高興的，但是日子久了，對這些漫無根據的說好說壞都沒有什麼感覺了，而偶爾聽到一句兩句能說穿作者的辛勞中的得失的知心話，則往往會令我長期震盪。

中國自新文藝運動以來，作品中最有進步的有人說是散文，有人說是小說，有人說是詩歌，有人說是戲劇，大概很難有確切的定論。但最失敗的則是文藝批評，這大概是無可諱言的了。文藝批評之所以不能建立，大概與中國社會的親疏之分很有關係。我常見公共汽車或電車上，熟人相逢，互相搶購車票，客氣異常；而對不相識的人則往往怒目切齒，爭擠不讓。這或者正是我們對象識的人的必須捧場與對於陌生人愛裝腔作勢的那種批評態度的同一來源，其他如政治掛帥，幫口堡壘，打手嘴臉，巫師衣冠等，自然更是建立真正的文藝批評的阻礙了。

在沒有文藝批評的社會裡，作為一個作家是特別寂寞的。他的唯一安慰，則是在聽到讀者的寶貴的意見了。

回憶歷年來所寫的東西，當然並不只是這個全集所編集的這一些。許多初期的詩與散文，早已捨棄。在動亂時代的用許多筆名所寫的應時雜感短文，因時過境遷，覺得沒有收集在裡面的必要，也不再想收集。還有許多別人特約的專題而不為發表用的自然也不能收集在裡面。只有一篇關於談戲劇美的文章，是上海租界孤島時代（一九三九－一九四一），應《中美日報》副刊《集納》寫的，記得是每周一次，一共寫了十幾個星期，大概有七、八萬字左右，後來不知怎麼會沒有再寫下去。我很想可以找到舊稿，把它補充成一篇完整的東西，可以讓我收集在這次的全集裡。我曾經向各處訪尋。這次趁我遊美日之便，曾在華盛頓的國會圖書館，東京的國會圖書館，以及收藏中國史料著名的胡佛圖書館及哥倫比亞大學圖書館查詢，竟都沒有找到。所以只好在這裡再作廣告，如果有仁人君子藏有，或知道何處藏有《中美日報》，得便賜知，那就感激無盡了。

相隔長長幾十年時間，現在自己重新讀自己過去的作品，有的覺得幼稚是難免的。有許多意見當然也不是自己現在的意見。這好像我們想到我們孩提時代的溺炕一樣，雖是可羞，似也不必掩飾。另外自然還有許多年輕時代的狂熱的輕靈的想像，後來也已經沒有了。這樣好好壞壞的編在一起，也正可看到一個人赤裸裸的進步與退化。

一個一生只從事於寫作的作家，他的生命與作品就成為無法分割的東西，我的作品有多少成就是另一個問題，其足以代表我的一個誠實淡泊勤勞的生命則是實在的。所以能夠有機會將過去的作品，整理一次，出版一個全集，這當然是高興的事情，因此我也應該先對許多給我鼓勵的與促進出這個集子的一些朋友，自然特別是正中書局，謹致謝忱。

總集只是把過去的作品編集在一起，稱為全集，則是想把以後的作品陸續編集在一起，使容易收到出版上與發行上一致的效果。到現在為止，我所看到的各國各地的圖書館大都總有些我的著作，但沒有一家是全的；新交故知，往往也藏有我的一些書本，但也多是零零碎碎的。那麼，這樣編印一個全集，或者也可使我得到多一些全面的指教吧。

《小說彙要》前言與後記

前言

這本書稱為小說彙要，目的是想將中國過去小說作一簡括的介紹。這不是一本小說史，所以不講小說的發展與論述各書的優劣。而只是想從小說史家所論及的重要著作，按時代選輯若干篇編成一起，使想讀中國過去小說的人，有一本簡便的書。

這對於初修小說史的學生，是一本可以參考的書；對於愛好中國小說的異國朋友，也是一本便於檢讀的書；對於一般想知道一點中國小說的人，自然也是一本簡便易讀的書。但對於真想研究中國小說者來說，這則只是一本極初步的入門的書。

這本書的目的，是想在薄薄有限的篇幅中，介紹足足一千六百年中國小說的一個面目。讀了這本書如果對於中國小說有一個全面的，雖是粗淺的認識，那就是編者的成就。至於其他的缺點，便者知道一定是存在的。自然是需要別的書來補充了。

編者把小說分為下面幾個時期，雖說為編製上方便，也可說是一種嘗試性的主張。

一、筆記小說——神話傳說、鬼怪雜錄、神仙故事。

二、唐代傳奇小說。
三、變文小說。
四、宋元話本小說。
五、宋元講史小說。
六、明之擬話本小說。
七、明清擬古小說。
八、明清之章回小說。

小說起於神話，但中國神話很少，散見各書，僅為零星碎片，因此與以後鬼怪雜錄碎瑣異聞，輯為一編。另有漢人小說，實為後人所作，但俗記漢魏，或存有古昔傳聞，附在輯後，聊備一格。

唐代傳奇是劃時代之創作，作品繁多，列為一編。

變文，雖從未有人當它小說看待，編者則不但覺得它對於以後的小說影響甚大，而且可看作是另一種寫法的小說，故列為一編。

宋元的話本小說，是說話人的本子，真正的崛起於民間的一種文學形式，自需列為一編。

宋元之講史，是長篇小說的起源，內容雖粗陋蕪雜，也是真正民間的作品，而為以後歷史小說的淵源，故列為一編。

明代之擬話本，為真正創作小說之肇始，故另成一編。

明清擬古小說，乃當時，甚至以後模仿古人志怪與異聞筆記之作，因亦曾成為文人的一種風氣，故輯為一編，以見一斑。

明清之章回小說，列為一編，本是十分勉強。這因為長篇作品，篇幅浩瀚，無法選輯。而我們則想讀者去讀原著，故亦不作節錄或摘要。本來想選一百部小說，略為介紹。後因覺得不妥，故改集幾部重要作品，而將其淵源沿變，凡引起學者討論與研究之問題，略作介紹，使讀者於讀原作時有一些基本之認識。

至於民國以後的小說，自不在本書範圍之內。

這是一本初次試編的書，錯誤、粗率與欠妥之處，請海內外人士，多與指正。

後記

正中書局於一九六六年約我為《國學萃編》寫《小說彙要》一書，當時覺得很有興趣，並很有自信。但到著手的時候，感到許多困難。先就是手上書籍不夠，香港雖然有幾個圖書館，但如要借出來選輯抄錄，勢不可能，如到圖書館去做，我也無法安排這個時間。所以一擱好久，因為正中沒有急要，我也就忙別的工作。等到來催我的時候，我才著急起來。當時生活非常不安，想想實在無法著手，想還是推辭了算了。後來我偶然把這件事情同張翼飛先生談起，他極力鼓勵我不要放棄，並願撥出時間幫我忙。得了他的鼓勵與援手，我才決定用幾個月時間把它趕出來。

在著手選編的時候，我們的困難很多，有些我們應當選用的篇什，因為找不到書，所以只得改用另外一篇；有些找到了書，則發覺該篇字數太多，為篇幅關係，只得割愛。

本來這本書的編製，是想順著中國小說史，把每種小說選輯多少篇集在一起，使讀者從一本書中可以看到各種小說的代表作品。可是為篇幅關係，我們並也不能照理想做。

特別是明清的章回小說部分，實應多介紹一點。我們初次做的，是選了一百本小說，把每本的作者與內容略作介紹。可是編寫了一半以後，發覺第一是篇幅太多，第二是像一張書目單。鑒於像這種「小說書目」，市上已經不少，於是改成現在的方式，只選七種最重要的作品，而加以較詳盡的介紹。我們覺得長篇小說，如果只摘一章半章，是沒有什麼意義的事。我們既要讀者自己去讀完整的原著，所以這裡的介紹與說明只注重在各書的淵源演變與背景，或者可以說是一種讀原著前的應有的常識。

編者對於這本書編製上的缺點可以說非常清楚，但實在不知道怎樣可以彌補。自然，內容錯誤之處，自亦難免，我竭誠的希望讀者給我指教。

至於論證上各種材料，也多是前人的功績，我們做的是選編輯錄的工作；所以如果有些好處，多應歸功於前人，自應在此說明之。

編者個人應特別感謝的是張翼飛先生。他不但在開始時鼓勵我從事這份工作，在選輯採錄上，他也幫我很多忙，並為編寫最後明清章回小說的幾篇介紹。

在編輯的過程中，也曾經把我們編製的格局與困難向幾個朋友談起，他們都曾有很好的意見給我們參考，我在這裡也自該向他們謹致謝忱。

從我的「語錄」談起——給〈論徐訏的語錄〉的作者與曹聚仁先生

在一張刊有〈胡宗南演義〉、〈戴雨農別傳〉、〈日本模特兒的泳衣表演〉的報紙上，有一篇題目叫做〈思想與主義〉的文章，因為副題是〈論徐訏的語錄〉，朋友就拿來給我看了。

一

作者何人，不識；據其自供，原來是一個「對學術沒有認真做過工夫，對政治有關的問題，不過在書本及經驗得來的一些常識，有所解釋」的人。

題目是〈思想與主義〉，內容可只是〈論徐訏的語錄〉；而所謂「語錄」，不過是指我在《天文臺》報上發表的四段幾十個字的〈窗下夜語〉。

道四段「語錄」，我現在抄在這裡：

一、思想與主義的分別在：前者是一株生長在泥土裡的樹？後者是插在泥土裡的電線桿。雖然電線桿也是樹木做的，而且排列得比較整齊，但是它不會開花結果，不會繁殖，不會新陳代謝，沒有變化，只有萎縮死殭。所以有思想的人，絕不會永遠信仰一種主義，而崇拜主義的人，往往不再有思想。

二、懷疑是思想的母親，迷信則是主義的母親。

三、信仰發於敬愛，迷信發於恐怖。一切宗教與主義的信仰都有這兩種分別。

四、思想能產主權力，因為權力的來源就是利用社會的思潮；權力也能產生思想，因為權力所不達的地方，必有超權力的思想。

這四段語錄並沒有什麼艱深隱晦；也可以說都是以前的大哲學家、大思想家在巨大的著作中出現過，我不過在吸收之中，用另外一個表現形式來表現而已。以前的哲學家與思想家有與這相反的思想，但因為不為我吸收贊同，所以未成為我的思想。

要批評這幾段語錄是不難的，以前也有反面的哲學家、思想家都有很好的論據，批評過我這一類的思想。但是，第一，要了解我這些思想的根源；第二，要弄通反駁我思想根源的論據。可惜這位〈論徐訏的語錄〉的作者，只是一個「對學術沒有認真做過工夫的人」。於是他只能用「小說家憑空構想」、「武斷批評」、「熱昏囈語」、「笑掉牙齒」的形容字來咒罵；這些語調則正是禮拜六派小說家的陳腔爛調，這裡倒使我很清楚的看到了作者的嘴臉，所謂「不過在書本及經驗得來的一些常識，有所解釋」，原來他的書本不過是一些禮拜六派的黑幕小說。他的經驗，不過是小說裡的黑幕而已。而從這些根源產生的常識，也難怪讀我的「語錄」、「無所解釋」，而只會「不免驚訝」了。

二

如果我們真要討論所謂「思想」與「主義」的問題，我們必須先把這兩個概念弄弄清楚；否則我們用的字雖一樣，而所指的對象不同，則所討論的問題，永遠只是概念的糾纏而已。

第一、我的語錄裡所指的「主義」，是一個有體系的政治主張，想用這個主義來治國平天下；而不容納，也不允許別種思想與主張它並存競爭的。它不是指枝節上、派系上用的名稱，如「教條主義」、「右傾機會主義」；它不是指哲學學派的名稱：如「懷疑主義」、「新實在主義」、「實用主義」、「存在主義」……；它不是指文藝上、藝術上的主張，如「浪漫主義」、「寫實主義」、「印象主義」、「達達主義」……。我所說的主義，如果要加以解釋，不妨用孫中山先生《三民主義》裡的話來說：

> 主義是一種思想，一種信仰和一種力量。大凡人類對於一件事，研究當中的道理，最先發生思想，思想貫通以後，便起信仰；有了信仰，就生出力量，所以主義是先由思想再到信仰，次由信仰產生出力量，然後完全成立。

這裡的說明是非常明白的，就是說「思想」不是「主義」。主義是要在思想「貫通」以後起了信仰，生出力量才成立的。在未信仰，未生出力量以前，並沒有主義，那不過是思想而已。這思想如果發表出來，也並不是「主義」，只好說是「主張」。

而這位「對學術沒有認真做過工夫」的作者，他對於「主義」，雖也是「引用孫中山先生的解釋」，但是沒有看懂這個解釋，他說：

「我以為一個主義的成立，是一個根據學理與事實而發生的思想的果實。普通的解釋，就是所主張學術上的根本標準，而以之為宗旨，即歐洲思想家所謂知識主張是也。」

作者用了許多字眼，如「智識」、「思想的果實」、「學說」、「根本標準」，不但沒有說明「主義」，反而混淆視聽；實在遠不如孫中山先生的「思想貫通」清楚明白。但這只是「主張」，也即作者所謂「智識主張」吧。可是距離「主義」，還要經過「信仰」與生出「力量」的階段的。所以作者雖表示是孫中山先生的信徒，連他所說的什麼是主義的「主義」，卻沒有弄清楚。

所謂「思想」這個名詞，在我們日常文字中是有多種用法的：

一、如你在思想。這「思想」是動詞，是運用大腦的意思；

二、如人人都有思想。這「思想」是指功能，即人人都有思想的功能；

三、如中國思想史。這「思想」是「思想貫通」以後的思想，也就是「主張」。

我所謂的「思想」，是「中國思想史」這種用法裡的「思想」，即是思想貫通以後的思想。但我以為，思想在未被信仰變成力量以前，是生長在泥土裡的樹，它是有生機的，新陳代謝的。它不斷的吸收、開花、結果、繁殖。它還要不斷的「貫通」，不斷的「懷疑」、「參考」、「比較」。

孫中山在「發生思想」與「思想貫通」之間，他也是不斷的「懷疑」、「參考」、「比較」而來，這在他著作中是不斷的自白過的。如果不需要「懷疑」、「參考」、「比較」那麼發生思想就可以生信仰，何必還要「貫通」。

我的說法是，「思想」是永遠在生長的，是不斷的在貫通的；但是變成主義，它就是由「信仰」而「力量」，等於把樹木變成電線桿一樣，不會再有什麼新陳代謝了。

在這點上，正是針對孫中山先生對於主義的定義的說明。問題就在「思想貫通」上。孫中山先生以為他的「三民主義」是思想已經貫通了，但是學問是無限的，歷史是不斷的，隨時可以有新的「貫通」、新的「懷疑」、新的「參考」、新的「比較」。

我的語錄並不反對別人在信仰主義，正如不反對樹木在做電線桿一樣。但是我根據孫中山先生的說法，「思想貫通」以後，要由信仰生力量，變成主義來看，知道變成主義以後，在裡面的思想，就不再求更深更廣的貫通了。

我相信我們每個人都曾經以為思想貫通過，中學生也會以為自己思想已經貫通了，但多讀點書，多點人生閱歷，思想又有變化，又重新貫通。再多讀點書，多看一點世界，思想又會有變化，又重新貫通。所以作為「思想」，它是永遠在蛻化的。到老了以後，思想的蛻化停頓，青年人又繼續新的貫通——有由懷疑、參考、比較，而貫通。這就是人類的進步。

我不反對別人有主義的信仰，但是我反對主義政治，因為主義政治是不容納懷疑、反對的。所謂「民主」政治，就是在容納別人的懷疑、反對。說是我的主義是已包括了「民主」，不許別人懷疑、反對，那就「只此一家」的獨裁而已。

這是我對於「語錄」的第一條的說明。

三

第二條，講到「懷疑是思想的母親」，這是很簡單的。原來這是近代哲學始祖笛卡兒的過程。笛卡兒所以公認為近代哲學的始祖，是因為他懷疑了過去的一切。他把一切都懷疑了，最後想到他在思想，於是他說了「我思故我在」（Je pense, donc je suis）。這是哲學史上的名言。他由「我思故我在」的肯定，重新打開了思想上的大道。如果沒有笛卡兒，是沒有現代這樣的「現代哲學」的。如果笛卡兒沒有徹底的懷疑，他不會產生偉大的思想，而開闢以後龐大豐富的各種思想。這所以說「懷疑是思想的母親」。

而事實上，人類的思想都是由懷疑而生的，譬如初民遇見雷聲與電閃，他第一是驚異，第二就是懷疑。所謂懷疑就是發生問題，產生了問題以後要求解答，這就開始思想。尋到了答案，解答的認為滿意，才是「認識」。譬如對於雷聲與電閃，有了問題，於是有人解釋是神在發怒，因為人民的行為不好，所以要責罰人民。大家一時以為這個答案是對的，於是以後逢雷聲電閃，就認為這是「神在發怒」，這就是「認識」。但是後來日子一久，對於這個「認識」又懷疑起來，於是又產生新的思想，出了新的解答，於是又有了新的「認識」。

在我們日常生活上，譬如夜裡在馬路上看到一個影子，像樹也像人。是人呢還是樹呢？這就是懷疑。但後來看到它在移動，我產生了思想，樹是不會動的，斷定那是人；這是認識。但忽然看出這個人手裡夾著一大包書稿，人不高，走路很快，我就覺得他可能是熟人；這「可能」就是懷疑。再走近一點，我看出這個人像曹聚仁先生，但不能確定；這又是懷疑。於是我開始思想，想到這時候正是他從報館回來去吃宵夜的時間，而這條馬路是他常走的；我於是產生了認識，我斷定那個人就是曹聚仁。但是我忽然發現他身邊有一個年輕漂亮的少女，在和他親密地談話，我根據過去的認識，想到曹聚仁不常同一個少女如此親密地「拍拖」的；我又重新懷疑，這就是我對剛才的認識不滿意了。我於是又叫了一聲：「曹聚仁先生」，這個人一回頭證明的確是曹聚仁，他也向我打招呼了；這是認識由懷疑而加強。但是又有新的懷疑，我想怎麼曹聚仁先變了，深夜帶著這樣年輕漂亮的少女，這樣親密的在「拍拖」。我知道他很愛他太太的，他太太是一個美麗賢慧的太太，難道今日曹聚仁已不是我昨天所了解的曹聚仁了嗎？這時候，我為求認識上的滿足，不斷的思想，想問而又不敢問，可是曹聚仁挽著他身邊的小姐向我介紹了，說這是他的女兒，新從上海來的。於是，我所懷疑的問題就有了解答，我認識到曹聚仁沒有變，還是我以前認識的曹聚仁。

所以「懷疑」始終是思想的母親，而「認識」則是思想的兒子。人是由懷疑而有問題，有問題才有思想，有思想才有認識的。〈論徐訏的語錄〉的作者以為「認識是思想的母親」，正是自供地說明他是從未有過思想的人，而是從「書本」與「經驗」上得一點常識，而自以為「認識」什麼，就當作自己的思想罷了。

不難了解，作者是三民主義的信徒，大概是三民主義裡所說的「不知不覺」的一類人。這種人，係中山先生所謂「聰明才力是更次的，凡事雖有人指教他，他也不能知，只能去行。」的一種人了。

這是笑話。〈論徐訏的語錄〉的作者請不要見怪，原因是我根本反對孫中山先生把人類分作先知先覺，後知後覺，不知不覺的說法的。

對於「迷信是主義的母親」的話，也就是根據孫中山先生的話而來，他說：

> 第二種人叫做後知後覺。這種人的聰明才力比第一種是次一等的，自己不能夠創造發明，只能夠模仿第一種人已經做出來的事，他便可以學到。第三種叫做不知不覺，這種人的聰明才力是更次的，凡事雖有人指教他，他也不能知，只能去行。

這裡，孫中山先生明白地說明，從「發生思想，到思想貫通」是先知先覺的事；而後知後覺、不知不覺是只從「信仰」開始到「實行」的人。

既然後知後覺不過是學到別人做出來的事，不知不覺只能行別人知道的事，他所崇奉的主義從那裡來的呢？他的主義是照著別人的認識而來。照著別人的認識，自己不用思想，這就是迷信，如聞雷聲、見電閃，別人說雷公雷婆，而以為是一種可滿足的認織，這就是迷信。

這是我對於第二條語錄的說明。

四

第三、是說到迷信了。我說，信仰發生於敬愛，迷信發生於恐怖。但這不是說，敬愛一定要產生信仰，恐怖一定產生迷信。敬愛可以產生信仰，也可以不產生信仰；恐怖可以產生迷信，但不一定產生迷信。

舉例說明：很簡單，假如因為怕電打雷劈，去祭供雷公雷婆，那當然是迷信；如敬愛孔子，因而相信孔子，這當然是信仰。

但是怕雷電的人，也可以產生逃避，也可以產生咒罵，不一定都去拜雷公雷婆的；而敬愛孔子的人，不一定要以為孔子的話都是完全對的。

而，問題是在我的語錄並不是論文，沒有詳細地說明，也難怪憑一點「常識」的人無從解釋。現在似乎要加一點註解了。

信仰雖是由敬愛而生，但是敬愛也可以由迷信而產生；迷信希特勒是政治軍事天才的人，他對於希特勒也會產生敬愛的。迷信雷公雷婆的人，對於象徵雷公雷婆的偶像也會敬愛的。宗教的來源就是從迷信發展為敬愛，而到信仰的。但是這是宗教史上的知識，自然也不是「對學術沒有認真做過功夫」的人所能有的。

以我自己來說，我對蘇格拉底、對孔子、對柏拉圖、對笛卡兒……對無數無數的先哲先賢，哲學家、詩人，當然也包括孫中山，以及同時代許多師友，我都有深淺不同的敬愛，但是我沒有對他們信仰。信仰與相信是不同的，相信是有保留的，有條件的。如我相信某種學說，是由我自己判斷而來，可以隨時修訂，或只信一個月，或只信一部分；信仰則是一種狂熱，是整個的，無保留的；所以相信一種學說，是我自己的事情，是對自己負責的。學說不要我對它宣誓，不要我「忠貞」；而信仰一個主義，則主義要求我對它負責，對它宣誓，要我「忠貞」。孔子的學說，我有相信的地方，有不相信的地方。即使我完全不相信孔子的學說，但是我覺得在他的時代，他會產生他這樣的思想與學說，我也可以對他有敬愛。對三民主義也是一樣，我現在雖然覺得它許多地方不免淺薄幼稚，許多地方不免自相矛盾，但是在孫中山先生的時代，孫中山先生提出這許多問題（懷疑），想出這許多解答（由思想而認識），實在是可敬佩的。

柏拉圖對蘇格拉底是敬愛的，他的學說無疑是承襲蘇格拉底的學說，但是他是有懷疑的，有的修改過，有的補充過，也有許多地方是與蘇格拉底的完全不一致的。孟子對孔子是敬愛的，但是孟子也是把孔子的學說，憑自己的解釋補充、修正、發揚。許多地方與孔子不同的。不過是當時的風氣，是要把自己的說法，說是孔子的意思就是了。荀子也是一樣，他自己的思想，也要說是孔子的說法。孟子與荀子雖然都是承襲孔子的學說，但是都說不到「信仰」，因為都是憑自己的思想去引申、銓注、附會的。

原因是「信仰」這兩字原是從宗教而來。孔子的學說始終少有教義或主義一樣的氣息。春秋戰國時代是一個懷疑的時代。對任何思想都可以懷疑。《孟子》一書，幾乎都是懷疑與解答。如果對「主義」這樣東問西問，恐怕早就該被斥為叛黨了吧？後世人要捧孔子成為偶像，設立孔廟祭供，就成為偶像；原是統治者要把他的學說作為「主義」來統治人民罷了。這就是把樹木砍來做電線桿的辦法。孔子的學說變成信仰的「主義」以後，孔子的學說真義就無人研究，懷疑、研討、發揚，以後就萎縮死殭了。

這是我對於語錄第三條的說明。

五

現在，要講到思想產生權力的問題了。不用說，這權力是指政治的權力而言。孔子的思想就是這樣為統治階級利用而變成統治的權力的。思想既是從懷疑而來，譬如初民對於雷聲電閃懷疑，產生了思想，思想中最可解決問題而使大家相信的就成為思潮，當時的「因為人作惡，所以神發怒」的解釋，的確以為解決了問題，於是大家相信這個解釋，而利用這個「解釋」的巫師就產生了權力。

接下去我說，權力也產生思想；因為權力的統治往往使人懷疑到以前的解釋的。譬如說，一個巫師利用雷聲電閃欺搾百姓，人民自然要逐漸地想到雷聲電閃為什麼不懲罰壞人，反而懲罰好人的問題。

孔子的學說被利用成為政治的權力以後，老莊、佛學一直在被統治的力量裡生長，就是新的懷疑。不用說，五四運動，所謂打到孔家店，更是一個徹底的懷疑與否定，於是產生了以後的許多思想。

主義的原意，我相信都是好的；但是可惜成了主義就不許懷疑，因此就不再有思想，而信仰的人也只是不知不覺的迷信了。

馬克斯的學說是有他的價值的，但成了主義以後，是變成了力量，變成了權力，它就是不再生長了。但是馬克斯是十九世紀的人，他博學到頂，也只能讀十九世紀以前的書；他閱歷雖多，也只看到十九世紀的社會，資本主義以後的發展，社會的變動，他都沒有看到。如果他一直活到現在，誰也無法斷定，他對他的《資本論》及《共產黨宣言》所說的話會不懷疑的。孫中山先生的時代也已不存在。新的學說、新的思想、新的世界，他都沒有見到，如果他活到現在，他對於這本那樣的《三民主義》會滿意嗎？以他的好學與天賦，恐怕他也已重寫了三、四次了。這就是說，他將懷疑他幾十年前的思想，而從新有新的「貫通」了。

六

最後要說到我的《荒謬的英法海峽》了。這是一本遭厄運的作品，出版以後，信仰三民主義的不知不覺之徒，早就以為這是替共產主義宣傳了；自認是社會主義者，以為我是一個空想社會主義者；現在大陸也已經把這本書嚴禁取締（根據《新聞天地》的報導）了。

實際上，這本書與這些都沒有關係。其中幾段話不過是對於當時周圍的一群口頭上在領導群眾，而生活上則高高在上，奢侈淫佚，口頭上革命，心理上要權勢的人的一點諷刺而已。想不到這本書所諷刺的人竟是始終不斷的存在著。朝代雖是變化，這些人還是一樣的嘴臉。這大概也是這本書銷了二十年的原因。

〈論徐訏的語錄〉的作者說：「我們以一個學術眼光視之，其政治與社會知識是有限的。」一點不錯！親愛的讀者，我勸你應當有點「藝術的眼光」才對。你讀文藝作品用學術的眼光，那麼你讀學術大概用了文藝的眼光了。用學術眼光讀文藝作品，你會越讀越笨；用文藝眼光讀學術著作，你會越讀越糊塗的。我真不知道你是用什麼眼光在讀《三民主義》的？竟至把孫中山先生的「主義」兩個字都歪解了。

文藝作品，最忌的是賣弄知識！寫文藝作品如果要賣弄知識，那麼何不寫學術論文去呢？莎士比亞是一個戲子，他的作品裡充滿了智慧，但沒有知識。恐怕〈論徐訏的語錄〉的作者讀起來，更覺得他「淺薄無知」了吧？文藝是藝術的一種，你用學術眼光來讀文藝作品，你發現裡面「知識有限」，如果你用這個眼光去聽音樂，那麼你發現的只是「莫明其妙」了。你一定相信貝多芬的交響樂裡應該夾一段「主義」的朗誦才夠你學術眼光的欣賞吧？

至於有人的作品比我的《荒謬的英法海峽》好，這是我所高興的。因為我的作品不是主義，我也不是什麼先知先覺，不是要信仰我的人都不知不覺或後知後覺。《荒謬的英法海峽》出版了二十年，如果中國沒有產生過比這書更好的作品，那麼我也慚愧為中國人了。

我是相信人類與民族是不斷的生長進步的人，我相信我們這一代的作品比前人好，如果沒有比前人好，我們的努力一定可以比前人好，因為他們已經多傳了一點養料給我們了。但是我也相信後起的人會比我們好；因為我們這一代又多傳了一點給後起的人了。

相隔二十年，只要我對於自己的民族還有點自信，說沒有作品比《荒謬的英法海峽》好，那是可恥的。相隔三、四十年，只要孫中山先生對於自己的民族還有點自信，說國民黨還是一群後知後覺不知、不知不覺的人，在拿他的三民主義，拒絕別人的懷疑、修正、補充、否定，恐怕在他是更引為可恥的吧？

一九五三，四，二十七，九龍。

謠言時代中的《熱風》

本刊前幾期有兩位作家談到過謠言。我覺得謠言原是亂世的產物。在《江湖行》中我說過，沒有故事的時代就是謠言的時代，意思是說故事是需要創造的想像，謠言則是模擬的拉扯。可是謠言中的人物與神話中的人物有時候是很相像的。他可以同時在華盛頓與莫斯科，同時是精明能幹與糊塗低能，同時是富可敵國與貧無立錐。許多平常無奇的事，在謠言的時代就會覺得人人驚異；「驚異」了就有猜測，猜測了就變為「謠言」；許多不合理性的不合邏輯的話，在謠言的時代就會使許多聰明的人相信。「相信」了就會傳播，傳播了又化為「謠言」。

譬如說《創墾》與《熱風》吧，開始時只是毫無關係的幾個朋友湊熱鬧而產生的。《熱風》不過是一些常常閒談、爭吵的朋友的同人刊物，那時候《創墾》有一個刊物的登記證，可是沒有人有這麼些時間來做非職業的編輯，而那些閒談爭吵的朋友既然願意寫業餘的文章，我也就勉強暫充現成的編輯了。後來我的時間與情緒連做現成的編輯都不允許了，就由別的熱心人來擔任。時間變化，人事也有變化，兩年以來，有些作家越寫越少，有些作家改行，有些作家遷地，拼拼湊湊又有些新參加閒談、爭吵的人們願意寫些業餘的文章，所以寫稿的人也有些變動。這些變化其實都是很平常。可是外面的人覺得很詫異。時至末世，許多津貼使過期的文武官員變成編輯，許多救濟使沒落豪門的食客變成作家，對於一個沒有稿費的刊物之作各種猜測也就不足為奇。以自己度人，本能的模擬的拉扯很容易想到背後必有大批津貼，如果沒有稿費，那一定是每人有月金可領。消息傳來，好像幾個在《熱風》寫寫文章的朋友每人都有一、二百美金一月，我自然也沒有落空。可是一方面雖作此說，另一方面就覺得津貼救濟必有來源，幾處來源，一一打聽以後，謠言不免無根。既然不為津貼，當然另有所圖，那麼《熱風》一定是一個什麼組織，抱著什麼野心的。這大概是一切謠言的邏輯了。

說到我之成為謠言世界裡的人物，倒是很可笑的事情。我一方面既然每月有美金可領，據說我版稅收入也是每年數萬。自我到台灣一次以後，也就有人說我領到了救濟。這樣一來，我倒該非常富有了。可是另一方面則有人說我舉債累累，預支了書局版稅，積欠了印刷所印刷費。消息一傳，幾個有往還的印刷所急來要賬。弄得我啼笑皆非。

我於三十歲以後，有三樣事情最不喜歡。第一是照相，第二是參加組織，第三是開會。我覺得這三件事情都是失去自己的事情。照相裡的我永遠不會像我，組織中的朋友，往往不是朋友的本人，會場的熟人往往變得非常陌生。《熱風》幸虧不是一個組織，否則派系一定非常複雜。平常今天爭爭吵吵的朋友，明天也可以嘻嘻哈哈。可是如果在會場裡一場爭執，馬上就可能有陣營對立。因此我從不參加任何集會。但這只是我個人的喜惡，我並不反對別人愛開會與組織。在我友人之中，也有專愛在會場裡討生活的人。這些朋友一沒有會場的生活就覺得非常寂寞。我可覺得他們在會場裡侃侃發言時，同他們日常生活上的人完全不同。因此我時常相信那些常常開會發議論的人或多或少都患著人格分裂症的。

香港前年有人發起筆會，邀我參加。我當時就以上述的理由坦白拒絕。可是最近謠言傳來，說是筆會領到巨額津貼，我也分潤不少。筆會是否有人津貼，我不知道；我既非筆會會員，即使想分潤，也沒有這個資格。我說這個雖有關謠之嫌，但實際上也只是一種邏輯的推理。我想一個人有一個職業本不是什麼稀奇的事。可是因為我這些年來流落香港，每天「啃書啃字」，一旦找到一個職業，竟反使許多人驚異不已，謠言紛起；有的贊成我改邪歸正，力求安分，有的說意氣消沉，無志寫作，而想退休在寫字樓了。於是有人就開始懷疑，說裡面一定還有別種內幕。最後終於找出我所供職的是有大陸津貼的一家左派書店，我的工作是在編教科書，看風使舵，另有作用。說得頭頭是道。這種從猜想從模擬的拉扯，也許正是謠言的邏輯。可是如果從另一角度來問，有大陸津貼的所謂左派書店會請我去編教科書，那不是太不合常識與普通推理了嗎？而這居然也有很多人相信，還使幾位關心我的朋友來問我，這實在弄得我不知所云。

在這亂世裡的人，保住心理正常不容易，而極普通的推理似乎都要有正常的心理。謠言時代的世界好像就是一個瘋人院，人人都具有過敏的嗅覺而缺乏清明的理性。偶爾有幾個肯憑理性來看事物的人，反而不覺得是正常了。

有一個時候，我忙於寫電影劇本，好久沒有為《熱風》寫稿。有人說我受到某方警告，所以不敢再為《熱風》寫稿了，也有人說我同《熱風》鬧翻，不再為《熱風》寫稿。其實這些都是根據說話者的嗅覺，並沒有根據正常人的理性。我不是一個什麼了不得的人物，寫幾篇稿子也不值得人家警告。

《熱風》朋友，天天爭論，但無從鬧翻。有人覺得自己的一篇文章，不知道有多少人在注意，我則覺得像我們這種文章，看到的人固然有限，在這有限的人中，愛看的人更是有限，在這更是有限的人中，大多數也只是隨意看過忘去。一二個欣賞的人，最多也不過在同人談到時說一句「還不錯」而已。寫稿與不寫，都不是什麼值得找尋的重大的理由的。

其實《熱風》上的文章，不要說在思想見解方面我同意的很少；就是在文章方面，我所喜歡的也不多。可是在整個《熱風》來說，也許是我創辦人的私見，我總覺得是一個代表民主自由不失知識分子尊嚴的刊物。在這個各為主人服務的妾婢文化空氣中，《熱風》總是一個最有刊格的刊物。

有人說《熱風》有統戰分子滲透，但是我主張歡迎反統戰分子也來滲透。《熱風》同人也沒有反對我的主張。好像有一個什麼問題，我還特地請另一個立場的朋友寫點他的看法，可是他不肯寫。如果《熱風》將來真有一邊倒的色彩，責任恐怕也並不完全是在編者身上的。

謠言可以使人避謠，也可以使人闢謠，還可以使人接謠。許多謠言來自好友，可以說是誤傳的謠言。譬如我們說某人同他的一個朋友的太太有浪漫史，他為避嫌疑，不再同她來往，這叫做避謠。許多謠言來自仇恨與妒忌，可以說是蓄意的謠詠。我怕外人誤會，不得不有所申明，這叫做闢謠。還有一種則可以出於友誼也可以出於敵意，不妨說是冷戰的謠言，這就很容易使人接謠。譬如我以前有一個朋友，做事非常清廉，後來因人人說他貪汙；他想他這樣清廉，大家還說他貪汙，他為什麼這麼傻不刮一點錢。他就索性貪汙起來。這不妨說是接謠。對於《熱風》上同人的謠言，各人不免有點感慨。但對於《熱風》的謠言，則既不避謠，也不闢謠，又不接謠。這正是《熱風》可愛的地方。這因為《熱風》不是一個組織，既不開會，又無決議。謠言世界裡的人物到底還是平凡而現實人，而謠言世界裡的刊物則不免是神祕與羅曼蒂克了。

日子過得很快，連我創辦《熱風》的人，也想不到《熱風》一出這麼久，到九月十六已是三周年了。一個刊物三周年還年輕，但我們四十歲以上的人，在謠言世界中過了三年已經老了不少。我們活在這個謠言的時代，也許將在謠言的時代中死亡。但我希望《熱風》會活過謠言的時代。那時候，大家當會相信有這樣一個刊物是很平常而無需驚奇的事，而它的存在也毫無神祕與羅曼蒂克了。

《論語》週年話白卷

我寫文章不是從寫給《論語》開始，我投稿也不是向《論語》投稿開始，但是寫《論語》式的文章，的確是為寫給《論語》開始，而為投稿寫稿的，也是由《論語》開始。這並不是因為讀了《論語》以後，覺得裡面的文章可以讓我發揮為文，或者是說某一篇文章或某一個人作品喚起我來寫同類的文章，而是《論語》這個雜誌始終有一個個性吸引我去同它接觸，去參加一點成分，這成分慢慢就是《論語》的成分，而多種的成分就造成了一種空氣。我吸了這空氣，又吐了一種空氣，如是往復，覺得大家在這個空氣裡呼吸，覺得大家是這空氣的一部分。

我覺得《論語》這個雜誌與別種雜誌是不同的。它既非學術刊物，又非文藝刊物，也不是時事刊物，然開口微中，常及學術，涉筆見俏，亦帶文心，引證覓據，不出時事。有趣而不肉麻，樂而不淫，諷刺而惇厚，笑人亦笑己，凡此種種都是《論語》特色，也成為《論語》空氣。在這個空氣裡，學者投稿，都脫去學究大衣；文人為文，亦沒有藝術冠冕；大官來稿，暫時亦得放棄官僚架子；所以它就令人可親，使人人敢於說話，使人人敢於寫文，而說話的人不會想由此可做國大代表，寫文的人也不以此求流芳百世，因此《論語》就成為最自由的園地，我就是這樣變成《論語》經常寫稿的人的。

我記得我第一篇替《論語》寫的是〈論文言文的好處（附官例兩則）〉。這類議論，我往常總是有感而不寫，偶爾好友相處，才信口雌黃，當作談助，自從《論語》愛發表這類議論以後，我覺得這正如在斗室中與朋友中閒談一樣，發現我用筆也可以同朋友們信口雌黃，所以我就陸續的寫了許多。以後在生活中，又碰到一些幽默有趣的事，覺得寫下來，也許很可以揭發人生中的可笑、矛盾與愚笨，於是就成了一些小故事。而事後讀來，竟發現在那些可笑、矛盾、愚笨的事件中，許多至親好友以及自己似乎都在在扮演角色。於是我根據自己的愚蠢，陸續又寫了許多。這些小故事，我以後收集在《春韭集》裡。今年拿出來看看，覺得這些年來，我自己及許多熟人有時仍不免在扮演這些故事裡的角色，所以又重版一次，無非讓讀者笑笑作者的愚笨與可笑，而發現這也可能是讀者自己會有的愚蠢吧了。

勝利後《論語》復刊，我碰巧還在異地流落，回來後就接到《論語》編者來約稿子的信，我當時就想到這些年來在痛苦與掙扎中所經歷的事件裡，很有許多矛盾可笑的材料可以隨便同朋友談談的，何妨寫出來讓大家聽聽；還有許多滑稽動人的面孔，表面上都像是嚴肅高貴緊張，而內骨子裡都是嬉皮笑臉，似乎也可以畫一點出來，讓大家看看。可是，我的心境竟不像以前，這一切可笑的我不但不愛寫出，也怕於想起。因為實際上，這些事件與面孔細看起來，還是多年前我們在《論語》裡所談、所畫、所聽的種種，沒有改變，沒有進步。〈文言文的好處〉還不斷的見於官例，嬉皮笑臉的流氓還都掛著可敬、可畏的虎皮。這好像我們在馬路見了一個鬼，我們覺得很有趣，見了朋友就愛談這件事，但等我們天天都碰見這樣的鬼，我們就不愛談了，即使碰到沒有聽見過的朋友。我大概也就是這樣，變成了不是《論語》中人。

昨天接到《論語》編者的電話，勒令供招不熱心寫文之理由，以作《論語》週年紀念刊之用，謹供如右。

謹啟者——《論語（香港）》編後信函

語堂先生：惠示拜悉，承允賜稿未見擲下為念。《論語》已出二期。因屬平郵寄奉，想你尚未收到。《論語》復刊，有人說是復活，有人說是借屍還魂；我則以為是投胎重生。當日《論語》作者，各有千秋；二十年來，變化太多。先生漫遊歐美，定多佳勝，盼可早賜宏文。倘有舊日《論語》作者，見先生大作，紛紛響應賜稿，則隔代相聚一時，異地再逢一室，亦未嘗不是勝事也。用敢馳書催請，莫因事忙見忘為幸。

晉秀女士：惠示拜悉，忙中稽復為歉。第一期《論語》，你還沒有收到，希望只是延擱，不是遺失才好。尹秋是否收到，亦未來信。《論語》銷台，已在申請中，一時市上當還不能見到。第二期《論語》業已寄上，收到後請即賜稿為盼。

秀俠先生：惠示拜收，無稿為悵。《論語》專刊平實私見，無為閒談。故凡不肯為《論語》寫稿者，必太板面孔或故作有為之士；先生不常板面孔，故敢遠地相邀，懇可勿棄是幸。

華苓女士：謝謝你的信，《論語》並不敢標榜幽默，更不喜歡空洞的玩笑。在此世界中，離開人生，並無文化與藝術，自然也沒有幽默。前讀《自由中國》大作〈晚餐〉，覺正是真正的幽默文章，如蒙此類文稿見賜，則無任感禱矣。

棄子先生：疊奉函，因不知尊址，都託友轉奉，未悉是否收到？未見復示為念。前讀《文學雜誌》中你的談詩，我頗有點意見，本想為文請教，後因忙而未果。先生如欲知鄙見如何，尚祈先為《論語》寫篇稿子，勿卻為幸。

典戎先生：那天你來，送你出門後，即有人向我打聽閣下是誰？我說：「是金典戎」。他說：「胡說，金典戎早就去大陸了。」我說：「也許你所說的是另外一個金典戎。」今天承賜〈吳佩孚太太〉稿，謝謝。《我的太太特輯》，已因作者公意，改為《太太專號》。尊稿決擬在第五期專號上發刊。第四期務懇另賜宏文，以光篇幅為幸。

王藍先生：賜示拜悉。承教至感，《論語》作家贈書，到三期為止。以後寄刊，當以定戶論。先生賜稿，弟當為撥一部分稿費為定一份。弟因生活栗六，久疏音問。編《論語》以來，日以先生之稿為念。第五期《論語》出《太太專輯》，務盼為寫一文。居台友人，多不詳地址，便中尤祈代為拉點稿子，拜托拜托。

良蕙先生：《論語》第一期想達左右。尊稿未見惠下，企念萬分。聽說你要遷居嘉義，因此寫信都怕相左。《論語》第五期要出《太太特輯》，您為模範太太，務懇慨賜一文，以光篇幅。我們的朋友薛先生，近忽與太太分居，我們百般斡旋，無能為力。你與他們都很有交情，理應寫信勸勸他們。至於破裂原因，朋友間都不明真相，您如去信，他們或肯奉告也。

平陵先生：接第一期尊稿後，即修書致意，想達台右。《論語》第二期，是否收到，念念。未見再賜宏文，悵憾萬分。第五期為《太太特輯》。務懇為撰一文。嫂夫人為最賢慧的太太，趁此機會，而不標榜，似有愧於夫德矣。不知尊意以為如何？

敦偉先生：《論語》第一期有您大作，叨光不少。第五期出《太太專輯》，用敢請稿。先生的「談笑風生」，既是「恰到好處」，而又認識不少名太太，信手拈來，定多妙語。我常以為文章寫女人比寫世界大事難，寫太太當為更難。《論語》十不中有不罵人之禁，故希望能「謔而不虐」，「樂而不淫」，先生想來，當不會「主義開頭，口號接尾」吧？一笑。

樹勳先生：承允為《論語》《太太特輯》寫稿，甚感。茲者發稿在即，盼可早日惠下。「太太人人都有，各有巧妙不同」。大嫂為名夫人之一，閨房佳勝，定多雅趣。先生妙事成文，當可使《論語》生色不少，謹留篇幅以待，尚祈不棄為幸。

（倫敦）黎明先生：《論語》第一期，想達台右。日前文友來稿，大名與您相同，因謹在大名前，加倫敦二字，以見區別。您在倫敦，工作一定很忙，但《論語》請您寫稿在創刊之前，似不應不再寄投。太乙小說已脫稿，近來當較空，務望於最近為《論語》寫點稿子，異國風光，定多妙趣；能光《論語》篇幅，以饗讀者，則編者亦有榮矣。

徐訏

《筆端》發刊詞

本刊在徵稿函中有這樣的話：「今人等現在想試辦一種合乎時代，實事求是的刊物，希望可供有識之士對現代各種問題發表點見，或者用藝術的形式，表現胸中所感所思，或報導些特殊的見聞。」這已經說出了本刊的性質，也可說是我們對這個小刊物的一點期望。

在態度上講，我們這個小刊物既是公開的，勢必容納不同的意見與不同的「所感所思」，但也只限於個人的意見與所感所思，至若官方的公告，團體的宣言之類，則自在無法刊載之列。在內容上講，這是一本綜合性的刊物，所以這與純粹的文藝刊物、政治刊物或電影刊物……等不同。我們想接觸較多的問題，也想包括較廣的範圍。

在容量上說，這是一本薄薄的半月刊，太大的宏文巨著勢必無法容納，而又因為是期刊，不是專書，多少都需要與時代或時間有點關係。這樣一說明，這刊物好像是有很清楚的範圍了，但實際上，這是我們的試辦。真正的情形，很難預定。原因是予刊物的形成是讀者、作者、編者三方面的事情。以前有人說過，刊物的編者是廚子，作者所供給的文章是原料，讀者是主顧，廚子把來料燒成菜肴後，請顧客來賞光。這個比喻自然有道理，但這對單純的文藝刊物或藝術刊物言，似更為確切。像我們這個刊物，則往往公婆並列，各有千秋；黑白交錯，難分是非。所以作一個編者，倒像是一個園丁，目的在維護一個美麗的花園。奇樹佳木，參差有章，異花雜草，相映成趣，他都覺得是花園的珍寶。至於讀者，雖說是園中的遊客，但我們希望他們成為我們的陽光與雨露，有他們的關切、光照與愛護，我們的花草才能繁殖與茂盛。有作者給我們的奇花異木，有讀者給我們陽光與雨露，做一個園丁，大概只要勤快與細心了。這所以我們的期望寄託在作者讀者方面的，比在我們自己身上的要多。發刊前所能說而想說的也只是如此。至於內容如何，看官自然會明瞭。不過做生意的有一句最常用的話是：「把我們的缺點告訴我們，把我們的優點告訴別人。」我們也在此套用了，向看官們拱手。

《筆端》說明、期望與懇求

本刊已出了第三期，正如一個嬰兒的長大，也自然而然的形成了個性。作為一個編者也只是就它的個性發展上，希望它會不同於時尚流行的各種刊物，而有它自己的使命與意義。

第一、本刊是絕對公開的刊物，它必須容納各種不同的意見——反共、親共、修正主義都好，但必須是個人的意見，也即是說，並不是為官方或黨方的宣傳。因此本刊的文章僅代表作者個人的意見，而不是代表編者的想法。

第二、本刊歡迎思想性的文章，但因為刊物的篇幅有限，慢慢的希望多致力於建立健全的世界觀與人生觀的討論與反省。在這變易流動之時代中，大眾心理上受原子戰爭的威脅，人們對於傳統的信念都已動搖，茫茫無所依從，不知所歸。青年人或淪於墮落，或流於頹廢，或趨於衝動性的過激，或陷於麻醉性的消沈，或成為現世享樂主義，或變作空漠的虛無主義。身為中國人，面對世界的兩個陣營，還要面對分裂的中國；我們亟需從冷靜的反省中看自己的問題，實事求是分析客觀的事實，去建立一些有意義的信念，不敢說對青年一代指出較光明的路，但至少可以給他們一點啟發性的參考。

第三、對於我們所處的世界與社會的認識，這也是對於現實社會的分析與說明，這可能是現實的、社會的、經濟的、政治的探討，可能是實事求是的報導。

第四、對於中國五四運動以來的思想家與文藝界的人物的介紹、研究、分析，予以較正確的評價——我們切實地相信，這些人物是中國的優秀分子，他們的主張與行動都是為要中國進步的。他們後來被政治家或政黨所利用，為環境所誘迫而墮落成為政治的工具與羔羊。我們身為知識分子，深信自己絕沒有特別優於他們的地方，對他們只有同情。常有人把他們視作附逆，中共叱責他們為資產階級走狗反動分子時候，我們必須用冷靜的頭腦，對他們作一個真正的評價。

第五、對於西洋的思想文藝的各種新的意見與派別，我們想儘量作點介紹。這自然只能做到引起讀者的注意與興趣，使他們可進一步去接近它。

第六、對於外國的學者與文化界人士的對於中國的看法與批評，無論出於什麼立場，我們樂於介紹，因為它至少可以給我們參考，警惕與反省。

第七、本刊並不是文藝刊物，但甚望可介紹點新穎的有生命的作品。我們特別希望有愛文藝像愛初戀的情人一樣的年輕作者，能給我們創作的稿子。對於一個刊物而言，沒有比能介紹一個新作家給文壇更光榮的事情了。

第八、我們的隨感裡的隨感，並不是我們的「社評」；一切議論只是作者個人的意見，絕不是本刊或編者的看法。但編者的選用，則是認為它可能是代表一部分人士的意見的。因此，這裡對一個問題往往會有相反的意見，許多作家也有各各不同的立場與角度，是不足為怪的。

上面是對本刊的態度、內容與個性一點點說明，也可以說是編者對本刊一點點期望，同時也要懇求作者讀者在這方面給我們指導、鼓勵與幫助。

漫談報紙副刊

一

世界中文報業協會今年舉行副刊編輯研討會，邀請我來作一次演講。我一方面感到很榮幸，一方面感到非常慚愧。我雖也進過報界，雖然也編過副刊，但是是一個最蹩腳的記者，也是一個最蹩腳的編輯。所以我當時就回答說，我不敢演講，只會趕熱鬧談談我的一點見聞。所謂見聞，我手頭也沒有這類資料，有的也是憑一點記憶，雜亂無章，所談雖說有關於副刊，但也很容易牽涉到副刊以外的事情。因為只是漫談的形式，所以我向諸位一定可以對我原諒的。

報紙有所謂副刊是哪一國開始，我不知道。但像中國報紙這樣的副刊，則與其他各國報紙副刊的形式與內容很有些不同。

我所知道的最早在光緒年間，當小說家李伯元（名寶嘉，別署南亭亭長，江蘇上元人）到上海辦《指南報》《繁華報》《遊戲報》時，似乎已經有了副刊。他的小說有些正是在那裡發表的。而且從他的《繁華報》《遊戲報》的名稱來看，也可能是副刊重於正刊，也就是像「國際電訊」一類的東西，反而成為副刊的點綴。所以在正式的、有規模的大報上，副刊是為消遣而附加的。這就是說，是給讀報的人，看到世界大事國家新聞後，消遣一下。既是消遣，所以是無足輕重的東西，所以副刊叫做「報屁股」。人雖然不一定看輕自己的屁股，「報屁股」則實在是輕視副刊的一個名稱。

那時的所謂報屁股，多數是開玩笑與好玩的東西，也有許多幼稚的東西。記得那時候我才十二歲，看到報屁股上有一小段文章，下面有一個括弧，寫著（酬洋一元）。這報紙想起來也許就是上海的《新聞報》，考證起來，編輯或者就是嚴獨鶴先生。這一段文章是一個小故事。我記得內容是這樣的：有一個人在電車上，碰到一個抽香煙的人。因為煙霧使他很討厭，他就同那位抽煙的人聊起來，問他一天要抽幾支煙。那人說，一天一包（一包是十支）。他就勸那人不要吸煙，一年可以省下很多錢。那個抽煙的人，聽了他的話，所以決定戒煙了。這個故事酬洋一元，我當時看了不覺心動，覺得這樣的故事並不難寫，於是我也寫了一個小故事。我寫，我在電車上碰到十一、二歲的兄弟兩人為小事打架，撞痛了我。我沒有罵他們，反而好好勸他們，說你們看來是兄弟，為什麼要打架呢？他們聽了我的勸告，就相親相愛地下車了。我把稿子寄去，果然登了出來，也果然有一元錢的稿費。這一元錢是我第一次收入的稿費。諸位也許不知道當時一元錢的價值，我可以告訴諸位，當時米價每石是二元八角到三元二角。一元錢可以換一百幾十個銅元。大餅油條是一個銅元一付（一個大餅、一根油條）。當時我自然很高興，但是以後編了相仿的故事寄去，就再也沒有被錄用過，也沒有接到什麼回信或退稿。這對我這個十二歲的孩子的確很好，否則我會以為賺錢是多麼容易了。

二

副刊從報屁股抬頭，自認是什麼文化、文學以及什麼思想的「傳播者」，那是新文化運動起來以後的事。當時許多報紙為迎合潮流，撥出篇幅，作為副刊。有人說，或者也可以說是敷衍白話文運動。副刊也成為一般青年學生的讀物。而附在報紙上的，有週刊、三日刊，而上海創造社在《中華日報》出《創造日》，鄭振鐸在《時事新報》上出《文學旬刊》，此外還有《學燈》《覺悟》一類的週刊。這些「附刊」，嚴格地說，不能說是副刊。因為是請外面的人來主編，或者說是把地盤借給文化工作者來辦。這個辦法，以後似乎也常常通用。

在我到北京讀中學的時候，北京有兩個有名的報紙，有兩個有名的副刊。一個就是《晨報副刊》，一個是《京報副刊》。《晨報》是研究系的傳統，《京報》的背景是什麼，我不大清楚，只知道比較進步，對軍閥批評甚烈。《京報》的總編輯邵飄萍就在那時被軍閥殺死的。

《晨報副刊》本來是孫伏園編輯，後來為魯迅的一篇〈我的失戀〉被徐志摩抽出，孫伏園辭職，後來辦《語絲週刊》，也就接編《京報副刊》。

〈我的失戀〉可說是一首諷刺的打油詩，諷刺當時流行的「失戀詩」。當時女子還沒有那麼開放，男女合校的中學還不多。女子中學與男子中學數量的比率至少一比二十。大學裡女生更是寥若晨星。所以，那時候提倡自由戀愛，女子很占便宜，男子就很容易失戀。所以報刊上發表的「失戀」詩與散文為文學的一個主題。

《晨報副刊》以提倡文學為己任，徐志摩自己尤以詩人自負，所以不用那首詩，大概也是不知道是魯迅所作。孫伏園離開《晨報副刊》以後，《晨報副刊》完全變成文藝副刊。記得當時創造社一批人，如郭沫若、郁達夫也常有稿子發表。後來徐志摩還在《晨報》上出了一個詩刊。這種文學性的副刊是否合乎辦報的要求，我不知道，不過在那時也引起一般青年對文學一點興趣。而且也的確提拔出一些優秀的作家，如沈從文、蹇先艾等。《京報副刊》則不是文學性的副刊，雖然裡面偶爾也有文學作品，多數是偶感、閒談之類。它同《語絲》配合得很好。

但有幾件事，《京報副刊》給社會很大的影響，也出了很大的風頭：

第一，就是女師大事件。女師大學生與校長楊蔭榆起了很大的衝突。當時語絲派的作家，如魯迅、周作人等，都反對楊某，支持學生，而教育部長章士釗則炒了魯迅的魷魚，說要關女師大的門。這件事，《京報副刊》當然是站在反對教育部與楊某的立場。而《現代評論》派則是與《語絲》派對立的。一般說來，青年們都同情《京報副刊》的立場的。後來是另外辦了一個女子大學。

第二件事是北大學生韓權華事件。韓權華後來是衛立煌的太太，回到大陸。衛立煌死後，不知道怎樣。據說韓權華當年在北大是風華絕代的美人，對她傾倒的人不知道有多少。可惜我生也晚，沒有趕得及看到。有一個英文系的教授寫了一封情書給她，哪裡曉得韓權華把它在《京報》上發表了。這件事在校園中轟動一時。有人怪孫伏園不該把它發表，因為這是私人的信。但孫伏園說，愛慕一個人的情書，原沒有什麼，發表了也何必大驚小怪。總之，參加討論的人很多。後來是那位英文系教授辭職下場。韓權華因為在北京大學太出風頭，她一出去，校門外大家都趕來看她，她只好轉學到女師大去了。

這也可見《京報副刊》對當時社會影響之大。

我在中學讀書時，學校功課注重理工。因為那時一般空氣是所謂實業救國，所以對於這些報紙中的副刊很少注意。可是那段時間碰到了兩個年紀比我大的朋友，是他們使我稍稍注意到所謂報紙副刊。當時我功課很忙，也沒有想到試作寫稿。

一個是馮稚望（就是馮定，是前幾年才被清算的北京大學教授。他的著作《平凡的真理》銷售達七十萬本。）他在《京報副刊》上寫文章，有一篇記得是〈江南好〉，談到思鄉一類的情感，我讀了很覺有趣。還有一位是前幾年在台北仙逝的張雪門先生。他是幼兒教育家，但當時他也偶爾在各報副刊上寫稿。他出了兩本書，是《晨報》社替他出的（報館出書是清末以來的慣例）。一本是關於故鄉寧波的一些風俗人情的，一本則是小說，好像銷路還不錯。

在《晨報》《京報》以外，當時自然也還有許多其他的報紙。比較保守的，也像上海以前的消遣性的副刊一樣，近乎鴛鴦蝴蝶派。但是馮稚望也寫舊詩之類的。他用了一個女性的筆名與一個嚴姓的朋友寫舊詩應和，弄得那位姓嚴的朋友以為真獲得了紅粉知己。我當時十五、六歲，讀讀這些詩文也很好玩。

三

我進大學以後，《晨報副刊》已經衰微。徐志摩等一批人到上海辦《新月》去了。《京報》恐怕已經停刊。當時記得有許多報紙都有副刊，影響力似乎都沒有它們大。

在我的記憶中，那時的報紙一直到後來也好像都是一樣，都有兩個副刊：一個新的，一個舊的。新的用語體文，談西洋文化，或是刊載新文藝的作品；舊的則是抄舊書，談掌故，以及應和的舊詩詞之類。

後來有許多報紙，把副刊包給文藝團體來辦。或者也可說當時有些青年文藝愛好者為發表自己的作品，向報館接洽一塊地盤，一星期一次，大概都沒有稿費，只是把這刊物多印一、二百份給這個文藝團體。那時我就在一家《全民報》上辦了一個週刊，發表了許多詩與散文。也有報紙自己維持一個副刊，另外則用七個不同的週刊來形成另外一個副刊的篇幅，如戲劇週刊，建設週刊，醫學週刊之類，大都由大學生們來辦，有時也請老師寫文章。譬如當時北京藝術專門學校有戲劇系，他們就在報上出一個戲劇週刊，作為他們戲劇系的宣傳刊物，想由這個戲劇系巡迴公演，籌款成立一個小劇院，但始終沒能實現。另外也有別的劇社在報上辦週刊，為宣傳他們公演之用。

起初這些副刊的排法採用書版的排法，把這些副刊對摺合訂起來，就是一本書。後來因為從報紙的立場看板面，才把它改了。又因為北伐的關係，不知不覺，北平這個中心就南移到上海。當時連《語絲》這樣的刊物也隨北新書局搬到上海。

我因為讀的是哲學，以後很少工夫與興趣寫稿，但偶爾也在熟人的刊物上發表一點小品與詩歌。畢業後，我又讀心理學。以後回到上海，再開始寫稿，但多數是為刊物寫，很少為報紙寫。後來我幫林語堂先生編《人間世》，自己又辦《作風》等刊物，就更少為報紙副刊寫稿了。

談到上海時的副刊，不能不想到《申報》的《自由談》。《申報》的老闆是史量才。黎烈文與史家大概有點親戚關係，他從法國回來，就編《自由談》。

黎烈文編《自由談》，拉了魯迅為首的一批作家寫雜文，在上海引起一個雜文盛行的時代，許多人跟著寫。魯迅的雜文是批評社會與政局的，所以這是以前的副刊少有的風格。當時張資平在《自由談》上寫一個長篇小說。張資平是創造社時代的作家，他寫三角戀愛，初期因中國少有人寫，一時風靡過不少青年，後來本本大同小異，也就不十分引人注意。黎烈文把那個長篇腰斬了，有人說是當時左翼有人討厭張資平之故，黎烈文只有順左翼人士的意志。黎烈文前幾年在台灣過世了，我想說說沒有什麼關係。黎烈文法文程度不錯，可以翻譯一點小說，但文藝修養並不高。他當時為追求一個中學女生彭雪珍，就不斷的刊載彭雪珍的文章。那些文章只是中學生的作文。他的目的就是追求她。彭雪珍的姊姊我熟識，所以我知道這件事。彭雪珍後來改名彭子岡，嫁給徐盈，兩人都是《大公報》的記者。黎烈文則是白費了一番心機。我因為看不起黎烈文，沒有為他寫稿。

另外一個副刊是小型報《立報》的副刊。編者是謝六逸。他是一個了不得的編輯。他來信邀稿，可以說是無法拒絕的。他要退你稿，也絕不會使你不開心。《立報》是一張小型報，八開的報紙，副刊地位很小，可是許多老作家都為他寫。當時我們算是年輕的，也給他寫過一些稿子。

我在上海孤島時期，曾用許多筆名寫有關抗戰，斥責漢奸的文章。這些都發表在各種副刊上，也可以說是抗戰八股。但是那時有一個《中美日報》，編副刊的是張若谷。他的副刊名字叫《集納》。他約了幾個人，每天寫一篇不同性質的東西。我記得邵洵美寫關於詩的，我則寫關於戲劇藝術的，寫了二十幾個星期。這稿子我還化過一點心血，後來各處想找一份，再也找不到。美國國會圖書館，斯坦福，日本國會圖書館也沒有。

我一直沒有在報上寫過小說。到珍珠港事件後，我到重慶寫《風蕭蕭》，才在重慶《掃蕩報》上發表。以後就是一九五零年後我到香港，為鄺任泉先生編的《星島晚報副刊》寫小說。

我覺得小說在副刊上發表很乏味。原因是一篇短篇小說要用八天、九天登完，讀的人怎麼還能欣賞它的好壞。要寫，我想還是寫點雜文。幾年來，我也寫了不少，出過一本《街邊文學》。序文裡我曾經說，文學到今日，有客廳文學，有課堂文學，有沙龍文學，有書店文學……而我這些小文，發表在報屁股上，報紙冷落地躺在街邊的報攤上，……故名之為《街邊文學》。

報紙的副刊究竟要怎麼辦，我沒有勇氣研究。我想，最好是不要副刊。但每星期附送一本刊物，一本週刊，則文章可以長一點，不必分七天來讀。如果要副刊，則自然要以短文為主，而短文當然要和時事新聞有關，那也就變成column。文藝這東西，放在副刊上，總像是音樂不在音樂廳裡演奏，而在別人笑罵飲酒的宴會上演奏一樣，總覺得是屬於「報屁股」的玩藝。

我還認為副刊的編者最大的工作是看稿子。這是很辛苦的事情。我編刊物時，一天收到過四十幾件稿子，編日報的副刊，自然更多。但是香港的副刊則是攤位主義。一個作家一個攤位，十個攤位湊成一版，勻勻稱稱。隔一個月換一換版面，根本不需外稿，編者也不看外稿。這是我到香港以後才了解的。其實呢，編者的薪水很低，他怎麼可以為你整天工作？有經驗的編者，他告訴我，他每日只要用七分鐘的時間就編好了當天的副刊，所以薪水雖薄，也就樂此不疲了。

最後，我想到報紙的競爭應該是放在政論、社評上，或者是消息的靈通與迅速上。放在副刊的好壞上，也應該是對於社會、文化、教育的意見，思想的反映；如果偏重於文藝之類，大概還是因為消息上無從競爭，政論、社評也是千篇一律的八股，沒有或不敢發表新意見之故。

（這篇文章原為在世界中文報業協會所作的演講詞，日期不詳。篇名由編者所撰。）

徐訏文集・散文卷07　PG2317

門邊文學

——三邊文學之二

作　　者　徐　訏
責任編輯　陳慈蓉
圖文排版　林宛榆
封面設計　王嵩賀

出版策劃　釀出版
製作發行　秀威資訊科技股份有限公司
114 台北市內湖區瑞光路76巷65號1樓
電話：+886-2-2796-3638　傳真：+886-2-2796-1377
服務信箱：service@showwe.com.tw
http://www.showwe.com.tw
郵政劃撥　19563868　戶名：秀威資訊科技股份有限公司
展售門市　國家書店【松江門市】
104 台北市中山區松江路209號1樓
電話：+886-2-2518-0207　傳真：+886-2-2518-0778
網路訂購　秀威網路書店：https://store.showwe.tw
國家網路書店：https://www.govbooks.com.tw
法律顧問　毛國樑　律師
總 經 銷　聯合發行股份有限公司
231新北市新店區寶橋路235巷6弄6號4F
電話：+886-2-2917-8022　傳真：+886-2-2915-6275

出版日期　2019年11月　BOD一版
定　　價　390元

Printed in Taiwan

國家圖書館出版品預行編目

門邊文學：三邊文學之二 / 徐訏著. -- 一版. --
臺北市：釀出版, 2019.11
面； 公分. -- (徐訏文集. 散文卷；7)
BOD版
ISBN 978-986-445-365-8(平裝)

855 108018560

讀者回函卡

感謝您購買本書，為提升服務品質，請填妥以下資料，將讀者回函卡直接寄回或傳真本公司，收到您的寶貴意見後，我們會收藏記錄及檢討，謝謝！

如您需要了解本公司最新出版書目、購書優惠或企劃活動，歡迎您上網查詢或下載相關資料：http:// www.showwe.com.tw

您購買的書名：______________________________

出生日期：________年________月________日

學歷：□高中（含）以下　□大專　□研究所（含）以上

職業：□製造業　□金融業　□資訊業　□軍警　□傳播業　□自由業

□服務業　□公務員　□教職　□學生　□家管　□其它_____

購書地點：□網路書店　□實體書店　□書展　□郵購　□贈閱　□其他

您從何得知本書的消息？

□網路書店　□實體書店　□網路搜尋　□電子報　□書訊　□雜誌

□傳播媒體　□親友推薦　□網站推薦　□部落格　□其他__________

您對本書的評價：（請填代號　1.非常滿意　2.滿意　3.尚可　4.再改進）

封面設計____　版面編排____　內容____　文／譯筆____　價格____

讀完書後您覺得：

□很有收穫　□有收穫　□收穫不多　□沒收穫

對我們的建議：______________________________

____

____

____

請貼
郵票

11466
台北市內湖區瑞光路 76 巷 65 號 1 樓
秀威資訊科技股份有限公司 收
BOD 數位出版事業部

(請沿線對折寄回，謝謝！)

姓　　名：＿＿＿＿＿＿＿＿＿＿　年齡：＿＿＿＿　性別：□女　□男

郵遞區號：□□□□□

地　　址：＿＿＿＿＿＿＿＿＿＿＿＿＿＿＿＿＿＿＿＿

聯絡電話：(日)＿＿＿＿＿＿＿＿＿＿(夜)＿＿＿＿＿＿＿＿＿＿

E-mail：＿＿＿＿＿＿＿＿＿＿＿＿＿＿＿＿＿＿＿＿